青岛大学学术专著出版基金资助

2022年度教育部人文社会科学重点研究基地重大项目:"中国百年长篇小说的现实关怀与文体变迁研究"。项目批准号:22JJD750027。

中国现代长篇小说创作论

第一辑

董卉川　张宇 [著]

A THEORY OF
MODERN CHINESE
NOVEL CREATION

中国社会科学出版社

图书在版编目(CIP)数据

中国现代长篇小说创作论. 第一辑/董卉川, 张宇著. —北京: 中国社会科学出版社, 2024.8
ISBN 978-7-5227-3607-5

Ⅰ.①中… Ⅱ.①董…②张… Ⅲ.①长篇小说—小说创作—研究—中国—现代 Ⅳ.①I207.425

中国国家版本馆 CIP 数据核字(2024)第 100174 号

出 版 人	赵剑英
责任编辑	郭晓鸿
特约编辑	杜若佳
责任校对	师敏革
责任印制	戴 宽

出　　版	中国社会科学出版社
社　　址	北京鼓楼西大街甲 158 号
邮　　编	100720
网　　址	http://www.csspw.cn
发 行 部	010-84083685
门 市 部	010-84029450
经　　销	新华书店及其他书店
印　　刷	北京明恒达印务有限公司
装　　订	廊坊市广阳区广增装订厂
版　　次	2024 年 8 月第 1 版
印　　次	2024 年 8 月第 1 次印刷
开　　本	710×1000　1/16
印　　张	15.25
插　　页	2
字　　数	215 千字
定　　价	86.00 元

凡购买中国社会科学出版社图书,如有质量问题请与本社营销中心联系调换
电话:010-84083683
版权所有　侵权必究

目　录

导　论 ·· （1）

第一章　被遮蔽的现实性
　　　　——张资平长篇小说新论 ·· （11）

第二章　平襟亚现代长篇小说创作论
　　　　——以"人"系列小说为例 ·· （25）

第三章　杂糅性写作
　　　　——蒋光慈长篇小说论 ·· （37）

第四章　人类精神困境下的社会关系透视
　　　　——以《淘金记》《困兽记》《还乡记》为中心 ··············· （53）

第五章　都市爱情书写
　　　　——叶灵凤现代长篇小说论 ·· （68）

第六章　阶级意识的深度透视
　　　　——以《在城市里》《一年》为中心 ······························ （79）

第七章　宗教批判·双向启蒙·情感探秘
　　　　——姚雪垠现代长篇小说论 ·· （92）

第八章　"未完成的时代力作"
　　　　——罗洪《孤岛时代》成书考略 ································· （103）

第九章　历史性·现实性·哲理性
　　——李辉英现代长篇小说综论 …………………………（119）

第十章　20世纪30年代上海社会的全景建构
　　——以《炼狱》《风风雨雨》为中心 ………………………（132）

第十一章　时代脉搏的反映者
　　——程造之现代长篇小说创作论 …………………………（144）

第十二章　迷路羊·折翅鸟·静水鱼
　　——王西彦现代长篇小说论 ………………………………（155）

第十三章　原欲·命运·觉醒
　　——女性主义视角下碧野现代长篇小说论 ………………（168）

第十四章　谷斯范现代长篇小说文体范式研究
　　——以《新水浒》《新桃花扇》为例 ………………………（181）

第十五章　新旧冲突·人生抉择·悲剧构建
　　——田涛中长篇小说论 ……………………………………（198）

第十六章　个人心灵史诗的浪漫哲理书写
　　——《无名书初稿》创作论 …………………………………（209）

后　记 ……………………………………………………………（239）

导 论

前 言

西方文学传统的体裁分类法为三分法——史诗、抒情诗、戏剧诗，中国文学传统的体裁分类法则是二分法——韵文与散文。虽然未能出现在中西传统的体裁分类之中，但小说这种文体形式同样有着悠久的历史，在中西文苑中独占一席，疏影暗香。

在中国，"小说"一词最早见于《庄子》，"饰小说以干县令，其于大达亦远矣"[①]。此处的"小说"并非文体的"小说"，而是"浅陋的言辞"之意。在《汉书》中，班固也论及"小说"，"小说家者流，盖出于稗官。街谈巷语，道听途说者之所造也"[②]，此处的"小说"已近似文体的"小说"，却并无"现在所谓小说之价值"[③]。班固指出小说家所做之事是记录呈报民间的街谈巷语、道听途说之言。先秦诸子派别中，有儒、道、墨、法、阴阳、纵横、名、杂、农、小说十家影响较大，流传较广，小说家虽然自成一家，却被视为不入流者，故有

[①] （春秋）庄子：《庄子》，见方勇译注《庄子·杂篇·外物》，中华书局2010年版，第459页。

[②] （汉）班固：《汉书》，（唐）颜师古注，见《简体字本·二十四史·汉书·卷三十·艺文志第十》，中华书局1999年版，第1377页。

[③] 鲁迅：《中国小说的历史变迁》，见《鲁迅全集·第九卷》，人民文学出版社2015年版，第312页。

"九流十家"之说。由此可见，正事归为史，"逸史即变为小说"①。

随着时代的发展、社会的进步、生产力水平的不断提高，小说日益成为中外作家激浊扬清、寄兴寓情的重要载体，以及普通民众喜闻乐见、情之所钟的阅读对象。而长篇小说更是成为小说中的冠冕，它的创作发表是中西文坛中引人瞩目的文学现象，"长篇小说超过一切其他种类的文学，独赢得社会的垂青：社会把长篇小说看作是自己的一面镜子，从它认识到自己，从而完成了自我认识的伟大过程"②，中国与西方均涌现出诸多传世的长篇之作。西方长篇小说于文艺复兴中茁壮发展、在启蒙运动后独占鳌头，"西方长篇小说走向成熟之后，这一崭新的近现代艺术形式，在欧美大陆获得了迅速的发展……几乎成了占主导地位的一种文化景观"③，从18世纪开始，西方的长篇小说便迎来大发展时期，从19世纪30年代起，西方的长篇小说更是开启了辉煌的历程。

中国的长篇小说虽然也有佳作（如《三国演义》《水浒传》《西游记》《封神演义》《金瓶梅》《红楼梦》《儒林外史》等），但小说在传统文体之中一直处于支流之位。直至新文化运动之后，中国的文学体裁分类实现了从古典到现代的彻底蜕变——打破了传统二分法的体裁分类体系，现代四分法体裁分类体系开始流行，小说才真正登堂入室，成为"文学之大主脑"④。而在新文学的草创期，中国现代长篇小说的艺术成就却无法与中短篇相提并论，"发端于五四时期的现代长篇小说，并非如短篇和中篇小说那样一开始就涌现出如《狂人日记》《阿Q正传》等这样一批显示出极高起点的标杆之作，它不仅出现的时间晚，内容上显得极为浅显，形式上也显得极为简单，作家们缺乏自觉的长篇小说的文体意识，多将长篇作为篇幅长的小说来创作……

---

① 鲁迅：《中国小说的历史变迁》，见《鲁迅全集·第九卷》，人民文学出版社2015年版，第312页。
② [俄]别林斯基：《别林斯基论文学》，梁真译，新文艺出版社1958年版，第200页。
③ 刘建军：《西方长篇小说结构模式论》，东北师范大学出版社1994年版，第68页。
④ 刘半农：《我之文学改良观》，《新青年》1917年第3卷第3号。

可以说，五四时期的长篇小说起步迟、起点低、成就平是不争的事实"①。随着长篇小说创作水平的日益提高、技艺的日臻成熟，中国现代长篇小说最终成了艺苑之中最为夺目的头魁。

在本书中，笔者选取了张资平、平襟亚、蒋光慈、沙汀、叶灵凤、张天翼、姚雪垠、罗洪、李辉英、周楞伽、程造之、王西彦、碧野、谷斯范、田涛、无名氏的长篇创作进行论述阐释。

一 以新历史主义为指引

经历了创作的发轫期后，卓越杰出、脍炙人口的中国现代长篇小说层见叠出，遂成为学界持续关注和不断深耕的研究对象，学界研究的焦点始终集中于此类创作之上。回溯中国新文学的发展史，不难发现，那些被视为经典的长篇佳作在整个中国现代长篇小说创作历程中占比极低，反而是那些众多被遮蔽、被忽视的长篇作品成为中国现代长篇小说创作的主干和基石。以往学界对重点作家作品的深度研究自有其合理性、科学性与必要性，不过，这种固化的经典筛选机制，必然存在着瓶颈和缺陷。

任何一本中国现代文学史著作，均无法完整重现中国现代文学史的全貌，无法覆盖中国现代文学史上曾经出现过的全部作家作品，"历史一旦成为文本，就每每以一元化的、整体连续的面目出现。然而，这种一元化的正史文本不可能将历史过程的丰富多样性一网打尽"②。入史的作家作品，特别是那些能够分章立论的作家，在思想与审美方面有其代表性，但这并不意味着那些没有入史，或是在中国现代文学史上仅寥寥数笔或一笔带过的作家作品不具备过人之处。历史书写不可能是绝对的客观公正，因此，中国现代长篇小说史的论述应

---

① 陈思广：《中国现代长篇小说编年史》，武汉出版社2021年版，"导论"第1页。
② 张进：《新历史主义文艺思潮通论》，暨南大学出版社2013年版，第73页。

该以新历史主义为指导思想，重新打开论述的空间。

新历史主义作为一种历史观，强调野史、小历史、小叙事对于传统宏大叙述、正统叙事、经典叙事的颠覆与消解。当下，学界借新历史主义阐释的主要是作家的文学创作，或是文学批评家对于新历史主义创作文本的评论，或是对新历史主义文学思潮的考察。中国现代文学史——中国现代长篇小说史的论述，受到新历史主义的影响较小。在中国现代文学的史观层面，新历史主义历史观的渗透越发微弱，也就是说，我们常常用与宏大历史相对的"小历史""微历史""民间史""野史""稗史"等理论视角去解读那些带有新历史主义倾向的作品，但学界尚未有意识地在中国现代文学史的叙述中贯穿这种历史观念①。以新历史主义观来统摄文学史的写作，可以追溯到夏志清的《中国现代小说史》的传播以及"重写文学史"的实践。"重写文学史"运动开展之后涌现出的不同版本、各种类型的中国现代文学史，"就是将过去那种意识形态史、政治权力史、一元中心化史，变成多元文化史、审美风俗史和局部心态史，其目的在于瓦解过去正史的意义"②。这亦是新历史主义思潮影响下的必然趋势。"史家的兴趣开始从重大战争、君主序列、英雄领袖转向普通大众的婚丧嫁娶、宗教信仰、礼仪风俗等社会文化的'诸历史'，发掘那些被湮没者和被边缘化者的历史，新历史主义承继了这一新传统。"③在新历史主义思潮的影响下，在"开放型书写"的中国现代文学史中，以往大量被边缘化、被遮蔽的作家作品重回大众视野。在新历史主义思潮的指引下，应力求尽可能的"全面""客观"和"公正"。本书将目光投向那些历经多次撰史，依然被遮蔽、被遗漏的中国现代长篇创作，关注"重写文学史"运动开展之后，依然被界定为支流或暗流的作家。"新历史

---

① 当下的文学史中，范伯群的《中国近现代通俗文学史》、杨义的《中国现代小说史》、陈思广的《中国现代长篇小说编年史》、张光芒的《南京百年文学史》就是以新历史主义指导文学史写作的典范。
② 王岳川：《重写文学史与新历史精神》，《当代作家评论》1999 年第 6 期。
③ 张进：《新历史主义文艺思潮通论》，暨南大学出版社 2013 年版，第 32 页。

主义向那些游离于正史之外的历史裂隙聚光,试图摄照历史的废墟和边界上蕴藏着的异样的历史景观……新历史主义发现,任何一部历史文本都无法客观而全面地覆盖历史真理,文本不可避免地受话语虚构性和权力性的编码。历史的真理性散播于各种文本之中,因而需要通过多元化的文本来共同体现。"①

以作家平襟亚为例,早在新文化运动时期,他就通过武侠、言情等通俗短篇小说的撰写登上文坛,但直至1927年1月,以笔名"网蛛生"写作、由新村书社出版发行的长篇小说《人海潮》的洛阳纸贵,才使平襟亚成为鸳鸯蝴蝶派的代表作家之一,由此跻身通俗文学名家之林。但在以往,学界对平襟亚的研究甚少,无法同其他通俗文学家如包天笑、范烟桥、苏曼殊、徐枕亚、张恨水等人相提并论。并且学界对平襟亚的长篇创作研究也主要集中于他的代表作《人海潮》②,却忽视了对《人海潮》的续篇——《人心大变》,以及《人海新潮》(又名《明珠浴血记》)的研究。因此,著者以平襟亚三部用"人"命名的长篇小说为切入,既论述其代表作《人海潮》,又阐述其被忽视的两部长篇作品《人心大变》《人海新潮》,由此再现中国现代文学史上尤其是中国现代通俗文学史上被遮蔽的作家平襟亚的创作风貌。通过横向比照、纵深开掘和独特阐释,发掘"各种复数的小写历史","小写历史的丰富具体性让微弱沉寂的历史事件发出了声音,让大历史丰碑遮蔽之下的人和事浮出了历史地表"③。

二 以文本为原点

通观当前的中国现代文学史著作,大多还是他律型的文学史,遵

---

① 张进:《新历史主义文艺思潮通论》,暨南大学出版社2013年版,第73页。
② 参见范伯群主编《中国近现代通俗文学史·上卷》,江苏教育出版社1999年版,第174页。
③ 张进:《新历史主义文艺思潮通论》,暨南大学出版社2013年版,第73页。

循"文学运动史—文学思潮史—文学体裁史—社团流派论—重要作家专论"的由外到内、由大到小的体例模式。而这种撰写范式预定了叙述框架的方向和前提,却忽视了文学本身的主动性,降低了作家的能动性、主体性和创造性。文学的反作用力、文学独特的规律都在一定程度上被忽视。这种"从外到内、从大到小的叙述弊病和先理论后创作,先思想后形式的思维定式"[1],使文学史中的核心单位——文学文本(文学作品)被置于末位。

本书就是在新历史主义指导下完成的一部微观且试图全面的论著。现有的中国现代文学史书写基本是以历史为纲,虽然越发呈现出对小写复数历史——作家作品的重视与倾斜,收录的作家作品越发充实、完善,但仍有大量的作家作品被一笔带过甚至难觅其踪。现有的中国现代文学史在本质上,仍是一种强调一元性、整体性、宏观性的大历史和单线历史书写。本书是以文学史中最小的单位——文本——为中心,讲究微观的文学史。以文本去再现并观照历史,通过不断扩充、不断增殖新的文本,最终使宏大的单数历史彻底蜕变为小写的复数历史。通过对文本的不断打捞钩沉、编排整理、重新配置,才能对文学史的问题作出全新的论述和阐释,这也是新历史主义的题中之义。"历史除非以文本的形式才能接近我们,换言之,我们只能通过预先的(再)文本化才能接近历史。"[2]

本书通过作家作品论的形式,探寻被遗忘、被忽视的中国现代作家作品。以笔者选取的作家程造之为例,他是中国现代文学史上的失踪者,长期被学界忽略,在各大文学史和研究论著中罕见其名[3]。杨

---

[1] 张光芒、徐先智、陈进武:《如何重构中国现当代文学思潮史》,《西南民族大学学报》(人文社会科学版)2013年第1期。

[2] [美]弗雷德里克·詹姆逊:《政治无意识:作为社会象征行为的叙事》,王逢振、陈永国译,中国社会科学出版社1999年版,第70页。

[3] 陈思广在《现代长篇小说边缘作家研究》一书的第十五章论述了"程造之和他的抗战三部曲";董卉川在《江苏现代小说十三家论·第一辑》一书的第十一章论述了"时代脉搏的反映者——程造之现代小说创作综论"。

义在《中国现代小说史》以区区一页及半的微小篇幅进行过论述,提及的也仅仅是程造之的两部长篇《地下》和《沃野》,"《地下》加《沃野》,总字数为六十余万,其分量在孤岛文学中是不容忽视的。它写残酷的战祸,写血的反抗,以这种祸与血去包孕一种原始的坚韧的灵魂,一种原始的粗野的人生方式"①。程造之除了撰写过剧情相连的两部抗战长篇小说《地下》和《沃野》外,还有一部长篇小说《烽火天涯》,同样是对抗战时代的力度描摹。在本书中,笔者结合程造之的创作生涯,对他的抗战三部曲——《地下》《沃野》《烽火天涯》进行了细致阐释,由此重审了程造之的文学史地位。

又如周楞伽、田涛,也是文学史上典型的被遮蔽者。与周楞伽相比,在一些文学史和论著中尚能发现田涛之名。杨义在《中国现代小说史》中将田涛视为京派作家,剖析了《荒》《离》《沃土》等作品中的"悲凉"感,周锦在《中国新文学史》②中分析了《潮》《沃土》《流亡图》等小说中的女性形象,陈思广在论文《冀中平原的现实主义歌者与苦吟人——田涛新论(1934—1949)》中,以"乡土"和"抗战"为主题论述了田涛的作品,并用苦吟概括其审美风格。不过,从整体上看,学界对田涛的研究依旧十分匮乏。在本书中,笔者对田涛的长篇创作进行了细致梳理,剖析了他的长篇小说与现实人生、时代浪潮的紧密契合,揭示了田涛长篇小说中新旧农民的代际冲突,对青年人的人生抉择的密切关注,对底层民众人生悲剧的关怀透视。而学界对周楞伽的研究更是罕见,本书揭示了周楞伽的现代长篇创作所呈现出的上海社会复杂多样的社会矛盾、黑暗的社会世相、病态的国民精神,是对20世纪30年代的上海社会的全景式建构与描摹,并由此剖析复杂的社会架构与社会关系,批判及反思病态的社会和病态的国民精神,企盼着民族的蜕变与新生。此外,本书还对周楞伽、田涛

---

① 杨义:《中国现代小说史·第三卷》,人民文学出版社2005年版,第487页。
② 周锦:《中国新文学史》,逸群图书有限公司1983年版。

长篇小说的版本问题进行了翔实的梳理和论述。

三　以史料为根基

　　中国现代文学史的建构，必须破除陈旧的文学史概念，建立全新的阐释体系。不仅应拒绝现有文学研究中习惯使用的各种固化的文学史观念，同时也要拒绝使用不同历史时期偶然出现又被文学史接受甚至强化的概念。这些固化的概念，在创立之初就带有误解、混同和偏离，在传播过程中又被加强了错讹的趋向，名实不副，不仅带来研究上的偏误，也导致了接受者的一再误读，尤其使他们对现有作家作品的阐释论述陷入了陈旧、固化的模式。因此，在撰写文学史时，对于这类固化、僵化的文学史概念、观念，理应大胆扬弃。"文学史上似乎已经形成公论甚至定势的概念术语，需要我们今天以客观的眼光来加以考量。"[①] 这些概念或者命名，在诞生之初具有强烈的现场性，而随着时间的推移，不少已经失去了原来的阐释作用。

　　从"偏见型书写"到"政治型书写"再到"开放型书写"，中国现代文学史历经数次写作范式的演变，在每一次写作范式确立之后，都会进入相对静态期。而本书试图以动态的史学观为指引，不仅要让边缘的文本入史，以文本为中心进行阐释论述，对文本进行"再解读"，破除已有的"神话"，回到历史现场，充分呈现历史的复杂性，由此建构一种新的阐释体系。"在有限的范围内通过对历史遗留物的重新配置和编排来'接近历史过程'并对历史问题作出重新解释。"[②]

　　以张资平长篇小说研究为例，以往学界多关注张资平创作中的"多角恋爱"问题。此关注焦点的出现则源自鲁迅对其小说以"△"进

[①] 董健、丁帆、王彬彬：《我们应该怎样重写中国当代文学史》，《江苏行政学院学报》2003年第1期。

[②] 张进：《新历史主义文艺思潮通论》，暨南大学出版社2013年版，第9页。

行概括的论述,他道出张资平小说的人物关系模式常常是三角关系或多角关系,而此后"△"也被视为"'张资平全集'和'小说学'的精华"①。而多数时人也认同此观点,评论其小说为"他的小说,据说有一个公式,便是三角或多角的恋爱"②或是"他是一位恋爱小说的作家,而他的恋爱小说大都是描写三角以上的两性的关系的"③。长此以往,前人的论断或多或少影响到了今人的视野,因此目前学界对张资平的研究也常常以其恋爱小说为中心。诚然,浪漫的多角恋爱是张资平长篇小说创作的一大特质,这也成为文学史公论,但张资平的长篇创作实则还蕴含着诸多的其他因子,需从不同角度切入,打破旧有固化的研究观念,进行重新阐释,以发掘其全新的意义。

  在本作中,作者以全新的视角,以坚实的史料为基础,通过梳理与细读,聚焦张资平小说中对于现实人生的细致描写,揭示其长篇创作中的写实色彩,"写实主义文学是挖掘现实,浪漫主义文学是美化现实,理想主义文学是弃绝现实……他是站在写实的最危险的线上,他的文字是带有最浓厚的病的色彩。病的色彩的文学,虽是偏激的,而最有传染性"④。在张资平的长篇小说中,各类社会现实问题通过细腻的文字被指出。无论是在《糜烂》《青年的爱》等作品中对颓废青年学生生活状态的描摹、在《明珠与黑炭》等作品中对社会最底层的妇女儿童流离失所命运的撰写,还是在《最后的幸福》《长途》等小说中对失地农民或是劳动者苦难人生的刻画,都淋漓尽致地展现出他对以宗教问题、革命问题及国民性问题为代表的现实社会问题的关注与思考,由此也体现出其所具有的关注现实人生的责任感与社会担当。这便是以往学界研究中所忽视的一个重要维度,也是重读张资平小说所能打开的新的空间。

---

① 黄棘:《张资平氏的"小说学"》,《萌芽月刊》1930年第1卷第4期。
② 史秉慧:《张资平评传·序》,见《张资平评传》,开明书店1936年版,第1页。
③ 钱杏邨:《张资平的恋爱小说》,见《张资平评传》,开明书店1936年版,第4页。
④ 侍桁:《张资平先生的写实小说》,见《张资平评传》,开明书店1936年版,第23—24页。

结　语

中国现代长篇小说的创作历程自 1922 年 2 月张资平的《冲击期化石》肇始，到 1949 年 9 月费林和荒云的《烽火代》、王林的《腹地》、周而复的《燕宿崖》竣事，虽仅仅历经了未及三十年的创作期，却也孕育出了上千部的作品，其中的传世之作更是不胜枚举。重读张资平、平襟亚、蒋光慈、沙汀、叶灵凤、张天翼、姚雪垠、罗洪、李辉英、周楞伽、程造之、王西彦、碧野、谷斯范、田涛、无名氏等人的长篇小说，揭示这些作家在长篇体式上的贡献，体察复杂的时代经验与人心叙事，能够更好地帮助我们理解现代中国所走过的沧桑历史。他们或是饱含忧患之情，或是谐谑地讽刺，或是观照市井生活的世相人心，或是在通俗叙事中蕴藏着启蒙追求，或是还原历史的宏大与壮阔，或是在浪漫哀艳中探秘情感的复杂……不管是在人物的塑造、社会的呈现、题旨的追求、结构的创新上，这些作家都注入了独特的美学经验，为中国现代长篇小说的发展与成熟作出了重要贡献。

与中国现代长篇小说短暂的创作历程相比，中国现代文学史的书写则跨越了百余年的历程，尤其是对中国现代长篇小说的阐释论述形成了某些特定的书写范式，带来了某些评论模式的固化。中国现代文学史的编撰，曾在政治性中迷失，曾在审美性中走向偏至，曾在思想性与历史性上取舍两难，也曾在专业性与普及性上顾此失彼。作为对中国现代文学史的重要补充，本书意在以新历史主义为指导思想，以文学文本为原点，以史料为根基，关注长篇小说的时代经验、审美经验、文体追求，破除陈旧的文学史概念与写作模式，导向发展的、动态的、微观的、全面的新型研究论著。通过更新已有的主流作家的分析以及非主流作家作品的研究，力图补充完善中国现代长篇小说研究的风貌。

第一章 被遮蔽的现实性

——张资平长篇小说新论

引　言

张资平，1893 年 5 月生，广东梅县人，原名星仪，字秉声，又名张声。1906 年进入美国教会开办的广益中西学堂。1910 年进入广东高等巡警学堂。1912 年被广东国民政府选派为赴日留学生。1919 年考入东京帝国大学读地质科。张资平是创造社的"准第一期人物"，"王独清把我放在创造社的第一期人物里面，这未免太客气了，其实我当第一期（假定照王独清的分期法）的人物的资格还不够呢。当民十在东京第二改盛馆郁达夫的房子里开创造季刊及创造丛书编辑会时，我只承认应担负的稿件外，一切都信任达夫和沫若。其次是民十一年五月，由东京回粤，带了几篇短篇小说稿件，送到福岗给沫若审查一下，后至上海即交给泰东书局。我便回广东乡间采矿去了。一直到民国十七年春三月由武昌到上海时为止，我对于创造社事务都没有过问，我不愿意过问。故我最多只是一个创造社的准第一期的人物"[①]。

张资平在文坛上素来以"多角恋爱"小说闻名。鲁迅曾说过：

[①] 张资平：《读创造社》，见《张资平评传》，开明书店 1936 年版，第 142 页。

"我将'张资平全集'和'小说学'的精华,提炼在下面,遥献这些崇拜家,算是'望梅止渴'云。那就是——△"①。"△"是当时评论界对张资平小说创作较统一的评价。史秉慧也指出,"他的小说,据说有一个公式,便是三角或多角的恋爱"②。钱杏邨指出,"他发表的几个长篇固然都是属于恋爱小说一类……所描写的大都是三角四角的恋爱"③。汪倜然评价道,"可以用公式来表明,就是:甲爱乙—爱丙—爱丁—爱戊"④。诚然,浪漫的多角恋爱是张资平长篇小说创作的一大特质。他的第一部长篇小说也是中国现代文学史上的第一部长篇小说《冲击期化石》⑤,以浪漫抒情的笔调,描摹情感纠葛和不伦之恋,注重呈现剖析个人的苦闷孤独、悲哀忧郁、迷茫痛苦的精神世界。

不过,抛开"多角恋爱"的标签,重新细读文本,却不难发现,张资平的长篇小说还表现出对现实的观照与批判。"他的作品带有了极显著底写实色彩"⑥。张资平实则在小说中呈现了大量的社会现实问题。他关注青年人特别是大学生阶层堕落糜烂的生活状态(《糜烂》《青年的爱》《无灵魂的人们》《天孙之女》),表现幼童和妓女在黑暗乱世中的悲惨命运(《明珠与黑炭》《红雾》《天孙之女》),揭示远在南洋的华裔劳工、流落都市的失地农民以及城市底层劳动人民的苦难人生(《最后的幸福》《长途》《跳跃着的人们》《欢喜陀与马桶》)。在对众多社会现实问题的书写中,张资平对宗教问题、革命问题、国民性问题尤为关注,在其长篇小说的创作过程中进行了细致描摹、深度批判和理性沉思,展现出了现代学人强烈的社会责任感和历史使命感。

---

① 黄棘:《张资平氏的"小说学"》,《萌芽月刊》1930年第1卷第4期。
② 史秉慧:《张资平评传·序》,见《张资平评传》,开明书店1936年版,第1页。
③ 钱杏邨:《张资平的恋爱小说》,见《张资平评传》,开明书店1936年版,第1—3页。
④ 汪倜然:《青春》,见《张资平评传》,开明书店1936年版,第47—48页。
⑤ 张资平:《冲击期化石》,泰东图书局1922年版。
⑥ 侍桁:《张资平先生的写实小说》,见《张资平评传》,开明书店1936年版,第22页。

一　西方教会的反讽批判

1840年鸦片战争的爆发，使西方宗教——基督教（新教）、天主教、东正教在中国的第三次传播浪潮拉开序幕。"此次传播，可谓基督教全面地'进入'，天主教各修会如耶稣会、奥斯丁会、多明我会、巴黎外方传教会、遣使会、圣母圣心会、圣言会等传教士相继来华，至19世纪末已在中国建成五大传教区、发展教徒达70多万人……可谓对近代中国产生了具体、直接的影响，且其影响也是全面的，涉及政治、文化、教育等诸多方面。"① 西方宗教在华的宗教活动主要包括建立教堂后由传教士传教、开办教会医院和教会学校等。"除了单纯意义的传教之外，在一些西方传教士的主持下，天主教、基督教及东正教在中国均经营着大量的附属事业。基督教较侧重于中、高等文化教育及与文字布道相关的印刷出版业；天主教则热衷于置办房地产。创办小学和医院、育婴堂、孤儿院等'慈善'事业"。②

在中国现代文学史上，以长篇小说对在华的西方宗教活动进行描写与批判的代表为张资平和姚雪垠。姚雪垠涉及宗教批判的长篇小说主要有《长夜》《母爱》《戎马恋》，而张资平在其数目繁多的长篇小说中均表现出一种浓郁的批判倾向，其中以《上帝的儿女们》③为最，该书堪称暴露和批判西方教会丑恶虚伪面目的百科全书。

在《上帝的儿女们》中，张资平揭露了西方教会在华活动追逐利益的本质，这与帝国主义列强侵略中国的本质目的是完全一致的。"真能主张正义人道的美国人李泽臣（Richardson）。他不愧为功利主义国家的国民，他到我们中国来一面传布救主耶稣基督的真理，一面

---

① 郭继民：《基督教传入中国的过程、机制及成因》，《中国石油大学学报》（社会科学版）2016年第3期。
② 吴邦江：《中国抗日战争时期的西方传教士》，《史学集刊》1997年第3期。
③ 张资平：《上帝的儿女们》，光明书局1931年版。

经营输出输入的生意，一年中除礼拜日能够在礼拜堂看见他之外，其余的时间大概只有在他的公司里和海关办事处可以看见他。他是热心于和一般剥削中国民众的脂膏的白色人周旋。当牧师不过是他的副职业罢了。"①"传布救主耶稣基督的真理"同"经营输出输入的生意""热心于和一般剥削中国民众的脂膏的白色人周旋"构成了强烈的反讽。《上帝的儿女们》的一大创作特质便是大量引用《圣经》，每当西方传教者和他们在中国培养的忠实奴仆露出丑恶虚伪、贪婪无耻的面目之时，必然会"颂唱"《圣经》来美化自己的言行。神圣的经典与丑恶虚伪的言行形成了强烈的对立冲突，由此构成了反讽。

在信奉金钱而非上帝的 S 港西方牧师 A 的培养下，中国牧师余约瑟也成了"玛门"（Mammon）的忠实信徒，"他的儿女……都不相信他们的父亲会敬拜上帝比崇拜金钱热诚"②。M 村教会的教徒们信从他的传经布道，自愿将献金奉出以积财于天，余约瑟则将献金放进自己的腰包之中，送到一家钱庄里储蓄生息。余约瑟的所作所为恰恰是西方传教者在华活动的缩影，他们打着布道的幌子，从信众那里骗取献金，"他们之信奉耶稣教是骗钱的，不是真心信教"③，戴着关爱和拯救世人的伪善面具，宣扬"原罪说"，鼓吹"禁欲主义""苦行主义"。当他们攫取到金钱、骗取了教徒的信任之后，便过上了骄奢淫逸、纵情享乐的放荡生活，与其教义完全相悖，这又是典型的反讽。《上帝的儿女们》中的 A 牧师与其妻子终日享用最上等的美食，而教会学校的学生们则吃着劣质的食物。S 港的教会经常举办奢侈华丽的高层聚会，在聚会上，教会的掌权者们饮酒作乐、醉生梦死。《青年的爱》中哈巴牧师的私人别墅的面积竟比教会还要大三倍以上，花园就有一亩多地。《上帝的儿女们》中的牧师安尼路、《最后的幸福》中教会医院的副院长、《欢喜陀与马桶》中已婚的廖牧师，平素均以正人君子

---

① 张资平：《上帝的儿女们》，光明书局 1931 年版，第 127—128 页。
② 张资平：《上帝的儿女们》，光明书局 1931 年版，第 14 页。
③ 张资平：《群星乱飞》，光华书局 1931 年版，第 115 页。

的形象示人，实为衣冠禽兽，利用权力和地位肆意玩弄教会中的女信徒和教会医院中的女护士。教会内部男女信众之间的通奸现象更是张资平在《上帝的儿女们》中着重揭示的乱象。余约瑟和杜恩金的大女儿瑞英是余约瑟与 K 夫人通奸所生，小儿子阿昺则是杜恩金与表哥文仲卿通奸所生，文仲卿的妻子林小兰与安尼路通奸，瑞英与阿昺这对没有血缘关系的姐弟通奸。

《上帝的儿女们》借书写 S 港教会的情形，批判教会内部派系林立、等级森严的情况。S 港教会有规式派教会、圣母派教会、青年派教会等各种不同的派系，各个教会之间相互利用、钩心斗角。规式派教会中的禾主教掌握着该教会最核心的权力，不管是外国教众还是中国教众都惧怕、巴结他，张资平揭示了根源所在，"完全是因为他操有教会的经济的全权！完全是因为他操有可以任免教会中一切职员的权力……上帝是等于金力了"[①]。其次，西方传教者们在骨子里鄙视被他们称为兄弟姐妹的中国信众，"在美国人的眼中的支那人，完全是一种兽类，充其量也只是一种未开化的劣等民族"[②]。他们对中国人有着一种居高临下的优越感，喜欢摆出一副高高在上的姿态，"那神气活像是一位尊贵的主妇在对着她的奴仆说话"[③]。禾主教将以杨友楠为代表的几个奴性十足的中国信众培养成了他个人的忠实奴仆，他们不仅要伺候主教的饮食起居，还要供主教发泄享乐，"美国老板们，每遇高兴时，便召集他们部下的一班黄狗来开心"[④]，杨友楠更是将自己的亲妹妹献给了禾主教。

张资平在其多部长篇小说中对以侵略殖民为目的的西方教会丑恶伪善、贪婪无耻的面目进行了深度揭露。以反讽的手法构建其批判文本，将神圣高洁的教义、圣经原文同教会的作为并置，形成了强烈的

---

① 张资平：《上帝的儿女们》，光明书局 1931 年版，第 149 页。
② 张资平：《上帝的儿女们》，光明书局 1931 年版，第 99 页。
③ 姚雪垠：《戎马恋》，大东书局 1942 年版，第 16—17 页。
④ 张资平：《上帝的儿女们》，光明书局 1931 年版，第 150 页。

对峙冲突,从而增强了其宗教批判主题的力度。

二 政治革命的深度透视

钱杏邨曾将蒋光慈1927年创作的《野祭》定义为"革命+恋爱"的第一部创作,"现在,大家都要写革命与恋爱的小说了,但是在野祭之前还没有……真能代表时代的恋爱小说,这是中国文坛上的第一部"[①]。而早在1924年,张闻天连载于《小说月报》的《旅途》,就已经含有"革命+恋爱"模式的革命文学创作因子。被评论家们戏谑为"△"的张资平的长篇创作,实则同样饱含"革命+恋爱"模式的创作因子,如《柘榴花》[②],就被称为"'革命+恋爱'模式的小说"[③]。张资平在其长篇小说中除了描写"革命+恋爱"的情节,已然开始透视和思考"革命发生后怎样"这一更为复杂的问题。虽然作品中恋爱描写的比重远大于革命书写的比重,但对个人的革命行为进行了较为深度的透视和呈现。

《柘榴花》《青春》《爱力圈外》《欢喜陀与马桶》等作品中均含有"革命+恋爱"的革命文学因子。在《柘榴花》和《青春》中,张资平通过塑造"脱离革命的人"和"被动革命的人"的艺术形象,呈现了"革命+恋爱"的消极一面。《柘榴花》中的君果和《青春》中的君展是"脱离革命的人",二人经历相似,曾是积极投身革命的进步青年,为革命做过秘密工作,也曾被捕过,革命胜利后在机关任职,分别于与雪翘和弈芳结合。雪翘和弈芳是"被动革命的人",她们在金钱的诱惑下离开了爱人,雪翘委身于新军阀古国魂,弈芳做起了交际花,周旋于各个政治势力之间。君果和君展在雪翘和弈芳离开后大

[①] 钱杏邨:《"野祭"》,《太阳月刊》1928年第2期。
[②] 张资平:《柘榴花》,乐群书店1928年版。
[③] 陈思广:《中国现代长篇小说编年史(1922—1949)》(上),武汉出版社2021年版,第92页。

受打击，自此一蹶不振。君果逼迫雪翘暗杀古国魂，暴露后，二人先后被枪决。反动势力再次占领×城之后，早已脱离革命的君展则被当作革命分子被枪决。曾与弈芳发生过不伦之恋的同父异母的弟弟仲瑚却成了一个坚定的革命者，英勇就义。与之前风流放荡的仲瑚相比，君果和君展曾是主动的革命者，在革命胜利后，二人却陷于恋爱婚姻之中难以自拔，更因情伤自暴自弃，成了"脱离革命的人"。弈芳在金钱的驱使下、雪翘在爱人的逼迫下，均是被动"参加"革命，也不像仲瑚那样主动投身革命，属于"被动革命的人"。在《爱力圈外》和《欢喜陀与马桶》中，张资平则以反向启蒙——女性启蒙男性的方式呈现了"革命+恋爱"的积极一面。《爱力圈外》中的篠桥与《欢喜陀与马桶》中的阿汉经历类似，他们出身低微，未接受过教育，处于蒙昧的状态，但他们的生命中都出现了一个受过良好教育、有着进步思想的时代女性——菊筠和昭筠。篠桥和阿汉都曾做过菊筠和昭筠的仆人，但菊筠和昭筠并未歧视他们，而是对其进行启蒙，令其逐渐觉醒。最后面对黑暗的社会和变革的时代，篠桥和阿汉均投身革命，篠桥远赴广州，参加了北伐战争，阿汉则成了工人运动的领袖，最后在抗击日本帝国主义的斗争中英勇就义。

张资平对政治革命的透视，最值得瞩目的是，对"革命第二天"这一问题进行了深度呈现。在他看来，通过革命手段推翻旧军阀政权的"革命者们"在获得权力之后，无一例外地又成了"新的军阀"。革命并未改变社会的现状，也并未改变人民的命运，政治依旧腐败，世相依旧黑暗。

在《明珠与黑炭》中，质如的表姐夫是一个在南洋做生意的老年华人，也是一个心怀国家和民族的志士，同情并支持革命事业，将赚取的钱财都捐赠给了革命党人。革命党人夺取政权后，穷困的他带着妻子晴芬回到国内，想要去南京寻访以前结识和资助过的革命党人，这些革命党人却是忘恩负义之辈，在获得权力之后，以旧军阀的做派将他赶了出来，"享他以闭门羹，当他是一个无聊的小商人，无识的南洋伯"①。《长途》中的碧云是一个从未参加过革命工作、对党义和三民主义一窍不通的乡下女子，只因天生丽质并得到同乡的引荐，竟摇身一变成了某机关的秘书，这是因为革命党人夺取政权后的时代与旧军阀统治的时代并无二致，"是讲情面不讲人材的时代"②，革命党人掌权的社会与旧军阀统治的社会如出一辙，"现代的事情都是麻麻糊糊，大家都打瞌睡过去就完了"③。在《柘榴花》中，革命军的军长讲情面和关系、办事马马虎虎，因此，W城他的所有同乡几乎都做了官，曾经私贩烟土的贩子都做了缉私所长。《青春》中的市政厅长与《柘榴花》中的军长如出一辙，将自己的亲朋、同学在政府部门肆意安插，"朝中无人，休想做官。所谓建设廉洁政府，铲除贪官污吏，不过如是如是"④。

在《青春》中，张资平揭示了革命胜利后的政治工作不是启蒙民众，而是"开游艺会，和发行小报称扬上司。此外，没有事可做了。除了这些无聊的事和称功颂德以外，还有什么呢"⑤。因此，腐败与堕落是一种必然现象，"所谓新政的设施，不过换了一批坐汽车兜风的武装同志，和多加了几个时代的牺牲者罢了"⑥。甚至革命党人的统治有时比旧军阀还要可怕，在《柘榴花》中，革命党人掌权后在W城施行高压集权统治，举行纪念游行时，要求大学教授都要参与，执行委员黄亮还趁机公报私仇，对自己曾经的老师破口大骂、当众羞辱，有些年长的教授由于行动不便没有及时到会，竟要被无情开除，为了苟活，只能乞求革命党人的原谅。在《北极圈里的王国》⑦中，张资平以北极圈里的一个名为秒芜的王国来影射旧中国，从而对革命、对政

---

① 张资平：《明珠与黑炭》，光明书局1931年版，第267页。
② 张资平：《长途》，南强书局1929年版，第109页。
③ 张资平：《长途》，南强书局1929年版，第112页。
④ 张资平：《青春》，现代书局1929年版，第47页。
⑤ 张资平：《青春》，现代书局1929年版，第44页。
⑥ 张资平：《青春》，现代书局1929年版，第99页。
⑦ 张资平：《北极圈里的王国》，现代书局1931年版。

治的本质进行深刻的理性思考。秽芜国是一个王权至上的封建专制王国，政治腐败，社会黑暗，统治阶层腐朽堕落，宫廷淫乱不堪，百姓生活在水深火热之中，引起人民的极度不满。因此，国内各种政治势力蠢蠢欲动，均想发动革命，或是君主立宪式的革命，或是资产阶级共和式的革命，从而推翻现有的统治，建立新的政权。但无论何种政治势力、何种政治革命，并不是为民众谋福利，只是想要取而代之，成为新的统治者。这恰是张资平对"革命之后怎样"的思考——政治革命只是一种争权夺利的循环以及堕落享乐的工具，"这班走肉行尸那里知道什么是国家，什么是社会！他们只是在图个人生活的丰裕，图变态的官能的享乐，上行下效……变为兽欲横流的世界了"[1]。

张资平对资产阶级的政治革命是持否定态度的，尤其对革命后的当权者表现出了一种鄙视与不屑，"对革命真尽了力的人当然是在由长沙至郑州一带的战场上惨死了的，湖南广东乡下的，受了生活的压迫想谋一条出路的无告的穷民。只有这些人才算有功于革命。你们算什么东西呢？你们只会取巧，坐享他人以血肉换来的成果"[2]。他期待一种真正的政治革命，但他并未指出何种革命能够真正地改变中国社会，拯救中国民众。

三　病态国民性的理性反思

从20世纪20年代鲁迅塑造的"阿Q"肇始，到40年代路翎刻画的"阿Q"——"罗大斗"竣事，对病态国民性的描写与反思，对"阿Q"式人物形象的勾勒，始终贯穿于中国现代文学创作的历史长河之中。张资平的长篇小说在描写恋爱婚姻的同时，对麻木冷漠、奴性愚昧的病态国民精神进行了细致呈现，塑造了青年知识分子中的

---

[1] 张资平：《北极圈里的王国》，现代书局1931年版，第172页。
[2] 张资平：《长途》，南强书局1929年版，第109页。

"阿Q"典型，借此对国民性进行了深刻的理性反思，由此丰富了中国现代文学的"阿Q"式人物的画廊。

半殖民地半封建社会的病态社会与黑暗现实，给人民带来了"精神奴役创伤"，也造成了"阿Q相"。"赵太爷或赵秀才的大棍子打将来时，照例是不敢抵抗；假洋人的小手杖打将来时，也是无抵抗；但在阿Q视为平辈或低一辈的王胡小D之类像朋友似的走进阿Q的时候，阿Q便要拿身份，甚至想建立他的威权了，虽然结果常常只有'精神的胜利'，可是阿Q的'壮志'永远不会销沉"[1]。张资平笔下的"阿Q"们，同样麻木冷漠、奴性愚昧。社会结构的改变——帝国主义列强的入侵，使他们形成了对上屈膝、对下蛮横的病态奴性，进一步转化为对外（白皮肤的西方侵略者）卑躬屈膝、对内（黄皮肤的中国同胞）颐指气使。而病态的社会现状是造成和加剧病态国民精神的重要缘由。

以《上帝的儿女们》中的杨友楠、李约翰等为代表的买办阶层，是半殖民地中国大地上的新式"阿Q"，张资平对其奴性进行了描写与反思，"对上则惟敬惟谨，卑躬屈节，对下则自高自大，作威作福，这是伺候过洋人的中国人，——买办阶级的特征……看见外国人差不多要跪下去叫他们做爸爸，看见自己的同胞，黄皮瘦弱的，便不瞧不睬，好像是他的冤家"[2]。帝国主义列强成了"买办阿Q"们最信任、最可靠的依赖，因此，当革命开展、战争爆发时，"买办阿Q"们对此漠不关心，他们似乎生活在地球的另一端，世事与他们毫无关系，"住在租界上的人好像全没有把革命军三个字放在心头上。他们认帝国主义是他们的永久的保护者。他们看见巡街的外国水兵，也像没有什么特别的感觉，只认他们是自己的统治者"[3]。在《无灵魂的人们》

---

[1] 茅盾：《"阿Q相"》，见《茅盾全集·第十九卷·中国文论二集》，黄山书社2014年版，第450—451页。
[2] 张资平：《上帝的儿女们》，光明书局1931年版，第172—173页。
[3] 张资平：《柘榴花》，乐群书店1928年版，第86页。

中，所有出场的角色几乎都是"无灵魂的人们"——奴性的庸众，"中国国民大部分都是在过着他们的无灵魂的生活"[①]。张资平在作品中，数次以反语的方式反思和讽刺中国国民的国民性问题，"这是黄帝子孙神明种的国民性啊"[②]。小说的时代背景是"万宝山事件""九一八事变"和"一·二八事变"，《无灵魂的人们》和李辉英的长篇小说《万宝山》[③]遥相呼应，分别以侧面描写和正面描写的方式，成为中国现代文学史上最早反映万宝山事件的长篇小说。当侵略中国的诸多列强中，有一个（日本）妄图独占中国时，生活在租界中的"阿Q"们竟无亡国之忧，因为他们相信，自己的英美主子必会保护他们，"神经过敏！神经过敏！没有这回事！决没有这回事！日本人敢来进攻上海？上海是国际都市，他们不怕英美吗？"[④]"阿Q"们已然"坐稳了奴隶"，"极容易变成奴隶，而且变了之后，还万分喜欢"[⑤]。

除了"买办阿Q"的形象，张资平还塑造了一系列"青年知识分子阿Q"的典型。这些知识青年都陷入了精神困境，他们尝试使用"阿Q"式的精神胜利法自宽自慰。"事实上失败或屈服的时候，便有'精神上的胜利'聊自安慰，于是'反败为胜'，睡觉也甜甜了。阿Q的名言，所谓'被儿子打'，所谓'我的祖宗比你强'，就是他'精神胜利'的哲学"[⑥]。张资平笔下的青年，不仅为自我的堕落沉沦寻找心理安慰，还进一步发展了精神胜利法，以爱情麻痹自我，用忘却责任来抚慰矛盾痛苦的心灵。

---

① 张资平：《无灵魂的人们自序》，《无灵魂的人们》，晨报社出版部1933年版，第5页。
② 张资平：《无灵魂的人们》，晨报社出版部1933年版，第106页。
③ 李辉英的第一部长篇小说《万宝山》是中国现代文学史上首部正面反映万宝山事件的长篇小说，湖风书局1933年3月初版。出版后，李辉英曾寄给鲁迅，并收到鲁迅的回信。茅盾则以笔名"东方未明"于1933年8月在《文学》杂志第1卷第2号上发表文章《"九一八"以后的反日文学——三部长篇小说》，对其进行评论。
④ 张资平：《无灵魂的人们》，晨报社出版部1933年版，第46页。
⑤ 鲁迅：《灯下漫笔》，见《鲁迅全集·第一卷·坟》，人民文学出版社2005年版，第223页。
⑥ 茅盾：《"阿Q相"》，见《茅盾全集·第十九卷·中国文论二集》，黄山书社2014年版，第450页。

《跳跃着的人们》中的质彬虽是农村的破落户，他和父亲流落到城市后却意外得到了都市大资本家"梁辣腕"的赏识，成了梁家的忠仆。在"梁辣腕"的资助下，质彬得到了进入教会学校学习的机会。质彬自认为是一个知识分子，感到自己已经摆脱了卑微的出身，遂看不起梁公馆中与其同一阶层的其他仆人。但他又清醒地意识到自己与"梁辣腕"以及梁家人之间始终横亘着一条巨大的阶级沟壑。他对此感到痛苦迷茫，既想离开梁家摆脱奴仆的身份追求自由与独立，又害怕离开后失去生活的依靠，最终软弱怯懦的他继续选择当一个忠仆，暗暗等待一个机会彻底改变自己的命运，当下只能以精神胜利法自宽自慰，"忍气留财，受气得福。我是大器晚成啊！"[1]。《无灵魂的人们》中的少彬和《青年的爱》中的海泉的精神困境与质彬略有不同。少彬和海泉均是家境优渥的大学生，他们不像质彬那样钻营以改变自己的命运，他们的精神困境主要源于自我感性情绪（强烈的爱国情绪）和理性情感（明哲保身的人生态度）的对峙。面对帝国主义列强，尤其是妄图独占中国的日本侵略者，他们在情感上绝不愿做亡国奴，想要同侵略者抗争到底。但他们的血液中隐隐因袭着"阿Q"那对上屈膝的病态奴性，在半殖民地的中国则演变为对外屈膝。少彬和一个日本女子在租界游玩时，遇到了几个同该女子相识的日本青年，当他看到这几个日本青年与她亲密聊天时，感到无比嫉妒愤恨，却不敢与他们正面冲突，只能在内心罗织日本人的各种缺陷，譬如日本人的英语发音不标准、日本女子水性杨花、日本人不穿裤子、日本人只会欺凌弱者等，以精神胜利法聊以自慰。当"一·二八事变"爆发后，少彬一方面痛恨侵略者，期待着十九路军能够痛击敌人；另一方面，又顾忌侵略者的强大实力，为求自保躲进了租界，和日本女子爱子终日纵情享乐，为自己的懦弱和堕落找寻借口，在爱情中他卸下了心灵的重担，"忘记了时局的紧张，忘记了他的未搬出的行李，忘记了学业，忘记

---

[1] 张资平：《跳跃着的人们》，文艺书局1930年版，第22页。

了父亲，忘记了一切"①。海泉爱上了自己导师的妻子——日本女子鹤子。他寄住在老师家中，与鹤子暗生情愫。海泉嫉妒鹤子的一个男性亲友与鹤子的亲密举动，既想要教训他，又惧怕对方日本人的身份，由此陷入了精神困境，"向日本人用武只是一个理想罢了。日本人一凶起来，中国人一点也不敢抵抗的。万一动了武，引起了外交问题，不得了。算了吧"②。当海泉嫉妒痛恨的日本男人向他谦虚地鞠了一个很深的躬时，竟把海泉感动了，海泉赶紧回礼以示敬意。日本男人鞠躬的举动——强者的示好令骨子里有着奴性病态精神的海泉感到自己获得了精神上的安慰和胜利，这让他瞬间忘却了自己的妒意。后来，海泉加入了一个革命组织，在同志们的鼓动下，他热血沸腾，想要参与游行示威，面对侵略者对中国人民犯下的暴行，他无比愤怒，但又一想到自己假若参与其中，有被捕甚至被杀的风险，爱国热情瞬间被明哲保身的理念扑灭，最终他同少彬一样，选择以性爱来麻痹自我，和好友的妻子秋英终日沉溺于肉欲之中。

张资平在其长篇小说中，承继了五四学人改造国民性的殷切期望与历史使命，以超越历史和时代的眼光去审视和反思病态的国民性，塑造了"买办阿Q""青年知识分子阿Q"等形象，丰富了"阿Q"人物谱系。张资平对病态国民性的描写与反思，始终与外部的社会关系、社会问题紧密相连，试图通过对病态国民性的反思，揭示病态社会带来的心灵扭曲，反思半殖民地半封建社会造成人性异化的问题。

结　语

张资平的长篇小说以三角恋爱闻名于世，多角恋爱的情节设置以及对禁忌之恋、不伦之恋的大胆描摹也使他饱受诟病。重读其作品却

---

① 张资平：《无灵魂的人们》，晨报社出版部1933年版，第234页。
② 张资平：《青年的爱》，合众书店1948年版，第45页。

不难发现，张资平对于现实人生和社会持有深切关注与批判，只不过这一特质被遮蔽在"多角恋爱小说"标签下。"十余年之久，不发表所谓小说了。现在忽然又来发表这篇作品，尤其是以恋爱为主题（Thema）的小说，社会对于我，也许会发生一阵惊疑吧。"[1] 除了《飞絮》《苔莉》和末期的《新红 A 字》，其他的长篇创作均表现出了浓厚的现实倾向。张资平的长篇小说多以广东、东京、上海、南洋为背景，与时代变革紧密相连。在追求浪漫抒情和商业卖座的同时，具有强烈的问题意识，反映了大量社会现实问题，如恋爱婚姻中的两性关系、青年人的人生选择、破产农民在都市的艰难求生、文化界教育界的世相、被侮辱被损害的妇女儿童等，表现出一定的现代性视野。通过教会批判、革命反思、国民性挞伐，张资平在小说中表现出了强烈的人文关怀精神、社会责任感和时代使命感，为动荡的时代留下了历史的、人性的、审美的见证，这是以往学界研究所忽视的一个重要维度，也是重读张资平小说所能打开的新的空间。

---

[1] 张资平：《新红 A 字自序》，《新红 A 字》，知行出版社 1945 年版，第 1 页。

第二章　平襟亚现代长篇小说创作论

——以"人"系列小说为例

引　言

平襟亚，名衡，字襟亚，1894年9月生，江苏常熟人，有笔名襟亚阁主、网蛛生、秋翁等。平襟亚具有多重身份——出版商、律师、评弹作家，其中最引人瞩目的便是小说家。平襟亚属于大器晚成型学人，早在新文化运动时期，就以武侠、言情等通俗短篇小说的撰写初登文坛，但直至1927年1月，以笔名网蛛生写作、由新村书社出版发行的长篇小说《人海潮》的洛阳纸贵，才使他成为鸳鸯蝴蝶派的代表作家之一，由此跻身通俗文学名家之林。1928年，平襟亚又以笔名网蛛生写作了《人海潮》续篇——长篇小说《人心大变》。1932年，平襟亚再次以笔名网蛛生写作了长篇小说《人海新潮》，又名《明珠浴血记》。《人海新潮》只是借用《人海潮》的书名便于推广售卖，内容与《人海潮》《人心大变》毫无关系。

上述三部以"人"命名的长篇小说，在艺术形式上为典型的通俗章回体小说，为了保证市场和销量，情节上不免有惊悚、低俗甚至情色的露骨描写。尤其是《人海潮》《人心大变》，其主要的故事背景为上海妓界，"叙述多近十年来海上事，凡艺林花丛以及社会种种秘幕"[①]，因

[①] 袁寒云：《人海潮序文·袁寒云先生序》，见《人海潮·第一集》，新村书社1927年版，第1页。

此，内容上难以免俗。但在通俗化、商业化的同时，平襟亚还以自叙传似的纪实方式，以真挚深厚的情感，以严肃深刻与幽默反讽相结合的笔调，描绘了黑暗悲惨的社会世相，揭示了丑恶的人性，暴露了病态的国民精神。在此基础上，他试图绘制一幅东方与西方、乡土与都市碰撞交融下的畸形现代社会图景，试图书写一部中国现代社会的精神史，这源自现代学人强烈的社会责任感和历史使命感。但平襟亚的小说创作，特别是他的"人"系列长篇小说中的《人心大变》《人海新潮》，在以往罕有提及，不似鸳鸯蝴蝶派的包天笑、秦瘦鸥、周瘦鹃、张恨水、徐枕亚、吴双热、李定夷等人的创作，一直是学界研究的重点。平襟亚的现代长篇小说创作并没有得到学界重视，使他成为文学史上的被遗忘者。

一　社会世相的透视

《人海潮》《人心大变》以及《人海新潮》的扉页上分别有"上海社会真相"和"社会秘密真相"的标识，《人海新潮》的目录上还特别加注了"社会奇情长篇小说"标记，表明平襟亚试图将自己的所见所闻绘制在"'人海潮'这幅长长的社会画卷中"①，进而以"人海镜"②透视社会世相，呈现并反思种种社会问题。

《人海潮》《人心大变》并不是一味描写都市上海的社会生活、百态人生，作者还将笔触大量着墨于农村——临近上海的江南水乡福熙镇，其原型是平襟亚的家乡——常熟辛庄镇。作品中的主人公"沈依云"的形象也是平襟亚以自己为原型塑造的。从福熙镇到大上海的世相百态，均是平襟亚的亲身经历与所见所闻。由此来看，《人海潮》《人心大变》也可视为平襟亚从常熟到上海的一部自叙传，"我觉得，'文学作品，都是作家的自叙传'这句话，是千真万真的"③。因此，

---

① 金晔：《平襟亚传》，东方出版中心2017年版，第85页。
② 袁寒云：《人海潮序文·袁寒云先生序》，见《人海潮·第一集》，新村书社1927年版，第1页。
③ 郁达夫：《五六年来创作生活的回顾》，《文学周报》1928年第276—300期。

《人海潮》《人心大变》并不是单纯的通俗文学，而是掺杂了某些"纪实性"① 文学的特质。

"人"系列小说中最为常见，也是平襟亚竭力描摹的社会世相，是底层人民——中国农民悲苦的生活状态。通过对农民生活状态和农村社会世相的摹写，呈现种种现实问题和社会危机。福熙镇虽是江南水乡、膏腴之地，此地农民却依然生活在水深火热之中，是因为他们同中国的其他农民一样，饱受地主乡绅、兵匪地痞的压榨迫害。小说伊始，平襟亚就对福熙镇权力架构进行了细致的解剖：乡董—乡佐—庄主—农民，"村上出了什么岔子，要受庄主裁判，村人受了什么委曲，要向庄主声诉……庄主的威权却很厉害……他就好像做了大总统元旦受贺似的，心中好不欢喜……只是裁判权谁给他的呢？便是一乡乡董。乡董是他的上级机关。乡董一乡只有一个……乡董的助手叫做乡佐，一律出自县知事委任。因此，他的威权就能够控制各庄庄主，仿佛专制时代，元首股肱。万民庶政，全权遥领"②。由此呈现中国农村的社会框架以及中国农民的社会地位，揭示农民悲惨命运的缘由。处于最底层的中国农民，终日辛勤劳作，辛苦所得却悉数被地主乡绅掠夺压榨，只能勉强维持温饱，债台高筑。

农民的命运如同浮萍般凄惨，《人海潮》中的天灾——大水灾将乡民的田地淹没殆尽，"水光接天，不分田庐阡陌。村民大哭小喊，惨不忍闻。一船一船的难民，到处劫夺，简直不成世界"③。《人心大变》中的人祸——兵匪之乱，令乡民的家园付诸一炬，"有一二百个败兵，身上统有洋枪，奸淫掳掠，无所不为……其实未必都是败兵，中间有许多光蛋、流氓、地痞、土棍，同地方上游手好闲的人勾通了到镇上来骚扰……还害了四乡邻房也都烧得一片焦土"④。面对天灾人

---

① 金晔：《平襟亚传》，东方出版中心2017年版，第85页。
② 网蛛生：《人海潮·第一集·第一回》，新村书社1927年版，第2—3页。
③ 网蛛生：《人海潮·第一集·第十回》，新村书社1927年版，第256页。
④ 网蛛生：《人心大变·第四集·第三十四回》，中央书店1934年版，第55—58页。

祸，这个最弱势最底层的群体走投无路，除了死亡就只能选择远走他乡，涌向都市——上海，去寻求生路。但畸形繁荣、贫富悬殊的大上海并不是农民安家的乐园，"等到身入繁华之地，简直没有还乡之望。可怜乡间女儿，不论已扳亲未扳亲，到得海上，以身入平康为荣，衣锦归来，又招朋引类而去"①。福熙镇农民金大的女儿银珠就因天灾人祸随家人到上海谋生，为了生存最终沦落风尘，成了达官贵人的玩物。银珠的悲惨命运如同一个缩影，折射出花丛界各个倌人的人生，她们与银珠一样，来自上海周边的乡村，原本尽是单纯的农人，为生活所迫不得已走上了出卖肉体和灵魂的道路，从乡村到城市却始终无法摆脱被压榨、被欺侮、被损害的悲惨命运。

　　平襟亚在对农民群体表达深切同情之时，也对乡民不思进取、自甘堕落的现状世相进行了描写和反思。"街坊的小茶馆，现在简实变做赌窟了，乡人在这里家破人亡的委实不少。小酒店，兴奋一般人的暴勇斗狠，乡村发生械斗血案，都在这里酿成的。街坊上鸦片烟馆，听说现在也改换牌号，一律叫燕子窠了，这其间更不容说，是乞丐的制造厂，尤其是盗贼的派出所。农民渔户，吸上了那筒福寿膏，把自己祖宗挣下的田房屋产，一起塞进小眼眼去还不够。"② 在乡土文明和都市文明、农业文明和工业文明相互碰撞交融的过程中，乡土世界原本淳朴、单纯的自然性渐渐被吞没，都市文明中的种种糟粕流入乡间，与乡村原有的渣滓不谋而合，共同腐蚀着农人的人性。茶馆、酒馆、燕子窠以及妓院、舞场、旅馆，都是大都市里最为常见的娱乐消遣场所，《人海潮》《人心大变》《人海新潮》中的都市男女乐在其中，纸醉金迷、耽于享乐。都市文明中的糟粕沉渣同样腐蚀着市民的灵魂，利益金钱成为市民追逐的唯一对象。平襟亚凭借自己丰富的社会阅历和工作经历，尤擅以反讽的笔法展现、批判上海出版界、法律界、文

---

① 网蛛生：《人海潮·第一集·第八回》，新村书社1927年版，第194页。
② 网蛛生：《人海潮·第一集·第八回》，新村书社1927年版，第193页。

界、新闻界、教育界、投机界以及官场中的种种丑恶世相,"不知道观望风色,承迎意旨,只顾埋着头干他的笨活……办事太认真,捞钱太不会,太爱惜名声,太钟勤职务……好比不可雕的朽木,不成器的顽铁,又仿佛是粪缸里的石头,又臭又硬,做了几年芝麻绿豆官,仍旧是书生本色,没有学得一点官样,不曾吐出一丝官气,不知道回护同官,不愿意伺候上官"[①]。

平襟亚的"人"系列长篇小说,与历史时代紧密相连,从辛亥革命到袁世凯复辟,从北伐战争到宁汉合流,从齐卢混战到民族抗战,均有涉及。在小说中,平襟亚建构了都市—乡村的互动模式,透视了20世纪10年代至30年代,都市上海以及上海周边乡村的种种社会世相,继而刻画剖析人性,呈现反思社会问题。

二 丑恶人性的刻画

人性是人类所特有的一种"本质属性"[②]。人类若拥有良好的外部环境和条件,就能够具有并保持美好的人性,"如果有'良好的环境条件',人们就会渴望表现出诸如爱、利他、友善、慷慨、仁慈和信任等高级品质……人类如果过去和现在都生活在良好的环境条件下,那么,人类就可以保持'善'的本性,也就是通常所说的符合理论的、有道德的、正直的本性"[③]。由此可见,虽然外部的环境条件不是人性塑造形成的唯一要素,但绝对是决定性因素之一。反之,假若外部环境条件糟糕恶化,人性也必然会受到异化扭曲。

平襟亚的"人"系列长篇小说,首先呈现和透视了都市—农村的社会世相,揭示了这是一个弱肉强食、贫富悬殊的世界,是一个利益至上、金钱为尊的天下,是一个指鹿为马、徇私废公的寰宇,更是一

[①] 网蛛生:《人海新潮·第一册·第二回》,中央书店1936年版,第8—9页。
[②] 高建国:《人性心理学》,中国经济出版社2013年版,第17页。
[③] [英]罗伯特·艾伦:《哲学的盛宴》,刘华编译,新世界出版社2013年版,第319页。

个钟鸣鼎食、醉生梦死的大地。在这种社会环境之中，人性必然会被异化扭曲。在创作过程中，平襟亚虽然也刻画了某些人性的美好，但与小说呈现的主流——丑恶人性相比，显然是一股寄寓着作者世外桃源般美好期盼的支流。在都市文明、工业文明和自然文明、农业文明相互碰撞交融生成的半殖民地半封建畸形社会中，乡土世界的淳朴、善良、单纯被消磨殆尽，都市社会中的民主意识、人文精神、理性情感毫无影踪。利益金钱成为农民—市民的唯一信仰。

福熙镇的伯祥接到消息，在上海做倌人的女儿不幸身故，但当他接到老鸨送来的二百元钱时，竟没有丝毫的悲伤，反而快活无比，"受了一叠钞票，心中比女儿回来快活得十万倍"①。银珠随父母来到上海谋生，为了生计只能沦落风尘。其母原本不忍，但当银珠赚得盆满钵满时，竟同丈夫金大一道，喜笑颜开，对引诱银珠下海的老鸨阿金千恩万谢。如果说乡人送妻女入花丛还有几分顾忌与羞耻，那么不同阶层、不同地位的都市人对金钱利益的狂热追逐，令其人性已然堕落扭曲至极致，"把母妹妻女一起送到生意上，组织一所没资本的公妻无限公司，他自己做公司里跑街，四处拉拢主顾，引得生张熟魏门庭若市……更有人和朋友往肉林中……叫到看看，自己一位宠妾，他依旧不慌不忙，倒杯茶他喝……那女子从容不迫，敷衍一阵，跟着那人一同回来"②。而遁入空门的出家人为了金钱利益也早已将灵魂卖给了魔鬼、送到了地狱，福熙镇积善寺的小和尚根云为了抢夺住持之位，竟然串通放高利贷的王大娘污蔑自己的师父印月奸淫妇女。王大娘怨恨印月借贷之后还款及时，导致自己无法继续收取高额利息，便与根云一拍即合，陷害印月。印月的另一个徒弟根涛则趁师父身陷囹圄之际，卷了寺中财物，不知去向。上海滩的达官贵人们平素作恶太多，为求心安，便请太荒和尚讲经作法，富太太们对他更是趋之若鹜，太

---

① 网蛛生：《人海潮·第一集·第一回》，新村书社1927年版，第31页。
② 网蛛生：《人海潮·第二集·第十六回》，新村书社1927年版，第129页。

荒和尚每日或奔波于富太太们的闺房，或应酬于酒店饭馆，讲经作法、案牍劳形、日理万机。

上海滩的乞丐、骗子，更是阴险狡诈、穷凶极恶，为了钱财不择手段，"挂牌做乞丐，只好把死法子过活，上海有多化清客串，不挂牌乞丐，专想活法子骗钱，心思巧妙"[1]。乞丐将跳蚤故意扔到妇女身上，以帮助捉跳蚤之名向妇女索要钱财。孟溪在雪夜赶赴旅馆时，在街边偶遇三个乞丐。他们见孟溪打扮富贵，便见财起意，打劫行凶，"三人围将上来，手忙脚乱将孟溪穿的狐皮大衣剥下，滩皮袍子剥下，棉袄裤一齐剥下。再把孟溪束的一条裤带解下，将孟溪双手反缚着。三人扛到阴沟旁边，对准三尺多深的阴沟里面，抛将下去。孟溪叫喊时，一人跳下阴沟，将纸团塞住孟溪的口，然后，三人聚在一处，将剥下的衣服均分了，各自四散奔逃"[2]。金老二娶倌人为妻，只为骗取倌人的钱财，得手后，将家里一切东西拍卖干净，卷了现款不知所踪。寡居的秦少奶奶被俞蝶卿勾引，愿与他长相厮守。俞蝶卿作为情场老手，用甜言蜜语轻易骗取了她的信任，"亲爱的心肝，我怎舍得你离开上海，你离开上海，我就跳黄浦给你看"[3]。然后勾结强盗牌老三，以苦肉计让强盗牌老三抓住自己与秦少奶奶通奸的把柄，终日对秦少奶奶敲诈勒索，逼得秦少奶奶险些自尽，尽显人性之狠毒卑劣。

文人幼凤生前写的小说曾送至各个书局，均被各书局的经理们弃如敝屣，尤其是远东书局的孙经理将其贬得一文不值。幼凤染病而亡，其妻月仙女士悲伤过度香消玉殒，他们的悲情故事被上海报章杂志争相传诵后，幼凤生前的遗稿顿时洛阳纸贵、风靡全城。曾经嫌弃幼凤著作的上海滩书贾们争先恐后地出版幼凤遗作。"远东书局出版的游戏杂志上，特刊一篇幼凤遗著小说，题名是个《疟》字……当初那书

---

[1] 网蛛生：《人海潮·第二集·第十六回》，新村书社1927年版，第116页。
[2] 网蛛生：《人心大变·第一集·第二回》，中央书店1934年版，第22页。
[3] 网蛛生：《人心大变·第二集·第十四回》，中央书店1934年版，第58页。

局经理孙某摇头咂舌,视为绝无风趣,不肯付给润资的。现在幼凤一死,便把这篇小说,排着三号大字,当他奇货可居。"① 无耻可笑至极。上海滩的大律师们,为了金钱利益,更是不顾事实正义,混淆黑白,指鹿为马。孙士刚是个中翘楚,他不仅善于颠倒是非,更是心狠手辣、人面兽心。紫竹庵主持净修师太是孙士刚小妾的好友,孙士刚觊觎紫竹庵的房产,先是取得净修师太信任,将紫竹庵的地契保管在自己律所之中,然后设计诬陷净修师太与一个假和尚在旅馆通奸,再带人捉奸,以此威逼净修师太远离上海。经过一番巧取豪夺,便霸占了紫竹庵的地契,转手将房屋地产倒卖,赚得盆满钵丰。《人海新潮》中,两颗明珠便使姐妹反目、朋友交恶、家人决裂,一场场的凶杀命案均因两颗明珠——金钱利益而起,"饱暖思淫欲,饥寒起盗心……顿时扰动了许多贪人败类,穷鬼奸徒,一个个红眼黑心,绞肠呕血,都想有这两粒明珠到手,就可以脱胎换骨,一跃而为世界上有数的大富翁"②。因此,小说又名"明珠浴血记",在作品中,平襟亚充分刻画揭示了异化扭曲的人性之恶。

平襟亚不仅注重刻画剖析人性,还揭示出人性的扭曲异化与外部的社会关系、现实环境息息相关,"上海人的眼皮,本来比竹衣还薄,你只要会得替他弄钱进门,他替你倒尿瓶都情愿。一等到你急难临头,就是叫他一声亲爹爹,他也未始肯答应你"③。正是糟糕恶劣的外部环境条件进一步加速了乡民—市民灵魂的腐化堕落。

三 病态国民性的暴露

通过透视社会世相、刻画丑恶人性,平襟亚试图去剖析复杂的社会关系,去反思造成世相黑暗、人性丑恶的社会问题。平襟亚在

---

① 网蛛生:《人海潮·第四集·第三十七回》,新村书社1927年版,第129页。
② 网蛛生:《人海新潮·第二册·第三十一回》,中央书店1936年版,第12页。
③ 网蛛生:《人海潮·第三集·第二十六回》,新村书社1927年版,第132页。

其"人"系列长篇小说中还十分注重暴露中国国民精神的病态和缺陷——愚昧无知、麻木冷漠、奴性十足，并揭示病态的国民性是导致社会黑暗、人性丑恶的重要因素之一。上述的国民性弱点，"不仅使他们成为'毫无意义的示众的材料和看客'，而且常常成为'吃人'者无意识的'帮凶'……'吃人'的封建思想已经深深地渗透到民族意识和文化心理结构之中，成为历史的惰性力量，无形地吞噬灵魂，消蚀民族精神。大量的受害者往往并不是直接死于层层统治者的屠刀之下，而是死于无数麻木者所构成的强大的'杀人团'不见血的精神虐杀之中。"[1]

近代国家的建立，"话说中国幸亏辛亥年几个热血健儿抛却头颅，博得个锦绣河山还吾汉族，革命成功，共和奠基"[2]，近代都市——上海的迅猛发展和急遽繁荣，标志着近代中国政治经济的巨大变革、社会的发展进步。但启蒙民众、启迪民智，改造国民性的历史使命仍未完成，从都市到乡村，病态的国民精神依然积重难返。

《人海潮》和《人心大变》中的福熙镇虽然紧邻中国最为开放发达、现代化程度最高的大都市上海，但依然同中国其他广袤的农村地区一样，闭塞封建、保守落后。愚昧的看客是平襟亚"人"系列长篇小说中常见的描写对象，也是福熙镇——中国农村中最为常见的群体。金二妻子在上海某总长情人家做帮佣，总长与情人有了孩子后，为了掩人耳目，便让金二妻子将其私生子带到福熙镇隐匿抚养。乡民——看客得知此消息后，争相观看总长的私生子，"男男女女，跟着五六十人……又哄动了全镇的闲人，把狭狭一条街塞得水泄不通……一众看客，男男女女，各恭恭手，笑嬉嬉站在旁边……一路看客人山人海，从此金二三间草屋门口，人像潮水一般涌了好几天"[3]。在都市中，愚昧的看客也是极为常见，丁剑丞赶到高新街探查案情时，"四面围着

---

[1] 张光芒：《中国近现代启蒙文学思潮论》，山东文艺出版社2002年版，第272页。
[2] 网蛛生：《人海潮·第一集·第一回》，新村书社1927年版，第2页。
[3] 网蛛生：《人海潮·第一集·第一回》，新村书社1927年版，第23—25页。

瞧看热闹的人，口讲指画，议论纷纭……看热闹的闲人，闹嚷嚷一阵大乱"①。这些乡村—都市中的愚昧看客，恰如鲁迅在《药》中描述的群体，"却只见一堆人的后背；颈项都伸得很长，仿佛许多鸭，被无形的手捏住了的，向上提着"②。

　　麻木的庸众不仅是中国农村也是中国都市中最为常见的群体，亦是平襟亚笔下的常客。大水灾爆发后，哀鸿遍野、饿殍遍地，作为乡绅之女的醒狮女士，却对水灾和难民漠不关心，直言天气炎热，应该再多下些雨水降温，"天气闷热异常，最好再落下十天雨，把天空里的水蒸气消散一消散，就凉爽得多"③。醒狮女士不仅在苏州受过现代高等教育，后来还搬去上海定居，她的身份背景与市民无异，她麻木冷漠的嘴脸代表了一众乡村—都市的庸众。丁幼亭因捉弄张和卿怀孕的妻子，导致对方早产，张和卿相约了四五个好友，对丁幼亭进行报复殴打，周围的庸众面对斗殴，顿时围拢上来，不是为了好言相劝而是能够隔岸观火，"看客这时都围拢来看相打"④。直到丁幼亭被张和卿等人殴打得没有了气息，围观的庸众们也无人劝阻。同样，在丁幼亭捉弄张和卿怀孕的妻子以及其他妇女之时，庸众们同样置身事外、袖手旁观。最终，丁幼亭被张和卿等人群殴致死，张和卿的妻子也因早产时出血过多而亡。庸众的麻木冷漠，恰是这两起人间惨剧发生的重要缘由之一，假若有人及时劝阻，完全可以避免悲剧的生成。

　　平襟亚还在作品中竭力呈现"暂时坐稳了奴隶的时代"⑤。金大与妻女以及秦家兄弟的关系，是中国几千年来权力关系的缩影——君臣、父子、夫妻。金大对待自己妻女的态度十分蛮横凶恶，稍有不如意便无情打骂。金大妻和女儿银珠对待金大的暴行只是忍气吞声，不敢反

---

① 网蛛生：《人海新潮·第一册·第三回》，中央书店1936年版，第11—14页。
② 鲁迅：《药》，见《鲁迅全集·第一卷·呐喊》，人民文学出版社2005年版，第464页。
③ 网蛛生：《人海潮·第一集·第十回》，新村社1927年版，第257页。
④ 网蛛生：《人心大变·第四集·第三十五回》，中央书店1934年版，第71页。
⑤ 鲁迅：《灯下漫笔》，见《鲁迅全集·第一卷·坟》，人民文学出版社2005年版，第225页。

抗。而在面对有权有势的秦炳奎、秦炳刚兄弟之时，金大则换了一副嘴脸，在妻女面前耀武扬威、颐指气使的他，变得唯唯诺诺、怯懦卑微。先后做过乡董的秦炳奎、秦炳刚兄弟对于金大——农人来说，即是"专制时代元首"[1]，臣民见到元首君上自然卑躬屈膝、奴性十足。这种"稳定的时代关系"在金大一家人来到都市上海谋生后，依然坚不可破，银珠将自己辛苦赚来的钱财悉数交给父亲挥霍享乐——饮酒、赌博，银珠后来为了养家，先是沦落风尘，又做了达官贵人的妾室，她却从来不知反抗，只知逆来顺受。而金大则乐得女儿变身摇钱树，对于女儿的孝敬付出认为理所应当，无情地吸血压榨银珠。金大妻虽然怜爱女儿，但一切听从金大安排，毫无主见。兵匪之乱后，乡董秦炳奎被兵痞杀害，其弟炳刚接任乡董，乡董人选的变更，并未影响稳固的权力架构，农人们依然处于权力架构中的最底层，早已麻木并欣然接受。乡间看戏时，丁幼亭捉弄一位妇女，妇女对其一顿臭骂，骂声打扰了炳刚看戏，炳刚对该妇女随手就是两记耳刮子。妇女回家向丈夫哭诉，丈夫得知是乡董打人，便不敢再问询，而是把自己的妻子又打个半死。这次事件再次印证了中国几千年来稳定的社会关系，以及牢固的权力架构，只因妇人处于社会关系和权力架构的最底层，"无处申冤"[2]，只能忍气吞声，并成为一种生活习惯，"我们极容易变成奴隶，而且变了之后，还万分欢喜"[3]。

平襟亚在其"人"系列长篇小说中，以看客—庸众—奴隶的叙事线索，暴露病态的国民性，尤其对病态的奴性和畸形的社会关系进行了深刻反思，并以水乡鹚鹕为主人捕猎鱼类进行隐喻，"赶着那鸟，那鸟便向一片碧波中，穿花蝶蛱似的和鱼类奋斗。鱼类见他便失却抵抗能力，给他生吞活咽，任意摧残。可是它虽负了水国军阀的威望，

---

[1] 网蛛生：《人海潮·第一集·第一回》，新村书社1927年版，第3页。
[2] 网蛛生：《人心大变·第四集·第三十五回》，中央书店1934年版，第70页。
[3] 鲁迅：《灯下漫笔》，见《鲁迅全集·第一卷·坟》，人民文学出版社2005年版，第223页。

只恨不能把鱼类咽下肚子,可怜他每日挨饥忍饿,供人类的驱使,毫无实惠。"① 这也是五四以来,以鲁迅为代表的五四学人在文学创作中持续关注的问题,充分体现了平襟亚强烈的社会责任感和历史使命感。

结　　语

长期以来,平襟亚的现代小说特别是长篇小说研究一直被学界忽视。他的"人"系列长篇小说创作,以自叙传似的纪实方式,以真挚深厚的情感,以严肃深刻和幽默反讽相结合的笔调,透视社会世相、刻画丑恶人性、暴露病态的国民精神,表现出了五四学人强烈的人文关怀精神以及社会责任感、历史使命感。除了创作长篇小说,平襟亚还撰写了大量的短篇小说,既有通俗的武侠、言情,也有历史新编。他的历史短篇小说主要创作于抗战时期,与另一位善于撰写历史短篇小说的江苏籍作家谭正璧类似,均是将口耳相传、耳熟能详的历史传说、历史传奇,以"故事新编"的方式进行重新演绎,从而达到以古喻今、借古讽今的创作目的。平襟亚的文学创作,特别是现代小说写作,为中国现代文学尤其是江苏文学的发展作出了重要贡献,他的文学创作特别是小说写作实属一座有待开掘的文学富矿。通过对平襟亚"人"系列长篇小说创作的阐释回溯,不仅能够钩沉还原其完整的文学创作风貌,重审其文学史地位,对于中国现代文学来说,平襟亚的"重新发现",亦是一种有益的补充。

---

① 网蛛生:《人海潮·第一集·第三回》,新村书社1927年版,第63页。

第三章　杂糅性写作

——蒋光慈长篇小说论

引　言

　　蒋光慈，学名蒋如恒、蒋宣恒，自号侠生、侠僧，有笔名蒋光赤、蒋光慈，还有笔名华希理、维素、华维素、魏克特、敦夫、陈情等。1901年9月生于安徽六安金寨，1931年8月病逝。

　　学界对于蒋光慈的中长篇小说分类，总是莫衷一是。《丽莎的哀怨》则是较少有争议的一部作品，学者多将其称为长篇小说，"长篇《丽莎的哀怨》，是一个'异数'，也是作者永远的'心痛'"[①]。在徐乃翔主编的《中国现代文学词典·第1卷·小说卷》、甘振虎等编《中国现代文学总书目·小说卷》，以及刘勇和彭斌柏编著的《中国现代文学书目汇要·小说卷》中，也统称其为长篇小说。但篇幅与《丽莎的哀怨》基本相同或远远多于它的《少年飘泊者》和《短裤党》[②]，却被称作中篇小说。如唐弢在《中国现代文学史》、范伯群和曾华鹏在《蒋光赤论》、程庸祺在《亚东图书馆历史追踪》、刘中树在《刘中

[①] 陈子善：《探幽途中》，湖南教育出版社2007年版，第61页。
[②] 现代书局1929年8月出版的《丽莎的哀怨》的正文共有126页，亚东图书馆1926年1月出版的《少年飘泊者》的正文共有129页，泰东图书局1927年11月出版的《短裤党》的正文共有171页。

树文学评论集》、山东师范大学附设自修大学编写组在《中国现代文学作品提要》、刘勇和彭斌柏在《中国现代文学书目汇要·小说卷》、蔡宗隽和陈明华等在《中国现代文学作品选读（上）》中，均将《短裤党》称作中篇小说；如北大等九院校编写组在《中国现代文学史》、黄开发和李今在《中国现代文学初版本图鉴（上）》、甘振虎等在《中国现代文学总书目·小说卷》、徐乃翔在《中国现代文学词典·第1卷·小说卷》、夏钊明在《中国现代文学名著题解》、沈阳师范学院学报编写组在《中国新文学名著提要》、蔡宗隽和陈明华等在《中国现代文学作品选读（上）》、郑观年等在《中国现代文学作品选评》中，均将《少年飘泊者》称作中篇小说。以《丽莎的哀怨》的创作篇幅为标准，《少年飘泊者》和《短裤党》应为典型的长篇创作。因此，蒋光慈的长篇小说应为《少年飘泊者》[①]《短裤党》[②]《丽莎的哀怨》[③]《冲出云围的月亮》[④]《胜利的微笑》[⑤]《田野的风》[⑥] 六部。

　　蒋光慈的长篇小说既有对现实的高度观照，以革命作家的敏锐感和使命感去描写"工农运动""社会矛盾""新旧农民冲突"等现实问题，又以诗人的笔法去布局行文，以外在的诗化节奏和诗意表述来流溢内心的激情，同时，以浪漫主义的情怀开创了"革命＋恋爱"的革命文学书写模式。蒋光慈还钟情于超现实主义艺术技法的应用，在创作中，深入主人公的精神世界，细致呈现剖析主人公的梦境与幻觉。因此，蒋光慈的长篇创作具有一种典型的杂糅性特质，由此映照出新文学深邃复杂的现代性，揭示了蒋光慈文学观的繁杂广博。

---

　　① 蒋光慈：《少年飘泊者》，亚东图书馆1926年版。
　　② 蒋光慈：《短裤党》，泰东图书局1927年版。
　　③ 蒋光慈：《丽莎的哀怨》，现代书局1929年版。
　　④ 蒋光慈：《冲出云围的月亮》，北新书局1930年版。
　　⑤ 1930年6月，光华书局发行单行本，1940年5月新东书局再版时，更名为《最后的微笑》。
　　⑥ 原名《咆哮了的土地》，完成于1930年11月，最初刊载于《拓荒者》第1卷第3—5期（未刊载完成），蒋光慈去世后的1932年4月，由湖风书局发行单行本。

一 现实主义题材的建构

蒋光慈将"赤光"隐喻为自我的"新梦","后来,他留学苏俄共和国,受了赤光的洗礼,思想为之一变。他本富于情感于研究社会科学之暇,高歌革命,将至三年,新诗已哀然成帙"[①]。作为一个接受了共产主义理念洗礼的革命文学作家,蒋光慈的长篇小说具有强烈的问题意识,表现出了对现实的高度关注。

"工农运动""社会矛盾""新旧农民冲突"是蒋光慈长篇创作的三大题材,也是其使命感与人生诉求的体现,"我已经决定在本月十五日动身回国了。我知道那里是没有什么愉快可以给我的,但是当数万万被压迫的群众受着痛苦的时候,我有权利向我的祖国要求愉快吗?别人可以向它要求,然而我,我这个为祖国服务的人,是没有这种权利的!……呵,我应当归去,我应当归去,重新投入那悲哀的祖国的怀抱里!"[②]

《短裤党》被誉为"上海工人武装起义的报告文学"[③],这部近似于报告文学的长篇小说,再现了1926—1927年上海工人武装起义的风起云涌与血泪盈襟。小说并未刻意着墨于某一个角色,而是塑造了正反两个阵营中的一系列人物群像。比如正面阵营人物中的革命运动领导者史兆炎、林鹤生、杨直夫、郑仲德、鲁正平、秋华等人,工人领袖李金贵、邢翠英、华月娟、陈阿兰等人,工人积极分子朱有全、潘德发、王得才、王贵发、黄阿荣、李阿四等人;比如反面阵营人物中的军阀沈船舫和张仲长、上海防守司令李普璋、女工贼穆芝瑛,以及反共投机分子章奇、张知主、郑启、李明皇、左天宝、屈真、恢生、海清等人。史兆炎、杨直夫、秋华应是以赵世炎、瞿秋白、杨之华为

[①] 高语罕:《〈新梦〉诗集序》,见《战鼓》上卷,北新书局1929年版,第98页。
[②] 蒋光慈:《异邦与故国》,现代书局1930年版,第144—145页。
[③] 贵芳:《〈短裤党〉——上海工人武装起义的报告文学》,《解放日报》1957年3月26日。

原型，沈船舫和李普璋则应是影射了孙传芳和李宝章。由此来看，《短裤党》不愧为上海工人武装起义的"报告文学"，也是最早反映上海工人武装起义的长篇文学创作。《胜利的微笑》描写了"四·一二"大屠杀后，工人阿贵觉醒并为殉难工友李全发和革命者沈玉芳复仇的故事。"今年四月间 S 埠发生了空前的政治的变动，阿贵参加过几次群众示威的运动，亲眼看见许多工人——这其间也有老头子，老太婆，年轻的小姑娘，很小很小的小孩子……大批地被枪杀的枪杀，刺伤的刺伤，逮捕的逮捕，种种无人性的惨象。"[1] 蒋光慈的文学创作，多着墨于城市中的时代浪潮与社会风貌，而在《少年飘泊者》中则开始将笔端指向农村，在最后一部长篇小说《田野的风》中，蒋光慈全面呈现了乡村中农民运动的跌宕起伏。不同于《短裤党》中呈现的人物群像，《田野的风》主要塑造了两个启蒙者的形象，分别是张进德和李杰，通过这两位启蒙者再牵引出一众正、反面人物。农民出身的张进德离开家乡来到矿场做工，由农民转变为工人，加入矿场的工会，接受革命思想的熏陶，觉醒和蜕变后回到乡村，又对乡村中贫苦蒙昧的亲友乡民们如王贵才、刘二麻子、毛姑、荷姐、李木匠、吴长兴、癞痢头、小抖乱、小和尚等进行启蒙。李杰是该村地主李敬斋的儿子，是接受了高等教育的进步青年，毅然与封建家庭决裂，投身革命运动。他像张进德一样回到家乡，与张进德成为莫逆之交，二人组建了该村的农会和自卫队，发展农民运动。

　　蒋光慈在描写和歌颂如火如荼的工农运动的同时，也揭示了工农运动的曲折艰辛，血腥的死亡是蒋光慈长篇小说中恒久不变的主题，也是工农运动的真实写照。《胜利的微笑》《少年飘泊者》中的主人公——阿贵和汪中均将自己年轻的生命献给了工人运动和革命事业。《短裤党》中的李金贵、邢翠英夫妇以及一众工人积极分子，用鲜血染红了上海工人武装起义之路。在《田野的风》中，主角之一的李杰

---

[1] 蒋光慈：《胜利的微笑》，光华书局 1930 年版，第 51 页。

以及农民积极分子王贵才等人也为农民运动献出了年轻的生命。而造成血腥死亡的根源则是尖锐的社会矛盾。蒋光慈在其长篇小说中详细呈现了各种社会矛盾，如《短裤党》中帝国主义和中华民族的矛盾、大资产阶级和买办阶级同工人阶级的矛盾、军阀势力同人民大众的矛盾，"在黑暗的上海，在资产阶级的上海，在军阀和帝国主义统治之下的上海，有一般穷革命党人在秘密地工作"[1]。如《胜利的微笑》中，描写了大资产阶级、买办阶级同工人阶级的矛盾。工头张金魁以及原先是工头后来做了警察厅包探的李盛才，他们都是大资产阶级、买办阶级的爪牙，平素盘剥压榨工人，破坏工人运动，杀害工人积极分子，制造"四·一二"大屠杀，最终都被觉醒的阿贵枪决。在《冲出云围的月亮》中，曼英先是参加了大革命，与军阀作战，大革命失败后，曼英陷入了一段悲观颓废期，在阿莲和尚志的感染下最终投身工人运动，与大资产阶级、买办阶级相抗争。在《少年飘泊者》和《田野的风》中，蒋光慈开始呈现乡村的社会矛盾——地主阶级对农民阶级的嗜血压榨、狠辣欺侮。《少年飘泊者》除了呈现乡村的社会矛盾，也描写了汪中流落到城市后的悲惨命运，呈现了统治阶层、权势阶层对底层人民的盘剥。汪中在小说结尾投身革命运动，参加了北伐军，在与军阀作战时英勇就义。通过长篇写作，蒋光慈揭示了近代中国社会的本质特征以及主要矛盾，"地主阶级的军阀官僚的统治……地主阶级和大资产阶级联盟的专政……帝国主义和中华民族的矛盾，封建主义和人民大众的矛盾，这些就是近代中国社会的主要的矛盾"[2]。

新旧农民的冲突是20世纪三四十年代的作家反复书写的重要母题，从茅盾《春蚕》《秋收》中老式农民老通宝和觉醒的青年农民多多头的冲突；到叶紫《丰收》《火》中云普叔和立秋、少普的对立；到李辉英《丰年》中孙三爷同孙庆祥的对立；再到田涛《子午线》中

---

[1] 蒋光慈：《短裤党》，泰东图书局1927年版，第5页。
[2] 毛泽东：《中国革命和中国共产党》，见《毛泽东选集·第二卷》，人民出版社1967年版，第594页。

东庄老头子和觉醒的青年农民东大宝的对立。而早在1930年，蒋光慈就在长篇创作《田野的风》中提及这一问题。《田野的风》中的王荣发、吴长兴是典型的旧式农民，愚昧无知、奴性十足。王荣发的儿子王贵才和女儿毛姑、吴长兴的妻子荷姐，则是新式青年农民的代表，在张进德和李杰的启蒙下，实现了觉醒和蜕变。王贵才把革命军即将攻入县城的消息告诉了父亲，王荣发听后却对儿子大发雷霆，"革命军来了又怎样？我们守我们的本分要紧，决不要去瞎闹。什么革命不革命，不是我们种田人的事情"①。王荣发虽然过着贫苦的生活，却在宿命论的驱使下容忍着所有的苦难，他认为，或是自己生前造了孽，或是祖坟不好，或是八字生来就是受苦的命，于是便安心做了东家的顺民，"世事都有一定的因果……种田的有种田的命，做老爷的有做老爷的命。田地是东家的，佃户应当守着纳租的本分"②。吴长兴在外面对农村权势阶层的辱骂殴打、欺压剥削，像王荣发一样只知忍气吞声，回到家后却对妻子荷姐拳打脚踢，将其作为发泄对象，"他的老婆便是他的唯一的发泄的对象，因为她是他的老婆，而老婆是要受丈夫的支配的……老婆就是丈夫的私产……老婆是要绝对服从他的，他有绝对处治的权利"③。王贵才追随张进德和李杰加入自卫队，与农村的统治阶层进行抗争，毛姑剪掉了自己的辫子，加入了农妇会，荷姐也加入了农妇会，勇敢地反抗丈夫，决心要与其离婚。新旧农民之间的对峙，背后蕴含着的是文化思想的冲突。青年农民受到革命的启蒙，在革命中成长为觉醒者，与固守封建传统的老一代农民产生了不可调和的矛盾。

　　蒋光慈现实主义题材的长篇创作，描写了20世纪20年代中国社会工农运动的风起云涌，并由此对近代中国的权力架构、阶级层次、社会矛盾等问题进行了较为全面详细的剖析透视，渗透了作者本人强烈的阶级意识

---

① 蒋光慈：《田野的风》，湖风书局1932年版，第17页。
② 蒋光慈：《田野的风》，湖风书局1932年版，第20页。
③ 蒋光慈：《田野的风》，湖风书局1932年版，第217页。

和革命理念，以及将文学创作作为自己革命和战斗利器的殷切期望。

二 浪漫主义的情怀流溢

蒋光慈本质上是一个诗人，一个浪漫的革命诗人，"'诗人'这个名词本身上原没有什么好坏之可言……我愿勉力为东亚革命的歌者……我说；'你用的全身，全心，全意识——高歌革命啊'"①。蒋光慈的浪漫主义情怀在与爱人宋若瑜的通信集《最后的血泪及其他》②中可见一斑，"今夜月明如镜，/妹妹，我想起你：/倘若你在此地，/我将与你作缠绵之蜜语。/今夜月明如镜，/妹妹，我想起你：/倘若你在此地，/我将与你对嫦娥而密誓。/今夜月明如镜，/妹妹，我想起你：/倘若你在此地，/我将与你对花影而相倚。/今夜月明如镜，/妹妹，我想起你：/倘若你在此地，/我将与你赋永恋之歌曲。/"③ 因此，在写作长篇小说时，诗人蒋光慈一方面以个人激情自然流溢的浪漫主义文学精神去描绘现实、歌咏革命；另一方面又以浪漫主义的情怀去描写"革命+恋爱"的革命文学篇章。

诗歌是强烈情感的自然流溢，"浪漫主义关于诗歌或一般艺术的论断，常常涉及诸如'流溢'之类使内在的东西得以外化的隐喻。'表现'（express）就是用得最多的术语之一……'诗歌是情感的表现或吐露（uttering forth）'……'请注意诗的总体特性，它在本质上是情感的表露'……拜伦竟以火山来作比方，诗'是想象的岩浆，喷射出来可以避免地震'"④，蒋光慈在长篇小说中以诗的行文与表述来呈

---

① 蒋光慈：《自序》，见《战鼓》上卷，北新书局1929年版，第121—122页。

② 原题《纪念碑》（通信集），上卷收宋若瑜致蒋光慈书信57封，下卷收蒋光慈致宋若瑜书信40封，由亚东图书馆1927年11月出版。1931年4月由美丽书店更名为《最后的血泪及其他》出版。

③ 蒋光慈、宋若瑜：《最后的血泪及其他》，美丽书店1931年版，第106页。

④ ［美］M. H. 艾布拉姆斯：《镜与灯：浪漫主义文论及批评传统》，郦稚牛、张照进、童庆生译，王宁校，北京大学出版社2015年版，第52—54页。

现自我内心丰沛的情感，流溢自我内心的激情。

《短裤党》《田野的风》不仅是工人运动和农民运动的"报告文学"，更是歌颂革命的唱诗。蒋光慈以热情奔放的诗化语言，描写工农运动的艰辛曲折，歌颂工农阶级的崇高伟大。《短裤党》中，工人集会既是文中经常出现的场景，也是最能释放个人激情的介质，"男工和女工聚集了有五六千人，群众为一股热血所鼓动着，如狂风般的飞腾。在群众眉宇上，可以看出海一般深沉的积恨，浪一般涌激的热情"[①]。革命的唱诗是释放（流溢）"浪一般涌激的热情"的最合适的外在表现方式，这种革命唱诗或直接以口号呐喊呈现，"打倒帝国主义……打倒军阀……打倒一切工贼和走狗"[②]，或直接以《国际歌》来表达，"起来，饥寒交迫的奴隶！/起来，全世界上的罪人！/满腔的热血已经沸腾，/拼命做一最后的战争！/旧世界破坏一个澈底，/新世界创造得光明。/莫道我们一钱不值，/我们要作天下的主人！"[③]《田野的风》中，当乡间的自卫队队员们烧毁了农村旧势力的象征——李家老楼后，也唱起了与旧式家庭决裂，毅然投身革命事业的革命者李杰所教授的《国际歌》，"起来，饥寒交迫的奴隶！/起来，全世界上的罪人！满腔的热血已经沸腾，/拼命做一最后的战争"[④]，以此表达革命的激情与决心。又如《短裤党》中描写工人阶级悲惨的命运，"沈船舫好杀人，但杀的多半是工人！军警好蹂躏百姓，但蹂躏的多半是工人！拉夫是最野蛮的事情，但被拉夫的多半是工人！红头阿三手中的哭丧棒好打人，但被打的多半是工人！"[⑤]描写统治阶层对工人血腥镇压后的场景，"一座繁华富丽的上海变成了死气沉沉的死城，变成了阴风惨惨的鬼国，变成了腥膻的血海"[⑥]。描写北伐军的

[①] 蒋光慈:《短裤党》，泰东图书局1927年版，第86页。
[②] 蒋光慈:《短裤党》，泰东图书局1927年版，第166页。
[③] 蒋光慈:《短裤党》，泰东图书局1927年版，第170—171页。
[④] 蒋光慈:《田野的风》，湖风书局1932年版，第272页。
[⑤] 蒋光慈:《短裤党》，泰东图书局1927年版，第4页。
[⑥] 蒋光慈:《短裤党》，泰东图书局1927年版，第33页。

势如破竹,"北伐军占领杭州了!北伐军又占领绍兴了!呵!北伐军已经到了松江了!……"① 均是以情感自然流溢的激情唱诗进行表现,饱含着蒋光慈对反动势力的无比仇恨,对革命横扫一切黑暗的无比渴盼之情。

激情的唱诗在蒋光慈长篇小说中俯拾即是,以配合内在情感的流溢。如《田野的风》中,描写何月素对待爱情和工作的态度,"爱情不是最伟大的,也不是最重要的。最伟大的,而且是最重要的,只有工作,工作,工作呵……"② 如《丽莎的哀怨》中,描写丽莎对人生失去希望后的绝望心境,"别了,我的俄罗斯!别了,我的庄严的彼得格勒!别了,我的美丽的故乡——伏尔加河!别了,一切都永别了!……"③ 如《冲出云围的月亮》中,描写革命失败后曼英陷入颓废绝望、迷茫悲观的精神困境之中,"我们终于失败了……我对于一切都失了望……我怀疑起来我们的方法……与其改造这世界,不如破毁这世界,与其振奋这人类,不如消灭这人类"④。《少年飘泊者》更是以书信体的形式,对由农村流落到城市的少年汪中的悲惨命运和苦痛精神世界,进行了全面细致的描摹和解剖,并配以各种唱诗,与其悲惨的命运和苦痛的精神世界相呼应,"从此时起,你已经不是我的家了!……父母生前劳苦的痕迹,我儿时的玩具,一切,一切,我走后,你还能保存吗?……此后我是一个天涯的孤子,飘泊的少年,到处是我的家,到处是我的寄宿地,我将为一无巢穴的小鸟……你屋前的杨柳呵!你为我久悬摇动的哀丝罢!你树上的雀鸟呵!你为我鸣飘泊的凄清罢!我去了……"⑤ 蒋光慈以激情架构自我文学的经纬,"织成豪放、宏朗的诗篇。它们奔放昂扬,跳动着内在的节奏,善用热烈的呼号和心灵的倾诉来赢得读者的共鸣……灼热的感情潜流仍在字里

---

① 蒋光慈:《短裤党》,泰东图书局 1927 年版,第 6 页。
② 蒋光慈:《田野的风》,湖风书局 1932 年版,第 228 页。
③ 蒋光慈:《丽莎的哀怨》,现代书局 1929 年版,第 126 页。
④ 蒋光慈:《冲出云围的月亮》,北新书局 1930 年版,第 169 页。
⑤ 蒋光慈:《少年飘泊者》,亚东图书馆 1926 年版,第 35 页。

行间回荡奔突"①。而外在节奏是呈现和传达自我内在情绪的主要方式,"文学的本质是有节奏的情绪的世界"②。蒋光慈长篇小说的诸多行文布局,就是以排比、反复、并列等手法,以感叹号、空格、省略号等标点符号,实现外在节奏形式——言语表述的参差错落、跌宕起伏、复踏回环,"节奏之于诗是它的外形,也是它的生命,我们可以说没有诗是没有节奏的,没有节奏的便不是诗"③,从而形成一首首浪漫的唱诗。

钱杏邨曾将蒋光慈 1927 年创作的《野祭》定义为"革命+恋爱"的第一部创作,"现在,大家都要写革命与恋爱的小说了,但是在野祭之前还没有……真能代表时代的恋爱小说,这是中国文坛上的第一部"④。除了中篇小说《野祭》外,蒋光慈的长篇革命文学创作大多也都渗透着浪漫的爱情因子。

《少年飘泊者》的主人公汪中,从乡村漂泊流落到城市,先后做过学徒、伙计、茶房,又进了 T 纱厂做工,由农民转变成了工人,并加入工人组织,投身工人运动。虽然小说描写的是汪中在黑暗的阶级社会中的悲惨命运以及他的觉醒与反抗,但也穿插着汪中在城市做学徒时与杂货店店主刘静斋的女儿刘玉梅之间的爱情悲剧。由于刘静斋的阻挠,汪中远走他乡,刘玉梅郁郁而终,蒋光慈以浪漫凄婉的笔调呈现了这段无疾而终的爱情故事。《短裤党》虽然再现了上海工人运动的风起云涌,却也是"革命+恋爱"的典型创作。小说中描写了工人领袖邢翠英、李金贵夫妇,以及革命领导者直夫和秋华夫妇之间忠贞不渝的浪漫爱情。当李金贵在暴动中被敌人杀害后,邢翠英并未苟活于世,而是以柔弱之躯,英勇无畏地为爱人报仇殉情。富有才气和

---

① 范伯群、曾华鹏:《蒋光赤论》,《文学评论》1962 年第 5 期。
② 郭沫若:《文学的本质》,见《郭沫若全集·文学编·第十五卷·文艺论集》,人民文学出版社 1990 年版,第 352 页。
③ 郭沫若:《论节奏》,见《郭沫若全集·文学编·第十五卷·文艺论集》,人民文学出版社 1990 年版,第 353 页。
④ 钱杏邨:《"野祭"》,《太阳月刊》1928 年第 2 期。

领导力的秋华，主动放弃了工作，只为安心照顾体弱多病的直夫，夫妻二人琴瑟和鸣。《胜利的微笑》虽描写的是工人阿贵的蜕变复仇，却也穿插着阿贵对自我启蒙者沈玉芳的朦胧爱意，正是这份朦胧的爱意促使懦弱的阿贵实现了人生的蜕变，实现了对以张金魁为代表的强大反动势力的英勇复仇。《冲出云围的月亮》更是一部"革命+恋爱"的典型创作，女主人公曼英的两次蜕变，均是在恋爱对象——男性启蒙者的启蒙下完成的。曼英的第一次蜕变是由第一个恋爱对象柳遇秋完成的，使曼英由一个青年学生升华为一个尚不成熟的革命者。曼英的第二次蜕变则是由第二个恋爱对象李尚志完成的，使曼英由一个对革命失望的悲观颓废者，升华为富有坚定信念的真正革命战士。《田野的风》虽描写的是乡村革命运动，却也穿插着如李杰与兰姑、毛姑姐妹之间，张进德、李杰与何月素之间，纯洁朦胧的多角恋爱关系。上述的多角恋爱并未有任何的龌龊牵绊，反而是浪漫积极、纯洁感人的，处于恋爱旋涡的众人并未沉沦于爱情之中，而是将爱埋藏于心底，专心为革命贡献自己的力量甚至生命。

蒋光慈以浪漫的笔调和浪漫的情怀，谱写长篇小说，因此，他的长篇创作带有鲜明的诗化特质，字里行间蕴含、流溢着自我的充沛情感。同时，以典型的"革命+恋爱"的浪漫化写作，为之后的革命文学创作树立了一种全新的范式。

三 现代主义技法的应用

一般来看，左翼文学与现代主义文学本应是方枘圆凿、水火不容的，"我们的艺术是反封建阶级的，反资产阶级的，又反对'稳固社会地位'的小资产阶级的倾向。我们不能不援助而且从事无产阶级艺术的产生"[①]。但通过考察以蒋光慈为代表的革命作家的创作实践，可

---

① 《国内外文坛消息：二、中国左翼作家联盟的成立》，《拓荒者》1930年第1卷第3期。

以发现左翼文学的写作实则渗透着诸多现代主义的因子,"以无产阶级相标榜的左翼文学的使命就是消灭代表资产阶级趣味的现代主义文学……但如果仔细观察1930年代的左翼文学,我们会发现一个有趣的现象：即这一时期的左翼文学与现代主义文学之间有着千丝万缕的密切联系"[1]。在蒋光慈的长篇小说中,现代主义因子的渗透主要表现为超现实主义技法的应用。

超现实主义是兴起于法国的一种现代主义文学潮流。它重视探究人的梦境世界,肯定幻想,"人们已经将所有(不管是否有理)可以称之为迷信或幻想的东西,一律摒除于思想之外；并且禁绝了一切不合常规的探求真理之方式……最近才澄清了精神世界的一个部分,而我以为是绝对最为重要的那个部分……这要感谢弗洛伊德的发现……弗洛伊德针对梦境进行他的批评研究是正确的。心理活动如此重要的一部分竟还没有引起十分重视"[2]。蒋光慈长篇小说写作的一大特质便是对主人公的梦境或幻想进行深度描摹,由此挖掘剖析人类隐秘的精神世界。

在《丽莎的哀怨》中,当俄国革命爆发后,贵族出生的丽莎随丈夫白根背井离乡逃到上海,原本养尊处优的她为了谋生堕落为妓女,还不幸染上了性病。陷入现实和精神双重困境的丽莎在梦境中向上帝祈祷,突然,一个女性出现,对丽莎报以微笑,怜爱地抚摸着丽莎散乱的长发,并阻止丽莎继续跪地向上帝祈祷。这个女性告诉丽莎,她已将上帝驱逐。丽莎质问这个女性是何人,竟敢将上帝驱逐。这个女性告诉丽莎,自己是丽莎久未谋面的姐姐薇娜。薇娜是一个革命党人,虽被贵族出身的父母和妹妹丽莎唾弃,被沙俄政府流放到西伯利亚,却依旧坚守着自己的信念与信仰。《少年飘泊者》中,汪中的父亲是

---

[1] 吕周聚：《1930年代左翼文学与现代主义文学的纠葛》,《山东师范大学学报》(人文社会科学版) 2011年第5期。
[2] [法]安德烈·布勒东：《超现实主义宣言》,丁世中译,袁可嘉等编选《现代主义文学研究 上》,中国社会科学出版社1989年版,第475页。

刘老太爷家的佃户，因荒年歉收，便去恳求田主能降些课租，却被心狠手辣的刘老太爷指使手下群殴致死，刘老太爷还派人抢走了汪中家仅有的一点口粮。汪中的母亲不堪受辱，自杀殉情，留下汪中一人在世上苟活。汪中陷入了愤怒与疯狂的精神状态之中，在幻想中，他提着菜刀将刘老太爷以及为虎作伥的家丁们砍杀殆尽。《冲出云围的月亮》中，曼英在革命失败后陷入了颓废悲观、空虚绝望的精神困境，她选择用肉体去报复男性、报复社会，在堕落中寻找一丝慰藉。当她遇到单纯可爱的阿莲以及意志坚强的尚志后，对自己的所作所为感到了无比的羞耻。怀着愧疚之心，曼英数次在梦境中梦到为革命献出年轻生命的好友W，W对曼英的堕落行径进行了严厉的批判。《胜利的微笑》中，阿贵家境贫困，全家都依靠他在工厂挣得的微薄工资为生，只因阿贵参加过工会组织，便被工头张金魁辞退。失业后的阿贵面对年迈的父母和年幼的妹妹阿蓉，屡次陷入梦境之中。在梦中，或梦到自己疼爱的妹妹阿蓉被卖到妓院中供富绅恶霸玩弄欺侮；或梦到自己来到革命党人的天国，见到已经逝去的启蒙者沈玉芳和工友李全发。沈玉芳和工友李全发都是为革命事业献身，被张金魁等人谋害。他们鼓励阿贵不要惧怕困难牺牲，要为他们和所有的工人同胞复仇，要勇敢地反抗统治阶级的压迫。

超现实主义强调表现超现实、超理性的梦幻世界和无意识世界，"纯粹的精神学自发现象……不得由理智进行任何监督"[①]。蒋光慈所描写的主人公的幻觉或梦境是典型的非客观、非理性的欲望世界的无意识反应，人类的梦的本质是"不加掩饰的欲望满足"[②]。丽莎梦中见到的姐姐薇娜与上帝——"一个踉跄的老人"[③]，均是典型的超现实主义形象。薇娜是丽莎的姐姐，是丽莎除了父母和丈夫白根之外最熟悉

---

① [法]安德烈·布勒东：《超现实主义宣言》，丁世中译，见袁可嘉等编选《现代主义文学研究 上》，中国社会科学出版社1989年版，第484页。
② [奥]弗洛伊德：《释梦》，孙名之译，商务印书馆1996年版，第120页。
③ 蒋光慈：《丽莎的哀怨》，新东书局1940年版，第122页。

的亲人，丽莎却无法在梦中辨认出眼前的这个"披着红巾的四十来岁的妇人"① 是谁。丽莎在背井离乡、饱尝人间苦难后，她原本坚固的信仰已然坍塌，反思了以往权贵阶层的生活，改变了以往对姐姐鄙视的态度，甚至羡慕起做了革命者的姐姐来。因此，丽莎在梦中见到的不是以往熟识的那个曾经与自己度过幼年和少年时代的姐姐，而是一个陌生的革命者姐姐，"我记不清楚她的面容是怎样的了"②。而丽莎之前所信仰的神圣的上帝也变成了一个踉跄的老人，被梦中的薇娜驱逐。阿贵梦中的十四五岁的娇弱阿蓉，也是一个典型的超现实主义形象。现实中阿贵的妹妹阿蓉只是一个五尺之童，而梦中的阿蓉却变成了一个豆蔻年华的少女。这源于阿贵在清醒时预见了妹妹今后的悲惨命运，"五十几岁的肥胖的老头子与十四五岁的娇弱的小姑娘，这个小姑娘最后变成了他的小妹妹了"③。因此，恐惧之感使梦中的阿蓉变成了一个超现实主义形象——靠出卖肉体为生的可悲少女。

当汪中的父母被刘老太爷迫害致死，阿贵的启蒙者沈玉芳和工友李全发被张金魁杀害，阿贵自己又被张金魁辞退后，汪中和阿贵最大的愿望（欲望）便是手刃仇人。但现实中的刘府宛若铜墙铁壁，守卫森严，根本不是汪中这个稚童能够闯入的，而阿贵也是一个胆怯的少年，面对粗壮凶狠的张金魁，阿贵只能屈服于他的淫威之下，默默回到家中。无法实现的愿望（欲望），驱使悲愤中的汪中和阿贵进入了一种幻境和梦境之中。在幻想中，汪中拿着菜刀砍死了刘府上下所有的恶徒，"大厅中所遗留的是死尸，血迹，狼藉的杯盘，一个染了两手鲜血的我。我对着一切狂笑，我得着了最后的胜利"④。在梦境中，阿贵见到了沈玉芳和李全发，他们给了阿贵杀死张金魁的勇气和力量，"你忘掉你的责任了吗？张金魁还在那里继续害人呢！你的父母在吃

---

① 蒋光慈：《丽莎的哀怨》，新东书局1940年版，第122页。
② 蒋光慈：《丽莎的哀怨》，新东书局1940年版，第122页。
③ 蒋光慈：《胜利的微笑》，光华书局1930年版，第62页。
④ 蒋光慈：《少年飘泊者》，亚东图书馆1926年版，第20页。

苦，你的工友们在受压迫，你难道都忘掉了吗？去罢！去为我们复仇，去为被压迫的人们复仇，去为你自己复仇"①。曼英在收留了纯洁善良的阿莲后，又偶遇了意志坚强的尚志，阿莲和尚志对生活乐观的态度、对革命坚定的信念，令曼英羞愧不已，想要放弃堕落生活的愿望（欲望），驱使曼英在梦中见到了去世的好友 W，W 对曼英的说教、批判实则是曼英清醒时的自省和反思的映射，"你现在简直是胡闹！我们走着向上的路，向着光明的路，你却半路中停住了，另找什么走不通的死路，这岂不是胡闹吗？你现在的成绩是什么？除开糟蹋了你自己的身子而外，你所得到的效果是什么？回头罢"②。

　　蒋光慈的诗集《战鼓》中的诗作《梦中的疑境》，发生于蒋光慈的梦境之中，"二，二四，醒后作"③。诗作引入了角色"我"与"小孩子"，二者发生了对话，展现了"我"对前途犹疑、对未来迷惘的心理情绪，这种疑惧的心理情绪被"小孩子"的慰藉与激励消解。在诗作中，蒋光慈以"诗的戏剧化"的艺术形式展现了自我的超现实、超理性的梦幻世界和无意识世界，由此可见其对超现实主义技法的偏爱。

结　　语

　　蒋光慈的长篇创作带有鲜明的杂糅性特质，现实主义、浪漫主义、现代主义，各种文学思潮在文本中相互碰撞、交织、融汇。这种杂糅性的文学观和创作特质，既有个人诉求的因素在内，也与当时某种杂糅性的文学创作潮流相契合。纵观这一时期张天翼、张闻天、陈白尘、陈瘦竹、谭正璧、周全平、顾仲起等人的小说写作，均表现出了此种特质，这是一种十分值得瞩目的文学现象。学界以

---

① 蒋光慈：《胜利的微笑》，光华书局 1930 年版，第 112 页。
② 蒋光慈：《冲出云围的月亮》，北新书局 1930 年版，第 122 页。
③ 蒋光慈：《梦中的疑境》，《战鼓》上卷，北新书局 1929 年版，第 10 页。

往对蒋光慈的研究较少涉及其长篇小说的整体创作，且对蒋光慈长篇创作的篇目莫衷一是，通过重新界定蒋光慈长篇小说的具体篇目，阐释蒋光慈长篇小说的创作特质，由此进一步拓展和丰富学界对蒋光慈的研究。

第四章 人类精神困境下的社会关系透视

——以《淘金记》《困兽记》《还乡记》为中心

引　言

沙汀[①]以地道的四川方言谱写了现代长篇三部曲《淘金记》《困兽记》《还乡记》，在以往的研究中，学界也多聚焦于沙汀小说中的川蜀气派，从乡土叙事、民俗特色、地域要素、袍哥文化、茶馆意象、语言艺术等方面进行阐释论述，却罕见沙汀小说中有关人类精神困境与社会关系之间的互动研究。沙汀长篇三部曲中的人物涵盖了社会中的各个阶层，既有袍哥光棍、地主乡绅，也有知识分子，更有贫苦农民、淘金工人。无论是何种阶层的民众，他们总是处于一种苦闷压抑、悲哀痛苦的精神困境之中，"我们关心人的难题，因为他是一个被矛盾和困惑折磨的存在……成为人就是成为一个难题，这个难题表现在苦恼，表现在人的精神痛苦中"[②]。沙汀笔下的人物并不是孤立的个体，而是构成社会关系的最小单位，每个个体均与其他个体产生着联系、进行着互动，由此构成了复杂交葛的社会关系网络，"个人与个人的关系——它是全部社会关系的起点，是社会中最基本的关系"[③]。在长

---

① 沙汀（1904.12—1992.12），四川安县人。
② [美] A. J. 赫舍尔：《人是谁》，隗仁莲译，贵州人民出版社1994年版，第2页。
③ 居延安：《简明公共关系学》，复旦大学出版社2020年版，第64页。

篇三部曲中，沙汀笔下人物精神困境生成的缘由并非其他小说中常见的马斯洛人类需求理论中的第一层需求——食欲，也并非弗洛伊德"ego-libido"理论中的"自我原欲"，实则是复杂交葛的社会关系。社会关系包含多个方面，家庭关系和阶级关系是其中的两个重要维度[①]。沙汀以人类的精神困境为切入点，对社会关系中的家庭关系（血亲关系、婚姻关系）和阶级关系进行了详尽的解剖与分析。沙汀虽以四川为背景，描摹人与社会，实则超越了川蜀之地的界限，是对整个人类社会的映照和概括。

一　精神困境与血亲关系的胶葛

血亲关系是家庭关系中的基础关系，血缘是建立和维系家庭关系的根基。在沙汀的长篇三部曲中，主要出现了三组家庭，分别是《淘金记》中的何家、《困兽记》中的吴家、《还乡记》中的冯家。何家是北斗镇的大粮户，是典型的地主乡绅阶层，吴家是王场的普通小康之家，冯家则是林檎沟的贫苦农家。三个家庭中的子女虽身处不同阶层，却均深陷精神困境之中，而有着血亲关系的家人恰是造成他们精神困境的罪魁。

通过上述三个家庭，沙汀描写了三类异化亲情，第一类是人性扭曲导致的亲情异化，如《淘金记》中的何寡母与其子何人种之间的关系。何寡母出身书香世家，无奈举人们的声势被袍哥们压倒，以及丈夫的无用与早逝，使何家曾出现过衰败的迹象，但凭借何寡母的力挽狂澜，何家得以再次兴盛起来，"终不愧于娘家婆家都是地主，很懂得怎样对付佃客和张罗镇上的大人物，她不但保持住了原来的门面，从来没有遭受过大的亏损，每年的存款甚至更形增多起来"[②]。何寡母

[①] 李振宏：《历史学的理论与方法》，河南大学出版社1989年版，第342页。
[②] 沙汀：《沙汀文集·第一卷·淘金记》，四川文艺出版社2017年版，第30页。

第四章 人类精神困境下的社会关系透视

如今成了北斗镇的著名富孀，却也使得她的性情变得扭曲。丈夫的早逝令她的情感无法得到慰藉，便把自己所有的感情都倾注在儿子身上，对儿子极度溺爱，"十二三岁她才和他分铺，到了分房的时候，人种已经快结婚了"[①]。生怕儿子会脱离她的掌控、离开家庭，竟丧心病狂地故意让儿子染上毒瘾，"听说他约好几个亲友，要到成都去考中学的时候，她把他逼迫回来，从此就辍学了。代替课室的是闺房之乐和那烟毒的嗜好"[②]。曾经的辛劳与如今的威势，使她变得自负自大、贪恋权力，把家中大小事务的决策权牢牢掌控在自己手中，且从骨子里看不起儿子、不相信儿子，认为儿子与丈夫一样懦弱无能，"寡妇对于儿子的无能认识得最清楚，以及一种不自觉的自负"[③]。在母亲的畸形爱恋、病态控制下，成年的何人种越发感到压抑苦恼，陷入了精神困境之中，"口角已经成为一种寻常事了。这大半是从人种方面来的。他总感到自己太受限制，太受委屈"[④]。城府极深的林狗嘴和白酱丹怂恿何人种开矿淘金，便是看穿了他的性格特质和精神困境。何人种并不像林幺长子和白酱丹那样对金钱极度渴求，他答应二人在自家祖坟附近开矿淘金只是想向母亲证明自己，反抗母亲那无形又无处不在的畸恋与威权，继而摆脱自我的精神困境。但何人种的反抗最终还是失败了，非但没有逃出自我的精神困境，反而越陷越深，只能通过自甘堕落来排解内心的苦闷烦恼，"女人、吃食、赌博以及种种放肆的挥霍，都在在使他感觉到一种不可抗拒的迷恋"[⑤]。

沙汀描写的第二类异化亲情则是金钱腐蚀所致，如《困兽记》中的吴楣与父母之间的关系。吴楣家道中落，为了金钱和利益，父母将当时年仅17岁的女儿嫁给了王场豪门李守谦做妾。造成吴楣精神困境的缘由是多方面的，而亲情的崩塌是首要因素，"在初她很惜伤自己，

---

① 沙汀：《沙汀文集·第一卷·淘金记》，四川文艺出版社2017年版，第62页。
② 沙汀：《沙汀文集·第一卷·淘金记》，四川文艺出版社2017年版，第31页。
③ 沙汀：《沙汀文集·第一卷·淘金记》，四川文艺出版社2017年版，第73页。
④ 沙汀：《沙汀文集·第一卷·淘金记》，四川文艺出版社2017年版，第73页。
⑤ 沙汀：《沙汀文集·第一卷·淘金记》，四川文艺出版社2017年版，第185页。

抱着一种绝望思想"①。后来李守谦正室的病逝、同田畴和孟瑜夫妇的友情，曾让吴楣在一段时间内似乎从精神困境中解脱出来，但李守谦的再次纳妾使吴楣又陷入了精神困境之中，"那种屈辱之感重又扼制着她。她忽然感觉自己的面孔发烧起来，映在眼睛里的一切事物，也都变来很奇异，很生疏了。正如有人出其不意把她从酣睡中一下拖入猛烈的太阳下面"②。当她与李守谦为妾侍邹幼芬怀孕以及收养田畴和孟瑜之子发生争执后，吴楣回到娘家，渴望亲情能够治愈心灵的伤痛，幻想亲情能够缓解自己的精神困境，但父母的态度（亲情的淡漠）却让其在精神困境中越陷越深。吴楣的父母没有去关心安慰自己的女儿，反而担心女儿与女婿交恶，会影响到家族的利益，"他们随时要向公爷借贷，并且经常用一些阿谀的言辞逢迎他们的娇婿……便在碰到家庭口角的时候，他们也毫无悔意。因为一个有钱人娶妾讨小既极平常，若果一个群雌粥粥的家庭不闹一些乱子，那也未免有点古怪"③。面对身处精神困境和现实困境中的女儿，母亲十分镇静，父亲则继续沉溺于烟瘾之中。后来父亲主动去拜访娇婿，逢迎娇婿，并劝告女儿向丈夫低头认错，引经据典地教训女儿应遵守妇道、服从丈夫。面对自私贪财、冷血无情的父母，吴楣只能无力地哭诉亲情的崩塌，"我知道我们家里人的手臂是朝外面弯的！"④ 最终在父母看似劝慰、实则逼迫的重压下，吴楣向李守谦妥协认错，从精神到肉体都成了一个病态的弱者，"正如一切弱者一样，她就只有把责任往第三者身上推了。她终于表示听从他们的劝告"⑤。

　　沙汀描写的第三类异化亲情则由新旧两代农民的代际冲突所致，如《还乡记》中的冯大生与父母之间的关系。抗日战争爆发后，冯大生被抓了壮丁，因忍受不了国民党军队的消极抗战和上级的虐待，他

---

① 沙汀：《沙汀文集·第一卷·困兽记》，四川文艺出版社2017年版，第278页。
② 沙汀：《沙汀文集·第一卷·困兽记》，四川文艺出版社2017年版，第278页。
③ 沙汀：《沙汀文集·第一卷·困兽记》，四川文艺出版社2017年版，第431页。
④ 沙汀：《沙汀文集·第一卷·困兽记》，四川文艺出版社2017年版，第432页。
⑤ 沙汀：《沙汀文集·第一卷·困兽记》，四川文艺出版社2017年版，第433页。

历尽千辛万苦终于回到了家乡林檎沟。驱使他回家的动力便是家庭,既有对父母的想念更有对妻子金大姐的思恋。在中国传统的家庭关系中,父母之辈尤其是母亲,总是将儿子视作自己的私有财产与情感依靠,一方面希望儿子能够早日完婚,传宗接代、成家立业;另一方面又将儿子的对象视为抢夺自己私有财产和损害自己情感依靠的入侵者,冯大生的母亲冯大妈以及何人种的母亲何寡母即是如此。冯大妈曾为冯大生摔断了胳膊,由一个健壮的农妇变成了一个"气性也越来越大,带一点神经质"①的残疾人。她为儿子的付出和牺牲虽是心甘情愿,但内心的委屈与身体的残疾也促使她对儿子的情感变得更为扭曲,在儿子外出抗战之时,以金大姐与徐烂狗有龌龊为由将其赶出了家门。当冯大生回到家得知了妻子与徐烂狗结婚的消息后,陷入了痛苦悲哀的精神困境之中,但他并不似何人种、吴楣那样软弱,他决心摆脱自己的精神困境,便决定去击杀徐烂狗。而信奉"'退后一步自然宽'这个古老格言"的父母,却将儿子拦了下来。沙汀表面描写的是冯大生与徐烂狗的冲突,实则揭露的是冯大生与父亲冯有义、母亲冯大妈之间的家庭关系——代际冲突。冯家的家庭关系是典型的二元对立——新旧两代农民思想的冲突,如同《春蚕》《秋收》中老通宝和多多头的对立,《丰收》《火》中云普叔和立秋、少普的对立。怒气和怨气未能发泄的冯大生又决定去保长那里告状,碰壁后又去找乡长告状,再次碰壁回到家后,父母对他的"莽撞"行为嗤之以鼻、冷嘲热讽,得不到父母理解支持的冯大生深深陷入了痛苦屈辱的精神困境之中。而当乡长杨茂森与保长罗懒王的父亲罗敦武狼狈为奸,准备驱使乡民开采林檎沟的笋子谋利后,在外当兵见过世面且富有反抗精神的冯大生联合、鼓动乡民进行抗争。面对孩子的举动,冯父冯母依旧不理解、不支持,多次劝告儿子不要同保长、乡长这些统治阶层作对,"由他看来,保长一伙人自然坏,只要忍耐一点,却可以勉强拖下去

---

① 沙汀:《沙汀文集・第二卷・还乡记》,四川文艺出版社2017年版,第6页。

的；儿子可偏偏不安分"①。与父母之间的代际冲突才是令冯大生在精神困境中难以自拔的根源所在,"'娃娃呢!只要你肯顺老子一口气,就算大孝子了!……'父亲冯有义的声调有点颤抖,同时又落下两点老泪,于是翻身在原处坐下了。垂头丧气一声不响。冯大生也好久没言没语,就那么瞪着眼睛,半张开口。一直僵在一种极不自然的姿势里面。而末了,他惨笑一声,又点点头,十分绝望地向冯有义连连摇手。'对!对!对!'他沉痛地低声说,'从今天起,我啥事都不提了!……'"②

沙汀通过描写由血亲关系造成的人类精神困境,从而揭示了中国传统家庭的内部关系。父母的强势、思想的守旧,尤其是父母自诩为了子女着想的行动,导致了青年一代的精神困境,旧式家庭的血亲关系形成了一张无形的大网,令身处各个阶层的青年失去自由、迷失自我,在网中苦苦挣扎。即使挣脱了血亲关系的桎梏,等待青年一代的还有婚姻关系的包裹与束缚。

二 精神困境与婚姻关系的交缠

婚姻关系是家庭关系的重要分支,在沙汀的长篇三部曲中,主要描写了以下几组婚姻,分别是《淘金记》中的何人种与妻子、《困兽记》中的李守谦与吴楣以及田畴与孟瑜、《还乡记》中的徐烂狗与金大姐。通过描写上述的婚姻关系,沙汀展现了两种婚姻状况与关系,第一种是女性在婚姻关系中处于被欺侮、被损害的弱势地位,由此陷入精神困境。第二种是男性与女性在婚姻关系中处于平等的地位,男性因婚姻关系的束缚处于精神困境。

作为最易被侮辱、被损害的群体之一的女性,在婚姻关系中往往处于弱势地位,男性的冷漠与伤害是造成她们精神困境的根源,沙汀

---

① 沙汀:《沙汀文集·第二卷·还乡记》,四川文艺出版社2017年版,第224页。
② 沙汀:《沙汀文集·第二卷·还乡记》,四川文艺出版社2017年版,第77页。

笔下这类女性的代表为何人种的妻子、吴楣和金大姐。其中，何人种的妻子与吴楣的处境最为相似。何人种的妻子出身于一个乡下小地主之家，需要仰仗夫家，凡事忍气吞声，尤其顺从何家的实际统治者何寡母。她本身又是一个安分持家的传统女性，性格柔顺善良，虽未能为何家生育一子，却也深得何寡母的欢心，以往常见的婆媳矛盾在何家难觅其踪。吴楣的娘家需要李守谦的接济，吴楣从骨子里是畏惧丈夫的。李守谦的父母早逝，吴楣嫁到李家后，也无婆媳矛盾之虞。但何人种的妻子与吴楣依然处于精神困境之中，这罪魁便是夫家的强势和丈夫的冷漠，"她很清楚，他对她早已若有若无，不放在心上了"[①]。何人种原本还是一个有志向的新式青年，在母亲的干涉怂恿下，自甘堕落，最终沉醉于放荡的生活和自我的精神困境之中难以自拔。而坐拥万贯家财的李守谦更是一个登徒浪子，不仅流连烟花之地，还将交际花邹幼芬娶回家中。因此，吴楣的精神困境除了血亲关系（亲情的崩塌）外，还与何人种的妻子同病相怜——在自己的丈夫那里得不到任何的归属和爱，"如果生理需要……得到了满足，爱、感情和归属的需要就会产生……对爱的需要包括感情的付出和接受"[②]。不同于何人种的妻子和吴楣，作为童养媳的金大姐，在家庭关系中却深受婆媳矛盾的影响，背弃冯大生、嫁给徐烂狗的一个重要缘由就是婆婆冯大妈平素的强势与辱骂，"冯大妈……却始终没有想到自己有什么错误，但只觉得媳妇可恶"[③]。同时，也有冯大生迟迟未归，金大姐对性欲的需求，"女人的性欲同男人的性欲一样发达"[④]，以及金大姐对感情和归属的需求。因此，在徐烂狗的欺骗下，金大姐主动与其结合。婚后徐烂狗却暴露出凶恶残暴、懒惰自私的真实面目，他在骗夺了金大姐

[①] 沙汀：《沙汀文集·第一卷·淘金记》，四川文艺出版社2017年版，第66页。
[②] [美]亚伯拉罕·马斯洛：《动机与人格》第三版，许金声等译，中国人民大学出版社2007年版，第26页。
[③] 沙汀：《沙汀文集·第二卷·还乡记》，四川文艺出版社2017年版，第11页。
[④] [法]西蒙娜·德·波伏瓦：《第二性Ⅰ》，郑克鲁译，上海译文出版社2011年版，第63页。

名下的田产后，便将她视作一件工具，终日非打即骂，还让其辛苦劳作，"婚姻的负担对女人来说远远比男人沉重……农妇在家庭经济中起着一种极为重要的作用，她与男人共同承担责任……她的具体条件要艰苦得多……她参加重体力劳动……她要完成生育和照料孩子的艰苦负担……农村劳动把女人逼到役畜的地位"[1]。金大姐感情和归属的需求不仅没有得到满足，反而陷入了更加苦痛的精神困境之中，对以往与冯大生幸福生活的回忆令其悔恨不已，"那最使她感觉到不幸的，是每逢吵了嘴，或者被他野蛮地毒打了，她总不能不回忆一遍她同冯大生的过往生活。而每一回忆，又总常常看见那些她所迫切需要的美好东西：和谐，体恤，以及那种共同劳作、共同休息的无邪的幸福。然而，直到现在，她才认真被悔恨击倒了"[2]。当金大姐得知前夫冯大生并未战死沙场而是回到家乡执意要向徐烂狗讨一个公道后，更加深了自我的精神困境，令其无地自容。

除了描写女性被丈夫欺侮而陷入精神困境的情形外，沙汀在小说《困兽记》中还建构了关系平等的婚姻模式，以田畴与孟瑜为对象，描写此种条件下男性精神困境的成因并思考人类的婚姻关系。在以往的研究中，也有学者关注到以田畴为代表的知识分子的精神困境，将剖析的着力点放到了知识分子的身份之上，描写知识分子身处苦闷无奈的精神困境之中，"你比作黑房子，我倒觉得比地窖还不如"[3]，却忽略了家庭关系——婚姻关系对男性精神困境形成的重要影响。在文本中，沙汀将田畴和孟瑜的婚姻布局为完全平等的关系，孟瑜家境优渥，条件远超田畴的家庭，因此，孟瑜就不会像何人种的妻子和吴楣那样投鼠忌器，在婚姻关系中处于弱势地位，反而是田畴会因家境产生自卑之感。田畴和孟瑜均为知识青年，二人自由恋爱，孟瑜为了田

---

[1] ［法］西蒙娜·德·波伏瓦：《第二性Ⅰ》，郑克鲁译，上海译文出版社2011年版，第192—193页。
[2] 沙汀：《沙汀文集·第二卷·还乡记》，四川文艺出版社2017年版，第53页。
[3] 沙汀：《沙汀文集·第一卷·困兽记》，四川文艺出版社2017年版，第259页。

畴不惜放弃优裕的生活并与自己的家庭决裂,与其来到王场教书谋生,后辞职安心持家。田畴父母早逝,与妻子独自生活,育有四子。田畴和孟瑜的夫妻关系纯粹简单,又互相满足了感情和归属的需要。夫妻之间没有感情基础、婆媳冲突、女性因生活贫困而鄙视抛弃丈夫,上述情况均未出现在田畴和孟瑜的婚姻关系之中。在物质方面,他们的女佣王妈心地善良,王妈的儿子在外抗战,她便将政府发放的优待谷借给田畴、孟瑜夫妇。田畴、孟瑜所住的农屋、所佃的田土均是李守谦名下的,因为吴楣的关系,便宜不少,吴楣还经常接济好友。虽然田畴和孟瑜一家生活清贫,但人类最基本的生存需求——食欲也已得到满足。但田畴依旧终日处于苦闷无奈的精神困境之中,"带着一种茫没、痛苦的神气,田畴一直呆望着帐顶。那些过往的挫折,以及目前所有的一切困恼,都一齐开始袭击他了。而在零乱的回忆当中,既然看不见一线光明,现在以及未来,更是一片黑暗"[1]。田畴的精神困境自然有其理想抱负与黑暗现实之间冲突矛盾的缘由,但更多的是婚姻关系的桎梏,而这也正是沙汀在《困兽记》中力图思考与呈现的。

田畴与孟瑜相恋、结婚、生子已有多年,他对妻子早已失去了激情与欲望,"当接吻过她那干枯的嘴唇过后,一种生疏嫌恶的感觉忽然袭击着他。他有点狼狈了"[2]。同时,田畴又不太喜欢孩子,总认为孩子是自己外出追求理想的绊脚石,因此,他对大儿子总爷非打即骂,对其他孩子也毫无怜爱之情,"她相信他是讨厌孩子们的。因为有好多次,当其彼此心情很好,互相爱抚的时候,田畴曾经叹息着表示,孩子们对于他们的爱情的蛀蚀,太可怕了。前年他们大闹过一场,而在和好以后,他也竟自将原因推在孩子们身上,仿佛自己并没有错多少"[3]。对妻子、对家庭有着深深厌倦感的田畴毕竟是一个有着道德感且要面子的知识分子,既无法像何人种、李守谦那样通过放荡的生活

---

[1] 沙汀:《沙汀文集·第一卷·困兽记》,四川文艺出版社2017年版,第343页。
[2] 沙汀:《沙汀文集·第一卷·困兽记》,四川文艺出版社2017年版,第299页。
[3] 沙汀:《沙汀文集·第一卷·困兽记》,四川文艺出版社2017年版,第295页。

去发泄内心压抑的欲望，也无法像冯大生那样通过肆无忌惮的言行去寻找心灵的慰藉。田畴一方面想要摆脱婚姻关系的桎梏；另一方面又深知妻子为自己牺牲奉献，感到自己亏欠妻子许多，"虽是敢于争吵，甚至喜欢争吵，一到孟瑜生气起来他总每每表示让步。这又不是因为她比别人厉害，她倒是个口齿迟钝，性情沉静的人。而他之对她让步，仅仅由于一种道义压力：她为他牺牲了家庭，牺牲了富厚优裕的生活，一直没有说过半句怨言"[1]。因此，田畴的内心中极为矛盾，由此陷入了苦闷烦恼的精神困境之中。田畴一直想要像章桐那样毫无顾忌地外出闯荡，奔赴前线抗日，但这个人理想只是他在自觉无趣又无生机的婚姻关系中聊以自慰的借口和手段罢了。他的性格表面看似冲动急迫，实则软弱犹疑，即使没有同孟瑜婚姻关系的阻挠，他依然会陷入其他的婚姻围城之中难以自拔。田畴曾在五六年前与一位女同事谈过恋爱，又与自己和孟瑜的共同好友吴楣互相欣赏、暗生情愫。他一度视吴楣为自己的救命稻草，在李守谦纳妾后，幻想自己和吴楣私奔，以摆脱自我的现实困境和精神困境。但当孟瑜撞破自己和吴楣相拥接吻后，田畴却根本没有同妻子和家庭决裂、带吴楣奔向新生活的勇气和力量，只能通过与妻子大吵一架和假意离家来掩饰自己的懦弱、羞愧与挫败，后来便终日躲在房间中苦闷度日，"他又蓦地干嚎起来，步履飘忽地朝堂屋外面跑。孟瑜忽然吓怕极了，担心发生意外；她赶过去，抓住他的胳膊。他没有抗拒，似乎也没有力量抗拒，因而随着她的扭扯，他又跟跟跄跄退转来了，瘫倒在椅子上。而这样一来，孟瑜反转更生气了。因为她忽然看出来，他的一切举止都是恫吓"[2]。即使田畴与之前那位女同事或吴楣组成了新的家庭，女同事和吴楣又会变成下一个孟瑜，田畴也只会落入另一座婚姻的围城之内，再次陷入精神困境之中。

沙汀在剖析婚姻关系是造成女性精神困境重要缘由的同时，还进

---

[1] 沙汀：《沙汀文集·第一卷·困兽记》，四川文艺出版社2017年版，第289页。
[2] 沙汀：《沙汀文集·第一卷·困兽记》，四川文艺出版社2017年版，第503页。

一步描写、剖析了男性在婚姻关系中的精神困境，并由此对人类的爱情关系、两性关系、婚姻关系进行了深度思考与理性阐释，这也是中国现代文学书写的重要母题之一。鲁迅的《伤逝》、巴金的《寒夜》、钱锺书的《围城》是个中翘楚，而沙汀也以《困兽记》中的田畴为中国现代文学的人物画廊贡献了又一个经典的围城中的知识分子男性丈夫形象。

三 精神困境与阶级关系的交互

阶级关系是最重要的一种社会关系。"阶级关系是指剥削者与被剥削者之间的利益归属关系，对生产资料享有权利相同或者相似的人组成一个集团整体，但是不同的集团之间所分配的生产资料又有所差异，彼此之间发生争斗，即阶级斗争。"[1] 沙汀所描写的家庭关系——血亲关系、婚姻关系均被阶级关系支配，人类精神困境的终极根源便是阶级关系中的阶级压迫，"在生产力落后，物资匮乏，阶级压迫剥削残酷，天灾战乱频繁的年代，人民生活于水深火热，饥寒交迫的死亡线上，精神痛苦是经常的与普遍的感受"[2]。

沙汀在其长篇三部曲中，谱写了川蜀大地特有的阶级关系，并试图以此作为旧中国社会关系的缩影。《淘金记》中，沙汀描摹了北斗镇的一类特殊集团——哥老会（袍哥会）[3]，"哥老已经成了当日四川农村社会的主要势力"[4]。"淘金记"的始作俑者便是哥老会的成员林

---

[1] 唐坚：《制度学导论》，国家行政学院出版社2017年版，第44页。
[2] 杨德森：《中国人心理解读——精神痛苦的根源于精神超脱治疗》，上海科学技术出版社2008年版，第151页。
[3] 哥老会，又被称为袍哥会。中国近代第一大帮派，源于四川，又遍布全国。哥老会成立的标志性事件是四川永宁郭永泰于1848年开香堂，以郑成功的印信为号召进行会盟。袍哥的称号来源于《诗经》中的"岂曰无衣，与子同袍"，代表袍哥都是兄弟。哥老会是一种较为松散的联盟，依靠各个地区、各个香堂大佬之间的关系维系联盟，会员多是穷苦人出身，品性却参差不齐，是特定历史时期的特殊产物。1949年之后，哥老会失去了生存的土壤，退出历史舞台。
[4] 沙汀：《沙汀文集·第一卷·淘金记》，四川文艺出版社2017年版，第138页。

狗嘴和白酱丹。林狗嘴是从事非法行业出身的浑水袍哥，而白酱丹则是没落绅士出身的清水袍哥，二者因彼此的身份互相鄙视，林狗嘴认为白酱丹"没有耍过枪炮，自己身上也没有留下一点光荣的创伤"①，白酱丹则认为，自己是绅粮班子，对林狗嘴这种"赌棍或出身不明的人"②感到厌恶。他时常说，"哥老会的被人小视，完全该这班人负责"③。互相敌视的二人也曾因利益联过手，又因利益决裂，当下的二人又双双失势，"久已不复是镇上的红人"④。如今掌握着北斗镇权力的是当地哥老会的首领龙哥，林狗嘴和白酱丹开采何寡母家祖坟附近的金矿均要经过龙哥的首肯，何寡母为此找了龙哥曾经的大哥，现已不再过问江湖事的叶二大爷出面协调，以高价赔偿叫停了林狗嘴和白酱丹的开采行为。但白酱丹对此耿耿于怀，后又通过各种手段对付何寡母，使何寡母和儿子何人种陷入了烦躁愤怒又无处发泄的精神困境之中，精神困境的形成恰是由阶级斗争所致。哥老会这一独特的阶层处于北斗镇权力架构中的最顶端，而以何寡母、彭胖为代表的地主阶层则位于权力架构的中部，普通的民众则位于权力架构的最底部。以何寡母、彭胖为代表的地主阶层受到袍哥们的压榨骚扰，何寡母在淘金、戒烟、入会等多种事件中，曾多次被哥老会勒索。彭胖则不像何寡母那样针锋相对，而是委曲求全，主动为白酱丹的淘金提供资金支持，平素又与龙哥、白酱丹等袍哥交好，以求自保，"镇上大半的粮户，都遭过绑票的，他却一直没有住过苕窖，没有尝过粗糠拌饭的异味"⑤。

何寡母虽被袍哥欺压，但当以她为代表的地主阶层面对底层民众时，同样变得压榨嗜血，"种田的人占了她的便宜……充满一种敌对情绪，她再三赞叹佃户们的生活过得太好"⑥。她不顾佃户的死活，执

---

① 沙汀：《沙汀文集·第一卷·淘金记》，四川文艺出版社2017年版，第21页。
② 沙汀：《沙汀文集·第一卷·淘金记》，四川文艺出版社2017年版，第43页。
③ 沙汀：《沙汀文集·第一卷·淘金记》，四川文艺出版社2017年版，第43页。
④ 沙汀：《沙汀文集·第一卷·淘金记》，四川文艺出版社2017年版，第111页。
⑤ 沙汀：《沙汀文集·第一卷·淘金记》，四川文艺出版社2017年版，第25页。
⑥ 沙汀：《沙汀文集·第一卷·淘金记》，四川文艺出版社2017年版，第67页。

第四章 人类精神困境下的社会关系透视

意加租，面对上门交涉的佃户，她不但恶语相向，威胁要收回他们所佃的土地，甚至借着上门拜访自己商讨淘金事宜的袍哥林狗嘴的威势，去恐吓可怜的佃户们，最终达到了涨租的目的。沙汀虽未正面描写佃户们的心理世界，读者却可以切身感受到位于社会最底层的民众所陷入的现实与精神的双重困境，以及悲惨命运。在《困兽记》中，沙汀虽大量着墨于田畴和孟瑜、李守谦和吴楣的家庭关系——婚姻关系，却也描写了处于社会最底层的农人的现实与精神的双重困境。李守谦将土地便宜租给田畴和孟瑜后，由于田畴、孟瑜分别要上课和照顾众多孩子，分身乏术无力耕种，便将田地又租给了乡下的一位老农。这位老农就成了二佃户，"那个算是他的所谓二佃户的农人，是一个半伛偻的老者，花白胡子，干枯的脸上点缀着一块块指头大的汗斑"①。二佃户虽出场次数寥寥，通过沙汀对他的外貌描写，以及他与田畴的对话，便能暴露呈现王场的阶级关系——以李守谦为代表的地主乡绅处于王场权力架构中的最顶端，虽然田畴与孟瑜并不是乡绅地主阶层，却在无形中与李守谦一道，对处于王场权力架构最底端的农人阶层进行了剥削。田畴作为一个知识分子，对种田一窍不通，天真地以为老农能够通过租赁田地安心度日，却不知民间疾苦，此时的老农实则处于焦虑的精神困境之中，生怕会遇到天灾。除了描写农人的悲惨命运，沙汀还描写了北斗镇开沙采金的工人的凄惨一生，"迈开一个路毙，白酱丹笔直向了四五个席地而坐的金夫子走去。那路毙大张着嘴，赤身裸体，下身围着一块席子，肤色已经黑了。那几个同样有着路毙前途的金夫子们，则正在吃饭。他们围着一鬶清淡的臭咸菜汤，用树枝做筷子，硬塞着麦麸和玉米混合做成的面团。他们比暗槽子的工人还要污浊，周身全是泥浆"②。

而在《还乡记》中，沙汀通过抽壮、挖笋，再次展现了林檎沟沟

---

① 沙汀：《沙汀文集·第一卷·困兽记》，四川文艺出版社2017年版，第289页。
② 沙汀：《沙汀文集·第一卷·淘金记》，四川文艺出版社2017年版，第17页。

内沟外的阶级关系。乡长杨茂森处于权力架构中的最顶端，保长罗懒王地位次之，但罗懒王毫无主见，更似父亲罗敦五的傀儡。罗敦五年轻时曾做过兵匪，后来信奉了基督教，有了教会势力的支持。罗敦五与杨茂森的关系就像林狗嘴和白酱丹，因利益互相敌视，又因利益互相勾结，决定共同开采林檎沟的笋子。而作为当地哥老会中地位最为低下的副保长徐烂狗，则是林檎沟贫苦大众的直接管理人，"在陈国才他们看起来，徐烂狗徐荣成好像一个奴隶总管；他自己平时也具有一个奴隶总管的气势"①。林檎沟的贫苦农民则处于权力架构中的最底层。在描写林檎沟贫苦农民现实与精神双重困境的同时，沙汀也揭示了贫苦民众在被剥削、被压迫下的愚昧麻木，"尽管在利害不同、照例吃人的人们面前，庄稼人寻常总是那么萎缩、迟钝，连话都格格格抖不清"②。当冯大生积极为村民争取利益时，他的父母竟觉得统治阶层开出的条件十分丰厚，不应再去闹事，"'看你还要闹些什么！'冯有义恨声说……冯大妈连连叹气。'争到十斤已经顶够份了！'"③ 因此，冯大生的精神困境不仅源于统治阶层官官相护、压榨嗜血令自己无法申冤、令自己和他人深陷苦难的愤怒，更源于畏惧官府和统治阶层，甘愿做顺民的父母的阻挠和妥协，使其苦闷至极，悲哀愤恨。当罗敦五与杨茂森狼狈为奸，命罗懒王指使徐烂狗逼迫林檎沟的村民挖掘笋子后，沙汀长篇三部曲中的阶级矛盾达到了顶点，并促使被压迫阶层的觉醒。而这觉醒者的代表便是冯大生，他四处联络、鼓动村民，在幺爸冯立品、刘大生等人的帮助下，为村民谋取最大的利益。虽然小说结尾冯大生因破坏了统治阶层的诡计不得已再次踏上了逃亡之路，却以阶级斗争的形式，对剥削阶级进行了真正有力的反抗。

通过对社会关系——阶级关系的剖析，沙汀控诉了病态黑暗社会中底层民众被统治阶层压榨吸血的悲惨命运，揭示和剖析了底层民众

---

① 沙汀：《沙汀文集·第二卷·还乡记》，四川文艺出版社2017年版，第47页。
② 沙汀：《沙汀文集·第二卷·还乡记》，四川文艺出版社2017年版，第157页。
③ 沙汀：《沙汀文集·第二卷·还乡记》，四川文艺出版社2017年版，第209页。

的精神困境。沙汀企盼着被侮辱、被损害、被压迫、被吸血阶层的反抗，企盼着整个民族的觉醒蜕变，并以冯大生为象征，给予了底层民众冲破自我精神困境和打碎病态黑暗社会牢笼的希望与力量。

结　语

沙汀在其长篇三部曲中，除了注重人类精神世界的剖析，也着重于人物性格的勾勒，性格描摹与灵魂解剖、精神困境与社会关系均是双向互动的，由此揭示了人类精神困境的生成除了社会关系的影响作用外，内部性格也是重要成因。在创作过程中，沙汀化身社会学家、精神学家、心理学家，以现实主义的笔调、以强烈的社会责任感和历史使命感，通过剖析人类的精神困境，凭借以小见大的写作方式——小地区、某地域，透视并建构了川蜀大地所独有、旧中国所共有的社会关系——家庭关系与阶级关系，继而呈现并反思了各种家庭问题、社会问题、阶级矛盾、人类命运等现实问题，表现出了浓厚的现实关怀感和人文精神。

第五章　都市爱情书写

——叶灵凤现代长篇小说论

引　言

　　叶灵凤，原名叶蕴璞，1905年4月生于江苏南京。早年有笔名灵凤、凤、林风、临风、风、叶林丰、林丰、丰、亚灵和 L.F 等，晚年则用笔名霜崖、秋生等。叶灵凤的现代长篇小说创作集中于20世纪30年代，主要有《红的天使》①《时代姑娘》②《未完的忏悔录》③《永久的女性》④等作品。在风雨飘摇、祸乱交兴的20世纪30年代的中国，叶灵凤的长篇撰写承继了他20世纪20年代文学创作的特质⑤，通过极具个人色彩的爱情都市的摹写，解剖个人的精神世界，揭示性格悲剧。

一　象牙塔中的个人化写作

　　叶灵凤20世纪30年代的长篇创作是一种典型的个人化写作，在

---

① 单行本系现代书局1930年1月初版。
② 单行本系四社出版部1933年7月初版。
③ 单行本系今代书店1936年6月初版。
④ 单行本系大光书局1936年7月初版。
⑤ 泰东书局1927年出版了叶灵凤的第一部小说集《女娲氏之遗孽》，现代书局1931年又出版了叶灵凤的小说集《灵凤小说集》，两部小说集基本涵盖了叶灵凤1920年代的小说作品。

他与潘汉年合办的《幻洲》杂志的编撰宗旨中可见一斑，"短小精悍的幻洲半月刊，上部象牙之塔里的浪漫的文字"①。鲁迅也曾就叶灵凤的创作倾向进行过批判："新的流氓画家又出了叶灵凤先生，叶先生的画是从英国的毕亚兹莱（Aubrey Beardsley）剥来的，毕亚兹莱是'为艺术的艺术'派……斜视的眼睛——Erotic（色情的）眼睛。"② 被扣上了"流氓文人"帽子的叶灵凤，在时代浪潮的冲击下，当同时代的诸多作家纷纷实现创作转向之时，叶灵凤依旧隐匿于自我的象牙塔之中，沉醉于唯美浪漫的爱情迷梦。

在第一部长篇创作《红的天使》中，叶灵凤也跟随潮流参与了"革命+恋爱"模式的文学创作。他将男主人公丁健鹤的身份设定为一个从事秘密工作的革命者，"为了社会与恶势力搏斗着……阶级的铲除，束缚的解放，高压下的挣扎，群众的幸福，幸福的世界，一个极端的实现的改革者，同时也几乎是一个可笑的梦想者"③。但在实际创作过程中，"革命"只是一个点缀，"爱情"才是叶灵凤的关注点。叶灵凤并没有展现丁健鹤所参与的任何具体革命工作，也并未展现丁健鹤对他人的何种启蒙，革命者的身份只是为了便于剧情的开展和为四角恋爱冲突进行布局。宋氏姐妹淑清、婉清因丁健鹤革命者的身份，同时崇拜他、深爱他，由此，姐妹间出现了罅隙。丁健鹤和姐姐的完婚令婉清万分嫉妒，她决意要报复二人，故意挑拨二人的关系，让同样深爱姐姐的丁健鹤的好友韦树藩有机可乘。为了独占淑清，韦树藩找人向巡捕房举报丁健鹤革命者的秘密身份，令其锒铛入狱。婉清在得知爱人被捕后，悔恨不已，自杀谢罪，从而使四角恋爱的冲突达到了最高潮。丁健鹤的被捕实则与革命事业无关，而是四角恋爱的争风吃醋所致。不难看出，在叶灵凤笔下，革命仅仅是为爱

---

① 叶灵凤：《回忆幻洲及其他》，见《读书随笔》，杂志公司1946年版，第153页。
② 鲁迅：《上海文艺之一瞥》，见《鲁迅全集·第四卷·二心集》，人民文学出版社2005年版，第300页。
③ 叶灵凤：《红的天使》，现代书局1930年版，第4页。

情剧情展开和爱情冲突布局的一种工具。如果说《红的天使》是叶灵凤在20世纪30年代初期"革命+恋爱"创作潮流中的应景之作，那么在之后的几部长篇创作中，"革命"彻底烟消云散，独留多角恋爱的纠葛。

当同时代的作家纷纷撰写抗战烽火、时代变迁之时，叶灵凤依旧沉溺于多角恋爱的写作中难以自拔。以同时代的张资平为例，鲁迅曾将张资平的创作概括为"△"，"我将'张资平全集'和'小说学'的精华，提炼在下面，遥献这些崇拜家，算是'望梅止渴'云。那就是——△"①。但张资平在撰写多角恋爱的情感纠葛和突破伦理禁忌的不伦之恋的同时，还表现出了一种对现实人生的强烈观照之感，"他的作品带有了极显著底写实色彩"②，这与叶灵凤的纯个人化写作是有所不同的。叶灵凤在《时代姑娘》《未完的忏悔录》两部作品中虽然都提及了"一·二八"事变，却仅是作为时间背景的介绍和故事情节的铺陈之用。《时代姑娘》中，"一·二八"事变爆发时，秦丽丽父亲的老友陈浩鹤在危难中收留了她，因此，与父亲素有隔阂的秦丽丽在陈老伯这里获得了父爱，为之后陈浩鹤在上海照应秦丽丽并为韩剑修料理后事的剧情做了铺垫。《未完的忏悔录》中，"一·二八"事变爆发后，市面萧条，由此解释了韩斐君没有继续投资画报事业的缘由。而同样是以时代的重大事件为背景，张资平与叶灵凤却进行了不同内容的描写，通过对比也更体现出了叶灵凤的个人化写作倾向。张资平不仅创作了大量"革命+恋爱"题材的作品，当同时代的作家还在思考"娜拉走后怎样"的问题之时，他已经在创作中透视和思考"革命发生后怎样"这一更为复杂的问题。更是在《无灵魂的人们》中，以"万宝山事件"、"九一八事变"和"一·二八事变"为创作背景，展现和批判了都市中的"无灵魂的人们"——病态的庸众们在国仇家难之际，

---

① 黄棘：《张资平氏的"小说学"》，《萌芽月刊》1930年第1卷第4期。
② 侍桁：《张资平先生的写实小说》，见《张资平评传》，开明书店1936年版，第22页。

尤其是"一·二八事变"爆发时，如何的麻木奴性、愚昧堕落，并塑造了一系列"阿Q"式的青年知识分子群像。而叶灵凤的写作中却并未出现对于此类问题的剖析与思考，显示出强烈的个人化色彩。

　　反观叶灵凤的长篇小说，以多角恋爱的撰写为核心。《红的天使》描写了丁健鹤、韦树藩与淑清、婉清姐妹之间的情感纠葛。《时代姑娘》描写了秦丽丽与韩剑修、张仲贤、萧洁之间的情感纠葛。《永久的女性》描写了朱娴与秦枫谷、刘敬斋之间的情感纠葛，以及秦枫谷与朱娴、罗雪茵之间的情感纠葛。《未完的忏悔录》虽未涉及多角恋爱，但也描写了韩斐君与陈艳珠的坎坷虐恋。上述的都市男女们，均有着良好的家庭背景，不用为了生存而奔波，可以安心在都市的"象牙塔"中谈情说爱。丁健鹤的舅母宋氏家资颇丰，"舅母是有家产的，舅母的娘家也是有名的富室"[①]，当他被捕入狱后，舅母马上从北平寄到上海四千元钱疏通关系。秦丽丽的父亲秦俊臣是香港著名的政治家，"西南著名的大政客"[②]，秦俊臣的老友陈浩鹤在上海官居高位，任建设厅长。张家与秦家门当户对，留学英国的张仲贤是秦俊臣亲自挑选的乘龙快婿。萧洁曾留学美国，现任上海中美银行出纳主任。韩斐君的父亲是香港有名的航运大亨，"在香港有一家轮船公司，有几只汽船专驶澳门香港以及华南一带商埠"[③]。韩斐君欺骗父亲说自己要在上海投资文化生意，溺爱儿子的韩老爷立即给他寄来三千元钱。为了追求陈艳珠，韩斐君用父亲的汇款买了一辆汽车，租了一套华丽的公寓，雇了用人和姨娘照料二人的饮食起居。秦枫谷也生于小康之家，曾在香港跟随一位外国画师学习素描，学有所成后，又赴日本进修油画。回国后，拒绝了上海几个美术学校的邀约聘请，专为上海百货公司的展柜进行指导设计，闲暇时间可以专心于艺术的深造，"不愁生活的

[①] 叶灵凤：《红的天使》，现代书局1930年版，第4页。
[②] 叶灵凤：《时代姑娘》，四社出版部1933年版，第17页。
[③] 叶灵凤：《未完的忏悔录》，今代书店1936年版，第218页。

压迫，不曾牵入教育生活的旋涡"①。朱娴的父亲朱彦儒曾是北平的官僚，辞官来上海后做起了投机生意。其在发妻去世后续弦，新妻子是上海人，新妻子的姐夫是上海一家大银行的行长，她的外甥刘敬斋则在自家银行做贷款部主任。

因此，家境良好的都市男女们可以随时出入舞场、电影院、艺术展、百货公司、酒吧、西餐厅，在灯红酒绿、纸醉金迷的都市中只为爱情迷茫苦闷、痛苦悲哀。在全民抗战的烽火时代、在风起云涌的大变革时期，他们躲避在都市的象牙塔中，与国家、民族、时代、社会几乎绝缘，咀嚼着个人的悲欢。作家也沉浸在自我的世界之中，醉心于情感纠葛的描摹，呈现出典型的个人化写作的特质。

二 个人精神世界的探秘

叶灵凤的个人化写作，关注的自然是个人的精神世界，着墨于个人精神世界的探秘和解剖。叶灵凤在 20 世纪 30 年代的长篇小说中，对都市男女精神世界的摹写细致入微，重视梦境的呈现，淡化情节的叙述，使文本具有了浓郁的现代性气质，"研究现代文学的人总爱提到马赛·普洛斯特（Marcel Proust）的大名……他在探寻人物内心的活动，因此遂为现代读者所不能咀嚼而摇头了……他的小说着重于内心分析，人物的活动不过是他所要描写的精神活动的佐证而已……为现代小说着重于内心分析的大路奠下了第一块基石"②。

叶灵凤在 20 世纪 20 年代的创作中，透视和呈现了现代都市人的精神困境，"现代人的悲哀惟在怀疑与苦闷"③，到了 20 世纪 30 年代，都市人隐秘的精神困境并未改观，反而进一步加重，悲哀苦闷依然存在，孤独寂寞尤甚从前，这是 20 世纪 30 年代恋爱中的都市男女的共

---

① 叶灵凤：《永久的女性》，大光书局 1936 年版，第 13 页。
② 叶灵凤：《谈普洛斯特》，见《读书随笔》，杂志公司 1946 年版，第 39—40 页。
③ 叶灵凤：《女娲氏之遗孽》，见《灵凤小说集》，现代书局 1931 年版，第 415 页。

通心境。《红的天使》中，无论是作为革命者的丁健鹤，还是正在大学求学的淑清，他们均处于孤独寂寞之中。丁健鹤的寂寞源于在革命道路上的孤独前行，而淑清的出现，让他惊异和欣喜，"沙漠中的旅途中突然在自己的相近发现了一位同道的旅客，这使空虚寂寞的心儿怎样不要欣欣的飞跃起来"①。淑清的寂寞与表哥丁健鹤有着异曲同工之妙，也是源于在人生道路上的孤独前行，"学校教育的枯燥，环境的沉闷……她愈在文字上感到兴趣，她愈觉得那一般男同学的可厌；她愈觉得他们的可厌，她便愈感到自己的孤独"②。而表哥的出现，彻底改变了她孤独寂寞的心境。《时代姑娘》中，秦丽丽离开香港、离开爱人韩剑修，登船远赴上海，失去爱人陪伴的她，感到此后的人生只剩下寂寞，"他心里浮沉着一种说不出的凄凉滋味，觉得在这苍茫的海天中，自己此后将永远是一个孤独的人"③。《未完的忏悔录》中，陈艳珠深知男性只是将她当作玩物和工具，内心无比孤独，渴望能有真心相爱的人相伴左右，"我只要有一分钟的短时间，自己在寂寞的心上，感到是真的被人爱着就是死了也可闭目了"④。

《永久的女性》中，秦枫谷内心深处一直有一个理想，期待寻找到一个像达·芬奇笔下的"蒙娜丽莎"那样完美的对象，这个少女集朴素纯洁、尊严美丽于一身，让她成为自己的模特、自己的爱人，为她完成一幅设想已久的理想画像。理想的画像是他艺术上的追求，理想的少女则是他爱情上的渴望，因此，遍寻不到那理想少女的他备感寂寞，"感到了始终压迫着他的那一种寂寞，艺术上的同时是他心灵上的寂寞"⑤。伴随着个人精神上的困境，都市男女们生成各种噩梦。如秦枫谷梦到自己与理想的少女朱娴正在举办婚礼，自己却突然被人绑缚在枯树上，朱娴则被人抢走，他不但无法施救，还被一只恐怖的

---

① 叶灵凤：《红的天使》，现代书局1930年版，第13页。
② 叶灵凤：《红的天使》，现代书局1930年版，第15页。
③ 叶灵凤：《时代姑娘》，四社出版部1933年版，第53页。
④ 叶灵凤：《未完的忏悔录》，今代书店1936年版，第116页。
⑤ 叶灵凤：《永久的女性》，大光书局1936年版，第15页。

野兽追逐。而在《未完的忏悔录》中，韩斐君的梦境与秦枫谷相似，他梦到自己与爱人陈艳珠去杭州游玩，正情浓意浓，突然，整个世界陷入了黑暗之中，爱人不见踪影，自己正向着一个无限的黑暗深渊坠落。《时代姑娘》中，秦俊臣是一个封建专制的父亲，秦丽丽虽已有爱人韩剑修，却不敢违背父亲安排的亲事，在婚期临近时，她决心反抗父亲和命运，在酒店订了一个房间，然后写信给韩剑修约他相见，在酒店，秦丽丽主动将自己的贞操献给了爱人，回到家后，与爱人灵与肉交合的喜悦以及惧怕父亲得知内情的恐惧交错于内心，当夜便做了一场噩梦。这一系列噩梦的形成，源于都市男女的精神困境，虽然有了爱人，但内心深处积重难返的寂寞令他们深惧爱人的离开。此外，叶灵凤的创作还钟情于书信体、日记体的应用，"我正是一个喜爱斯蒂芬逊的人……对于斯蒂芬逊的作品，我可说全部爱好。固然，他的小说的浓重浪漫气息能使人神往……斯蒂芬逊最爱写信……琐碎诉说他日常生活"[1]，以此来配合个人精神世界的挖掘和解剖。

为了更深入地呈现都市男女恋爱中的个人精神世界，叶灵凤在20世纪30年代的长篇创作中，穿插了大量的日记和书信/遗书，从而承继了他20世纪20年代的创作特质[2]。《红的天使》中，婉清在自杀前，留下了一封忏悔自己罪行的遗书，并独立成节（第三部"合"的第五节）。在遗书中，婉清不仅坦白了自己报复姐姐淑清和表哥丁健鹤的罪行，更是将自己痛苦悲哀、嫉妒苦闷的心路历程进行了全面的回溯和剖析。《时代姑娘》中，秦丽丽在从香港开往上海的轮船上，每夜都写下一篇日记，记录自己的心境。四篇日记单独成为四节（第一部"插曲"中的"海行日记一"至"海行日记四"），使读者直面秦丽丽孤独寂寞、悲哀痛苦的心境。日记中，也展现了她对自我人生之路的重新思考，在船上，她坚定了要做一个"时代女性"的决心。

---

[1] 叶灵凤：《可爱的斯蒂芬逊》，见《读书随笔》，杂志公司1946年版，第36—37页。
[2] 以代表作《女娲氏之遗孽》为例，为日记体＋书信体的典型创作。

韩剑修自杀前留给秦丽丽的遗书，也是独立成节（第三部第九节中的"韩剑修的遗书"），在遗书中，读者能够直面他痛苦无奈的心境，以及他对秦丽丽未曾改变的心意。《未完的忏悔录》中，韩斐君和陈艳珠的虐恋纠葛基本是通过韩斐君的日记展现给读者，该作是一部近似于日记体的小说。《永久的女性》中，也穿插着诸多秦枫谷和朱娴彼此间的通信，或诉说爱意，或诉说分离的无奈。叶灵凤以书信体和日记体相结合的形式，深入都市男女的精神世界，挖掘并呈现都市男女爱情纠葛的心路历程，从而对都市爱情进行全面深入的描摹。

张资平的爱情小说也极为注重呈现剖析人类苦闷孤独、悲哀忧郁、迷茫痛苦的精神世界，他将此种心理的形成归纳总结为"性和经济的压迫"①。与张资平笔下经济拮据、渴望性爱的男女不同，叶灵凤笔下的都市男女，均有着良好的家境，不需要为金钱奔波，也不再像《昙花庵的春风》中的小尼姑月谛那样，对"性"极度渴求、苦苦挣扎。没有了经济的压迫和性的压抑，都市男女孤独寂寞的根源在于对理想的精神伴侣的苦苦找寻，痛苦的根源在于如何与理想的精神伴侣厮守终生。

三 性格悲剧的刻画

在20世纪20年代的小说撰写中，叶灵凤就十分注重刻画凄美悲凉的爱情，到了30年代，此种文本建构方式被保留了下来，笔下的都市爱情往往以悲剧收场。其爱情悲剧的生成，是一种典型纯粹的性格悲剧，"天生性情所造成的主体情欲。最显著的例子是奥赛罗的妒忌"②。在黑格尔的论述中，主要将性格悲剧归结为人的天性的缺陷——野心、贪婪、妒忌，而叶灵凤笔下的性格悲剧则主要指向了人

---

① 张资平：《青年的爱》，合众书店1948年版，第37页。
② [德]黑格尔：《美学》第一卷，朱光潜译，商务印书馆1979年版，第270页。

性中的妒忌和软弱。

《红的天使》和《未完的忏悔录》的爱情悲剧是妒忌所致。在《红的天使》中,丁健鹤和韦树藩两位好友的决裂以及丁健鹤的被捕入狱、淑清对丁健鹤的背叛以及二人之间的罅隙、婉清的自尽,均是由于妒忌酿成的悲剧,始作俑者则是婉清。暗恋的表哥与亲姐姐的恋爱结婚,令婉清无比嫉妒愤怒,"又愤恨又嫉妒你们……我对于你们所有的只有是愤恨了。姐姐,我恨你忘记了你的妹妹……健表哥,我恨你小看了我,漠视了我的苦心,我恨你爱上姐姐弃下妹妹……我觉得不将你们的幸福破坏,我的愤恨和嫉妒是永远不会消除的"[1]。因此,她实施了报复计划,故意勾引丁健鹤,挑拨二人的关系。淑清对丈夫的"背叛"极为难过,在妹妹的怂恿下,愤怒的淑清又决心报复丈夫。婉清则将姐姐和表哥闹了矛盾之事故意透露给韦树藩,本就深爱淑清的韦树藩便乘虚而入对其嘘寒问暖,想要横刀夺爱。在韦树藩猛烈的爱情攻势下,淑清失身于他,被丁健鹤撞破,韦树藩为了独占淑清,竟找人举报好友是革命分子,将其逮捕入狱。丁健鹤入狱后,淑清和婉清悔恨不已,一个积极营救丈夫,一个自尽谢罪。婉清的嫉妒,如一把烈火,灼伤了他人,也燃尽了自己。

在《未完的忏悔录》中,韩斐君和陈艳珠的情感虐恋、陈艳珠的离家出走,同样是由于性格缺陷——韩斐君的"生性爱嫉妒"[2]所造成的。韩斐君对美艳动人的陈艳珠一见钟情,与她发生关系后,就将对方当成了自己的私人物品。由于陈艳珠是上海著名的交际花,交友广泛,追逐者众多,这令韩斐君妒火中烧,他对陈艳珠产生了一种病态的迷恋与掌控,总是疑心爱人与他人有着不正当的关系。而陈艳珠性格自由不羁,总是不提前通知韩斐君,就与他人或外出见面、或外出游玩,两个人为此总是发生矛盾。虽然在韩斐君的要求下,陈艳珠

---

[1] 叶灵凤:《红的天使》,现代书局1930年版,第138—139页。
[2] 叶灵凤:《未完的忏悔录》,今代书店1936年版,第238页。

已经基本改变了她以往的生活习惯，切断了与以往朋友的联系，但善妒的韩斐君仍然疑神疑鬼。韩父不赞成二人交往，便切断了儿子的经济来源，逼迫儿子离开陈艳珠。生活的失意、经济的困顿，令性格有缺陷的韩斐君变得更加阴晴不定，总是乱发脾气，甚至怀疑陈艳珠所生的女儿不是他的亲生骨肉。陈艳珠想要外出工作贴补家用，也被韩斐君严词拒绝，他不让陈艳珠离开自己半步，将其软禁在家中，不许其外出。这变态的、善妒的、猜忌的性格，令陈艳珠无比压抑，在苦闷绝望中逃离了韩斐君的掌控。偏执的韩斐君在爱人逃走后，依然不反思自己的过错，而是将二人的感情失和完全归咎在陈艳珠身上。

而《时代姑娘》和《永久的女性》的爱情悲剧则是性格缺陷中的懦弱所致。《时代姑娘》中的韩剑修、《永久的女性》中的秦枫谷，均爱上了已有婚约的女性——秦丽丽和朱娴。而秦丽丽和朱娴却对父亲为自己安排的婚事极为不满，认为这是典型的政治联姻和经济联姻，"觉得自己是被卖了，是被牺牲了"[1]。因此，她们实则企盼着爱人韩剑修和秦枫谷能够解救自己，能够带她们逃离家庭，远走高飞。韩剑修和秦枫谷却有着相同的性格缺陷——懦弱。他们也曾想过要带爱人离开，"更进一步的能用自私的心占有着你"[2]，但在现实中却由于懦弱止步不前，"但梦想是自私的，我们该明白我们各人的责任……我不忍因了我的自私的梦想，破坏了你在家庭上所负的责任"[3]。懦弱的韩剑修和秦枫谷，虽敏于思却怯于行，他们实则完全有经济能力、社会能力，带着自己的爱人远走他乡，过上幸福的生活。但他们的软弱性格最终葬送了自己与爱人的情感，令彼此悔恨终生。面对软弱的爱人，秦丽丽无奈只得自暴自弃，做起了一个玩世不恭的"时代女性"；而朱娴则含泪嫁给了刘敬斋，成了父亲的一件工具和商品。而软弱的韩剑修即使来到上海，也不敢见爱人一面，面对堕落的爱人，竟以自

---

[1] 叶灵凤：《永久的女性》，大光书局1936年版，第107页。
[2] 叶灵凤：《时代姑娘》，四社出版部1933年版，第202页。
[3] 叶灵凤：《永久的女性》，大光书局1936年版，第325—326页。

尽谢罪，上演了一幕惨烈的爱情悲剧。

叶灵凤笔下的都市爱情，充满了凄艳之美，均以悲剧告终，而悲剧的生成主要是由于人的性格缺陷所致，渗透着作者对爱情、人性的独到见解和理性反思。纵观中国新文学史上的都市爱情书写，如张爱玲的《半生缘》、杨绛的《小阳春》、谭正璧的《月夜》等作品，也都是典型的性格悲剧的书写。

结　语

叶灵凤20世纪30年代的长篇小说，聚焦于都市爱情书写，承继了其20世纪20年代创作的特质。但同时他也进行了一些改变，基本消弭了20年代其小说中常见的色情描写，并开启了通俗长篇章回小说的创作，"第一次有意识地要尝试的大众小说，是想将一般的读者由通俗小说中引诱到新文艺园地里来的一种企图。"① 这种降格以求的努力，正是出于新文艺大众化的初心。他试图打破雅俗的界限，将传统小说中的才子佳人模式进行现代转换和改造。更关注人类孤独寂寞的生存本质，渗透和浸入了更多理性沉思的特质，"在创造社后期与三四十年代海派文学之间，他是一位衔接性作家，此种角色的特殊性与重要性值得治文学史者看重"②。可以说，叶灵凤20世纪30年代的长篇小说，在都市爱情的外衣之下包裹了现代性的追求。

---

① 叶灵凤：《时代姑娘·自题》，见《叶灵凤小说全编》，学林出版社1997年版，第472页。
② 胡茄：《叶灵凤与他的文学创作》，见方宽烈编《凤兮凤兮叶灵凤》，福建教育出版社2013年版，第150页。

第六章 阶级意识的深度透视

——以《在城市里》《一年》为中心

引 言

张天翼①，1906年9月生于江苏南京，祖籍湖南湘乡，1912年之后随家人定居杭州。原名张元定，号一之，除笔名张天翼外，还有笔名张无诤、无诤、铁池翰等。

张天翼的长篇写作集中于20世纪30年代，主要有《鬼土日记》《齿轮》《在城市里》《一年》《洋泾浜奇侠》等作品。创作主题始终与社会时代紧密相连，《齿轮》是中国现代文学史上最早一批同时反映"九一八"事变和"一·二八"事变的长篇小说，《洋泾浜奇侠》也涉及了"一·二八"事变，《鬼土日记》更是对当时黑暗政治与黑暗现实的讽刺隐喻。在讽刺丑恶人性、描摹黑暗社会、暴露病态国民性的同时，张天翼对人类的阶级意识也进行了深度透视。"阶级意识——抽象地、形式地来看——同时也就是一种受阶级制约的对人们自己的社会的、历史的经济地位的无意识"②。在创作过程中，张天翼展现了不同

---

① 1926年12月23日，在《晨报副刊》第1497号上，第一次用笔名张天翼发表散文《黑的颤动》。

② [匈]卢卡奇：《历史与阶级意识——关于马克思主义辩证法的研究》，杜章智、任立、燕宏远译，商务印书馆2018年版，第110页。

阶层群体——曾经的既得利益者、现在的既得利益者、渴望成为既得利益者的非既得利益者的阶级意识,"曾经阔气的要复古,正在阔气的要保持现状,未曾阔气的要革新"①。美国学者托尔斯坦·凡勃仑在一系列政治经济学论著中,提出了"既得利益者"的概念,在张天翼的长篇小说中,既得利益者对应的是剥削阶层/统治阶层/权力阶层。无论何种阶层群体,阶级意识都深深烙印于他们的血液和神经之中,阶级意识驱使不同阶层群体展开与利益相关的外在行为——或恢复既得利益,或守卫既得利益,或抢占既得利益,"阶级意识不是个别无产者的心理意识,或他们全体的群体心理意识,而是变成为意识的对阶级历史地位的感觉。这种感觉总是要在眼前的局部利益中变具体的"②。张天翼通过对人类阶级意识的深度透视,实现了对社会制度、社会阶层与社会结构的细致剖析,蕴含着强烈的现实关怀精神,表现出了深刻严肃的问题意识。

一 阶级意识驱使下的既得利益抢占

张天翼在长篇小说中也塑造了"阿Q"式的典型形象,如《在城市里》中的丁寿松、《一年》中的白慕易和李益泰,展现了他们的病态国民精神,如根深蒂固的宿命观,"这是我的命不好"③;如骨子里的奴性,"用种挺熟练的手法跪了下去"④;如麻木愚昧,"我生平最恨反动分子,提到反动分子就马上该枪毙,该杀,没什么好说的"⑤;如精神胜利法的使用,"不过我的日子还没来……大人物谁没过过穷日

---

① 鲁迅:《小杂感》,见《鲁迅全集·第三卷·而已集》,人民文学出版社2005年版,第555页。
② [匈]卢卡奇:《历史与阶级意识——关于马克思主义辩证法的研究》,杜章智、任立、燕宏远译,商务印书馆2018年版,第138页。
③ 张天翼:《在城市里》,良友出版社1935年版,第360页。
④ 张天翼:《在城市里》,良友出版社1935年版,第20页。
⑤ 张天翼:《一年》,良友图书公司1935年版,第139页。

子？大人物谁不是到后来才发迹？"① 张天翼甚至还设计了李益泰认为以王太太为代表的女子都是放荡的，总向自己暗送秋波，在性欲的驱使下去强吻王太太，结果被对方反抗打骂闹得人尽皆知，后又被王太太的丈夫王俊夫狠狠教训羞辱、赔钱了事的情节，由此致敬了《阿Q正传》中"阿Q"的"恋爱的悲剧"。

但张天翼笔下的丁寿松、白慕易除了具有"阿Q"式的病态国民精神外，他们还在阶级意识的驱使下试图抢占既得利益——努力改变阶级出身，渴望实现阶级跨越，最终跻身剥削阶层/统治阶层/权力阶层。

首先，白慕易和丁寿松对自己的阶级身份——被压迫的农民阶层是不满的。白慕易祖上是书香世家，到他父亲这辈家道中落，父亲去世前还嘱咐他一定要做个上等人——当官。母亲为了生计只能送他去做学徒，白慕易后来成了一个乡间裁缝，娶妻生子。虽饱食暖衣，却极为鄙视自己的身份与职业，埋怨母亲不该让自己做裁缝而是应该读书入仕。他心中始终有一个执念，便是要做官以光耀门楣。丁寿松的阶级意识与白慕易一致，他觉得必须要进城，要入仕做官才能成为人上人，才能获得金钱和利益。非既得利益者所处的阶级地位使他们感到羞耻、焦虑、苦痛，使他们生成了与自己阶级地位相匹配的阶级意识——抢占既得利益，"它就是阶级地位本身。它是社会经济结构的客观结果，决不是随意的、主观的或心理上的"②。在阶级意识的驱使下，非既得利益者丁寿松和白慕易均选择从农村（下层社会）奔赴城市（上层社会），寻找关系，丁寿松投奔的是远房亲戚县印花税务分局局长唐启昆，白慕易投奔的是在南京某机关里任职录事的五舅梁梅轩。丁寿松和白慕易都希望处于剥削阶层/统治阶层/权力阶层的唐启昆和梁梅轩能为自己在机关里谋得一份差事，让自己由农民变为市民、由普通人变为官员，从而使自己的阶级身份发生质变，跻身剥削阶层/

---

① 张天翼：《一年》，良友图书公司1935年版，第222页。
② ［匈］卢卡奇：《历史与阶级意识——关于马克思主义辩证法的研究》，杜章智、任立、燕宏远译，商务印书馆2018年版，第113页。

统治阶层/权力阶层，最终蜕变为既得利益者。

丁寿松和白慕易原本属于典型的被压迫阶层，居住于乡村（下层社会），巧合的是，他们同城市中剥削阶层/统治阶层/权力阶层的亲戚关系，使他们的阶级意识呈现出了两种维度：一种是抢占既得利益，渴望实现阶级蜕变；另一种则是鄙视与自己共属一个阶层的同胞。

丁寿松坐船去县城时，看不起与他身份相同的同舱乡民，"多半是些粗家伙，是些泥腿子……大声呵斥着——挤什么呀，混蛋！把旁边一个乡下人一推"①。船至半途，上来一位气度不凡、穿着得体的乘客，丁寿松便主动将自己的行李从座位上移走，让这位乘客坐下，并与之攀谈。这并不是奴性使然，之后丁寿松与之讨论问题时，处处针锋相对。这种情况实则源于丁寿松对此乘客阶级身份的认同，阶级意识使丁寿松认为同船的其他旅客与自己不属于同一个阶层，只有这个体面的乘客与自己同属一个阶层，"整船的人——怕只有这一位先生跟他丁寿松谈得来"②。当丁寿松来到唐宅后，唐启昆并未给他在县城机关安排差事，只是让他在家中做了一个下人，丁寿松却自认高人一等，看不起与他身份相同的其他唐家下人，或鄙视门房老陈，"哼，一个门房！"③或鄙视厨子桂九，"哼，他不过是厨子呀！——什么东西！"④丁寿松在县城的本家亲戚是丁文侃，丁文侃原本只是一个报社编辑，丁寿松便看不起这个本家亲戚，而是竭力攀附局长唐启昆，来到县城也只去拜访求助唐启昆。丁文侃意外得到北平史部长的赏识，做了京中某部的秘书长，而唐启昆由于中饱私囊而丢了局长的差事，当丁寿松得知两位亲戚身份的转变后，悔恨交加。在丁寿松的心目中，现在的丁家比唐家更值得自己效忠，便做了丁家在唐家的内应。甘心做内应也不是奴性使然，同样是阶级意识的驱使，丁寿松希望通过讨

---

① 张天翼：《在城市里》，良友出版社 1935 年版，第 2—3 页。
② 张天翼：《在城市里》，良友出版社 1935 年版，第 3—4 页。
③ 张天翼：《在城市里》，良友出版社 1935 年版，第 34 页。
④ 张天翼：《在城市里》，良友出版社 1935 年版，第 78 页。

好新的既得利益者——丁文侃，抢占既得利益——谋得差事，实现阶级蜕变。

梁梅轩托同乡刘培本秘书为外甥白慕易谋得了一个文书上士的差事，虽然比录事级别差很多，也令白慕易激动万分，他感到自己终于做了官，摆脱了裁缝的身份，实现了阶层的跨越和阶级的蜕变。到某机关报到那天，白慕易的上司胡副官见他几乎目不识丁，便将其降职为传令下士，令白慕易痛心不已，他感到没有脸面再回借住的远房亲戚白骏家。白骏在某机关任上尉秘书，白慕易感到传令下士与上尉秘书之间差距太大。同时，他又看不起同事沈上士、麻子传令兵等人，觉得他们是下等人。白骏的舅舅云士刚新任了某核心机关的处长，安排外甥白骏做了该处庶务股的股长，白慕易得知后，便恳请白骏带他拜会云士刚，想换个更高级的差事。云士刚看在白骏的面子上，也给白慕易在自己处里安排了一个录事的差事。白慕易做了录事后，觉得自己同白骏属于同一阶层了，便终日与白骏夫妇以及其他小官僚厮混在一起，乐在其中。某天逛街时，偶遇了沈上士，沈上士和白慕易共事时对他照顾有加，飞黄腾达后的白慕易却对热情的沈上士冷言相对，匆匆离开，生怕白骏夫妇看到自己和一个下等人交谈过，"路上的人也许得笑他：怎么一个做官的有这么一个朋友……他自己不想想他是什么人"①。自从结识了云处长，白慕易就把这个与自己毫无血缘关系的人当作了亲舅舅，反而嫌弃厌恶起真正的亲舅舅梁梅轩。当梁梅轩被裁员后，白慕易更是避而不见。梁梅轩失业后没有了经济来源，后身患重病，因无钱医治，逐渐恶化，濒临死亡。房东太太看不下去，数次去找白慕易，让他把自己的舅舅送去医院治疗，白慕易故意托词不见。梁梅轩病逝后，白慕易才找了几个同乡凑钱将对自己有知遇之恩的亲舅舅草草安葬。

白慕易和丁寿松想要从乡下进城、在机关中谋得差事的执念，以

---

① 张天翼：《一年》，良友图书公司1935年版，第268页。

及他们人性的异化——白慕易做了录事之后的所作所为以及丁寿松的两面三刀，完全是由他们的阶级地位所决定，由他们的阶级意识所驱使——抢占既得利益以实现阶级蜕变。

二 阶级意识驱使下的既得利益恢复

丁寿松和白慕易是典型的非既得利益者，他们通过求助身处剥削阶层/统治阶层/权力阶层中的唐启昆和梁梅轩，以期改变阶级地位，实现阶级蜕变。唐启昆和梁梅轩原本是典型的既得利益者，他们分别是县城的印花税务分局局长和南京某机关录事。由于各种原因，二人纷纷被裁撤，失去了原有的阶层身份，"社会划分为阶级是由人们在生产过程中的地位决定的"[1]。当唐启昆和梁梅轩的阶级身份和阶级地位发生蜕变后，阶级意识便会驱使他们试图恢复以往的既得利益，恢复自己原有的阶级身份和社会地位，从而实现继续谋取利益。

由既得利益者变为曾经的既得利益者后，会失去原有的社会地位、社会资源、社会声望，尤其是经济状况的恶化，不但令曾经的既得利益者感到失落与恐惧，甚至陷入生存困境。

当唐启昆还是县印花税务分局局长之时，以丁寿松为代表的被压迫/被剥削阶级对其极为恭敬，到了唐家后，丁寿松卑躬屈膝地分别向唐启昆、大太太下跪请安，极尽溜须拍马之能事。而当他得知唐启昆被撤职，而丁文侃在北平做了大官后，马上去了曾经不屑登门拜访的丁家磕头认亲，并投靠芳姑做了丁家在唐家的内应，内心中甚至鄙视起唐启昆来，"他这几天满肚子看不起这个姓唐的，他现在就感到受了侮辱，怎么，叫他去给这么个败家子提拔"[2]。李金生原本是唐启昆和朋友在省城合伙收购一家洋车行后任命的代理人，唐启昆任局长时，

---

[1] [匈]卢卡奇:《历史与阶级意识——关于马克思主义辩证法的研究》，杜章智、任立、燕宏远译，商务印书馆2018年版，第102页。

[2] 张天翼:《在城市里》，良友出版社1935年版，第83页。

迫于他的威势，李金生对唐启昆挪用公司款项的行为总是姑息纵容，当卸任局长的唐启昆再去省城要求挪用公款时，却被李金生强硬拒绝。李金生后来还私自把车行和唐启昆在省城的别墅卖掉，带着唐启昆在省城包养的姨太太私奔。失去局长职位后，唐启昆失去了主要的经济来源，难以维持唐家庞大的开支，只能靠借贷和出卖田产度日。以华幼亭和何云荪为代表的原本与唐启昆同属一个阶层的乡绅地主，不再忌惮卸职的唐启昆，甚至落井下石。华幼亭打着帮忙的旗号，给唐启昆放了高利贷，还索要了一些他的贵重古董做抵押。何云荪则不断压低唐启昆田产的报价，令他血本无归。梁梅轩被裁撤后，生活顿时陷入困境，连吃饭都成了问题。与梁梅轩同属一个阶层的好友、亲戚，如刘培本秘书、荣升为股长和录事的白骏与白慕易，在得知对方被裁撤后，均避而不见。

为了重新夺回原有的社会地位、社会资源、社会声望，改善经济状况和生存环境，谋取利益，在阶级意识的驱使下，曾经的既得利益者必然要试图恢复自己的阶级身份，重新跻身剥削阶层/统治阶层/权力阶层。

唐启昆和梁梅轩渴望在政府中重新谋得一个差事。唐启昆对丢掉印花税务分局局长极为懊悔，原本与丁家水火不容的他在丁文侃从北平返乡后，放下身段亲自登门拜访。芳姑向哥哥丁文侃诉说了唐启昆卖田之事，丁文侃便向唐启昆问询，在唐启昆热心地解释劝告下，丁文侃觉得世道如此之乱，卖田套现实在是高明之举，也决定要卖田套现。唐启昆见丁文侃对自己态度缓和，便将此行的终极目的抛出——恳请处于剥削阶层/统治阶层/权力阶层中心的丁文侃，为自己重新谋得一份差事，"他一点拘束的样子都没有，似乎有鬼使神差着的，用种又大方又客气的口气表示了自己的意思：他想要这位当秘书长的亲戚替他找事。他连自己都有点奇怪——为什么说得这么顺嘴"[①]。被裁

[①] 张天翼：《在城市里》，良友出版社1935年版，第369页。

撤后，原本自命不凡、孤僻偏激的梁梅轩也像唐启昆那样，立即放下身段，先去央求刘培本为自己再找一份差事，被拒绝后，又去了白骏所在的机关，写下一封肉麻卑微的书信拜托白骏转交给云士刚，想要求见对方。在会客室等候了几个小时，虽最终未能见到云士刚，却也显现了自己恢复既得利益的决心。

不同于自私麻木、贪图享乐的纨绔子弟唐启昆，梁梅轩是一个典型的旧式知识分子。虽然具有封建卫道士般顽固迂腐的一面，却也保有着一份读书人的傲骨和良善。在机关中，梁梅轩不愿像其他同事那样，对上级曲意逢迎、溜须拍马以求得晋升，更不愿与恶势力同流合污，因此，颇具才华、办事认真的他，依然只是一名录事。梁梅轩的好友邱七先生因言获罪，不幸被捕。当时尚未被裁撤的梁梅轩得知此事后，对好友被捕表示了极大的不满与愤慨，"这种好人也捉将官里……要营救……他不知道该咒骂谁。现在他没时间去想什么，去理解。他现在只做着'人'应当做的事"[1]，为了营救好友，梁梅轩亲赴刘培本家希望对方能出面协调。不巧的是，当梁梅轩到达刘培本家后，发现大门紧闭，向门房打听，得知刘培本有事外出。冷静过后的梁梅轩，阶级意识压倒了人性与血性，他惊惧自己刚刚打算营救好友的冲动及鲁莽，"邱七反正是暴徒，抓去就抓去，咎有应得。他梁梅轩为了这么一个邱七，去吹风，去跑，这似乎太那个了"[2]。此时梁梅轩心中所想的，恰是由其阶级意识所驱使的。假若为一个政治犯奔走，势必会与剥削阶层/统治阶层/权力阶层的意志相悖，为了保住自己现有的社会地位，为了守卫既得利益，作为一个既得利益者，只能压抑人性、牺牲良知。因此，梁梅轩在阶级意识的驱使下，最终决定放弃营救好友邱七先生。在放弃营救后，梁梅轩的内心虽遭受了良心的谴责，"邱七是好人……邱七如今一定很冷……邱七是英雄"[3]，但他始

---

[1] 张天翼：《一年》，良友图书公司 1935 年版，第 196 页。
[2] 张天翼：《一年》，良友图书公司 1935 年版，第 197—198 页。
[3] 张天翼：《一年》，良友图书公司 1935 年版，第 198 页。

终没有再做出任何营救好友的举动，而是默认了剥削阶层/统治阶层/权力阶层逮捕好友的行为。

唐启昆和梁梅轩在被裁撤后——失掉了原有的社会地位和阶级身份。周边人对他们态度的变化、自身经济情况的恶化，使他们意识到自己不再是既得利益者了，阶级意识必然驱使这些曾经的既得利益者去重新谋求一份官职，从而重新跻身剥削阶层/统治阶层/权力阶层，以实现既得利益的恢复。

三 阶级意识驱使下的既得利益守卫

虽然托尔斯坦·凡勃仑针对资本主义的弊端，提出了"既得利益者""有闲阶级""不在所有者"等概念，并且是站在维护资本主义的立场上，借上述概念去批判资本主义的奢侈浪费，批判资本主义某些垄断组织、企业和生产方式阻碍了社会生产的发展，批判"既得利益者""有闲阶级""不在所有者"的寄生性，"这些有闲者除了'闲'以外，日子也显然过得很从容，很舒适"①。但这些概念同样适用于其他阶级社会中的剥削阶层/统治阶层/权力阶层，这些典型的既得利益者身上。既得利益者们掌握了社会的经济命脉，具有了政治和宗教的话语权，"社会结构分为等级、阶层等，随之而来的是在社会的客观经济结构中，经济的因素和政治的、宗教的等等因素不可分地结合在一起"②。既得利益者的阶级意识便是如何守卫他们的经济收益、社会地位、政治权力——既得利益。

既得利益者们享有着各种经济利益和政治特权、高高在上的社会地位以及闲适安逸的生活，这是他们守卫既得利益的根源所在。在发

---

① [美]凡勃仑:《有闲阶级论——关于制度的经济研究》，蔡受百译，商务印书馆1964年版，第31—32页。

② [匈]卢卡奇:《历史与阶级意识——关于马克思主义辩证法的研究》，杜章智、任立、燕宏远译，商务印书馆2018年版，第114页。

现自己有失去原有社会地位和阶级身份的风险后，必然表现出极度的惊慌，惧怕既得利益的失去。

丁家虽是县城的望族，但到了丁文侃的伯父丁伯骥、父亲丁仲骝这一辈，家道中落，丁伯骥还将丁家乡下的田产出卖抵债，在去世前嘱咐丁文侃日后若能飞黄腾达，一定要将田产赎回。丁文侃原是县城一家报馆的编辑，他的身份最初是典型的以往既得利益者。因此，丁寿松进城后投靠的是唐家，而非丁家，心中对丁文侃鄙夷不屑，"文侃那个小子——嗯，又矮又小，天庭也长不开，下巴也兜不起：这么付相貌会做官……早就看透了那小伙子是个什么脚色"①。当丁文侃在史部长的赏识下做了京中的大官后，他瞬间改变了自己以及家庭成员的阶级身份和社会地位，成为典型的既得利益者。丁寿松在得知丁文侃做了京中的秘书长后，马上背叛唐启昆，做了丁文侃的妹妹芳姑在唐家的内应。丁文侃的家人不用再为生计发愁，他的父亲可以安心赏玩古董，他的母亲、姐姐、妹妹，以麻将消遣度日，他的弟弟丁文侯更是终日流连赌场、妓院、酒店，耽于享乐，还仗势欺人。在哥哥的庇荫下，从县城到省城的达官贵人们都要礼让他三分，丁文侯更加肆无忌惮、横行霸道。丁文侃从京中回家乡省亲，整个县城张灯结彩、焕然一新，县长以及各位政要、乡绅轮番宴请送礼、溜须拍马，竭力攀附。

白骏与丁文侃类似，在舅舅云士刚的提拔下，由上尉秘书晋升为庶务股股长，进一步巩固了自己的社会地位，与妻子的生活更加安乐舒适，还帮助几乎目不识丁的表弟白慕易做了录事。由此可以看出，作为既得利益者的丁文侃、白骏，以及他们的家人们，在阶级意识的驱使下势必要守卫他们的社会地位和阶级身份。张天翼在《在城市里》《一年》分别为丁文侃和白骏这两位既得利益者设置了能够跻身剥削阶层/统治阶层/权力阶层的背景势力——史部长和云处长。史部长是北平的大官，对丁文侃极为赏识，云士刚是南京某核心机关的处

---

① 张天翼：《在城市里》，良友出版社1935年版，第11页。

长，也是白骏的亲舅舅，正是在二人的提拔下，丁文侃和白骏才能平步青云，史部长和云处长是丁文侃和白骏成为既得利益者的关键所在。张天翼又布局了史部长和云处长突患疾病和风传被裁撤的情节。当丁文侃从北平发来电报，告诉家人史部长突然中风的消息后，丁家顿时乱作一团，家人们生怕史部长命不久矣。而白骏告诉妻子和表弟云处长有可能被裁撤的消息后，他的妻子和表弟也极为担忧。丁家人、白家人并不是真的关心史部长的病情和云处长的前途，而是忧虑史部长和云处长去世和失势后，自己会丧失现有的既得利益。丁家人比白家人幸运，史部长的病情好转，丁文侃保住了秘书长的职位，云处长则在权力斗争中失势，被迫去了上海，白骏和白慕易因此受到牵连，被裁撤。

既得利益者们惧怕失去已有的社会地位和阶级身份，尤其是掌握在手中的利益与权力，因此，需要拼命守卫自己的既得利益，守卫的关键方式便是向权力顶层不断攀爬。

白骏与丁文侃均攀附上了处于剥削阶层/统治阶层/权力阶层顶端的权贵——云士刚和史部长，分别由上尉秘书和报社编辑晋升为核心机关的庶务股股长和北平某部的秘书长。白慕易更是向着权力顶层不断攀爬，先后攀附了梁梅轩、白骏，直至身处权力顶层的云士刚，以一个乡村裁缝（非既得利益者）的身份来到城市，得到传令下士的职务，又摇身一变做了核心机关的录事，顺利跻身剥削阶层/统治阶层/权力阶层，"现在白慕易和这些做官的都是同事，都是朋友。他天天和他们打在一起，一块玩，一块谈笑。他学到了许多事。有时他觉得很奇怪：他怎么一来到了这世界里的呀，不是做梦吧？官儿大的也没什么架子，并且还特别待他客气：他是刚舅舅的亲戚。他的日子究竟一天一天过得好起来了。对同事们说话的时候，他极力不把快活的样子漏出来。他觉得每个同事都怪可爱，仿佛他们是专为逗他喜悦而生的。他们的生活也非有他不可，因此他们无论谈什么，他白慕易总要参加进去的"①。

---

① 张天翼：《一年》，良友图书公司1935年版，第252页。

白慕易无论是物质还是精神都获得了极大的满足，实现了阶级的蜕变，成为典型的既得利益者。而夺取既得利益和守卫既得利益的关键就在于不断向权力顶层攀爬，"每个人总是想升官，小官想大点的，没官做的想做官"①。史部长和云士刚虽然已经身处权力顶层，但对于他们来说，同样需要像白骏与丁文侃甚至白慕易那样不断攀爬以守卫既得利益。

张天翼笔下的既得利益者是一个极为庞大的群体，如丁文侃回乡省亲时接见的各级县城官员、白慕易任录事后的同事，都属于这个阶层。他们在阶级意识的驱使下，将在京中做大官且得到史部长赏识的丁文侃，以及同云处长有"亲戚关系"的白慕易视作向上攀爬、守卫既得利益的捷径。因此，他们对丁文侃极尽溜须拍马、贿赂巴结之能事，对待出身卑微的白慕易也没什么架子，还特别客气。这些都是阶级意识驱使下典型的外化行为。

结　　语

张天翼在 1922 年以短篇小说《新诗》② 初登文坛，20 世纪 20 年代，张天翼进行了多元化风格的小说试验，既有现实的犀利讽刺，也有通俗的悬疑探案；既有感伤的个人抒唱，也有智性的哲理深思。随着外部社会环境、政治环境的急遽变化，张天翼本人的思想也产生了剧烈的震动，"我本来真的想造一座宝塔：象牙太贵，打算造个牛骨头之塔来充充数。但是牛骨头之塔造到什么地方去呢？都市里有什么五卅惨案、三一八惨案的枪声。乡下有天灾人祸，也不行。这就是说，无论躲到什么地方，总还是在这现实的世界里。这既已失败，只好从牛骨头之塔走出，想学习写写现实世界里的真正的事"③，由此实现了

---

　　① 张天翼：《一年》，良友图书公司 1935 年版，第 7 页。
　　② 张无诤：《新诗》，《礼拜六》1922 年第 156 期。
　　③ 张天翼：《创作的故事》，见沈承宽、黄侯兴、吴福辉主编《张天翼研究资料》，中国社会科学出版社 1982 年版，第 135 页。

写作的转向。张天翼的笔触对准农村与城镇纷繁复杂的现实人生和社会世相，揭露社会与政治的丑恶与黑暗，将中国现代文学的讽刺小说提升到了一个新高度。在长篇小说《在城市里》《一年》中，张天翼对人类的阶级意识进行了深度透视，从而对社会制度、社会阶层与社会结构进行深入的剖析阐释，由此展现了张天翼现代学人的历史使命感与社会责任感。

第七章 宗教批判·双向启蒙·情感探秘
——姚雪垠现代长篇小说论

引　言

姚雪垠，原名姚冠三，字汉英，1910年10月生于河南邓县。20世纪40年代，姚雪垠出版了多部长篇小说。主要有1942年大东书局初版的《戎马恋》、1944年现代出版社初版的《春暖花开的时候》（第一部）、1947年怀正文化社初版的《长夜》、1949年现代出版社初版的《母爱》。《春暖花开的时候》（第一部共三册）是姚雪垠长篇小说的处女作，1940年连载于《读书月报》的第二卷第一期至第十期。姚雪垠的小说，有着浓厚的地域特色，小说关注河南地区的社会生活，展现中原风土人情，并以宗教批判、启蒙叙事、情感探秘钩织起复杂的文本，建构了一个广阔而多元的世界。

一　宗教批判

在姚雪垠的现代长篇小说中，西方传教者在河南为中心的中原区域的活动状况，是其着重描写的对象。西方传教者在中国的宗教活动主要包括建立教堂后由传教士传教、开办教会医院和教会学校等，"除了单纯意义的传教之外，在一些西方传教士的主持下，天主教、基督教及东正教在中国均经营着大量的附属事业。基督教较侧重于中、高等文化教育及与文字布道相关的印刷出版业；天主教则热衷于置办房地产，创办小学和医院、育婴堂、孤儿院等'慈善'事业。西方传教士苦心经营下的这些事业在抗战中均受到不同程度的影响"①。上述的宗教活动在姚雪垠的现代长篇小说中均有表现，而姚雪垠尤其注重揭示西方教会活动中的乱象，暴露西方教会丑恶虚伪的面目，表现出强烈的批判色彩。

姚雪垠揭露了西方教会在华活动追逐利益的本质，这与帝国主义列强侵略中国的本质目的是完全一致的。《母爱》《戎马恋》主要批判了西方传教士的传教活动。《母爱》中，美国传教士高牧师在中国传教三十年，抗日战争爆发后，依然坚守在中国传教，吴奶奶、"年轻媳妇"则是深受其影响的万千信徒代表。二人原本均十分虔诚，但当吴奶奶与驻扎在村子上的政治队队员们接触后，逐渐被政治队中的叶映晖、苗华、夏光明等人启蒙，从而开始觉醒和转变，逐渐摒弃了曾经的信仰，模糊地认清了西方宗教的本质，"吴奶奶觉得高牧师的这番话听起来很没滋味，好像隔着很厚的棉衣服搔痒一样。但这番话到底有什么毛病，她却又说不出来，只是丝毫也不能引起她的兴趣罢了。她越听越感到失望"②。《戎马恋》中的传教者并非像《母爱》中高牧师那样的专业传教士，而是一个教会医院的院长，"一位年老的×国女人"。教会医院最初设立的目的便是进行宗教传播活动，"传教士刚来华时传教为其首要目的，但仅是传教，接受者不多……传教士只好改变传教方式，对当地民众采取治疗疾病的方式，使其减少身体上的困扰，从而慢慢改变国人对西方宗教的想法……正是因为教会设立了医院，病人在诊治过程中，无形之中便对外国来华而又懂得治病的传教士有了好感。久而久之，随之入教也就成为可能的了……至抗战前，河南教会医院发展日渐壮大，成为地方上的重要卫生力量"③。女主人

---

① 吴邦江：《中国抗日战争时期的西方传教士》，《史学集刊》1997年第3期。
② 姚雪垠：《母爱》，现代出版社1949年版，第9页。
③ 谭备战：《本土化·世俗化·专业化：抗战前河南教会医院的特点（1927—1937）》，《宗教学研究》2018年第1期。

公张蕙风所在的教会医院，一方面具有培养护士的学校功用；另一方面又具有救死扶伤的医院智能。最为关键的是，院长"一位年老的×国女人"更是一个传教士，教会医院的每一个中国护士，都是她的传教对象。

因此，张蕙风原本也像《母爱》中的"年轻媳妇"那样，是一个极虔诚并坚定的宗教信徒，"在一天到晚的忙碌工作中能够一直保持着心情的快活，一半是靠着上帝的帮助和安慰，一半是靠着这位年老的×国女人——她崇拜着她简直超过她崇拜自己的母亲"①。后来，在男主人公金千里的启蒙影响和爱情攻势下，她开始觉醒，先是敢于反抗作为上帝代表的"一位年老的×国女人"的威权，后来又勇敢地冲破了院长对她和金千里交往的阻挠，甚至不惜离开护士学校，并毅然与金千里订婚。在加入妇女会后，张蕙风被好友李莲等会员进一步启蒙感染，最终放弃了自己原本的信仰，"终于她对于上帝存在问题十分怀疑，连睡觉时偷偷的默祷也不再举行了……幸而有新的信仰代替了旧的信仰……对于上帝的失掉，并没有感到悲哀"②，成长为一个坚定的革命战士。在姚雪垠的笔下，伴随着西方侵略活动的教会传教与奋勇抗暴的历史浪潮、自由民主的时代精神始终相悖。甚至面对日本侵略者的暴行，高牧师向中国的信徒们宣扬"原罪说"，"我们都是有罪的……所以上帝才把灾难降在我们身上。日本人来占领中国土地，惨杀中国老百姓，这都是上帝要警醒我们，磨练我们，使我们知道自己的罪孽"③。"一位年老的×国女人"同样终日向张蕙风等中国护士们宣扬"原罪说"，对她们进行教化与洗脑，"外国人同我们都常常祷告，求上帝赦免我们中国人的罪，求上帝保护我们……你当爱你的仇敌"④。

与善良慈祥、事必躬亲的高牧师相比，"一位年老的×国女人"

---

① 姚雪垠：《戎马恋》，大东书局1942年版，第15页。
② 姚雪垠：《戎马恋》，大东书局1942年版，第117页。
③ 姚雪垠：《母爱》，现代出版社1949年版，第9页。
④ 姚雪垠：《戎马恋》，大东书局1942年版，第38—39页。

显然是一个典型的反面形象。她打着宗教的幌子，戴着关爱、拯救世人的伪善面具，不但宣扬"原罪说"，还鼓吹"禁欲主义"和"苦行主义"，实则是让张蕙风等护士们甘心过着清贫的生活、拿着极少的报酬，却忠心为其服务，还禁止她们恋爱，控制她们的身心自由，因此屡次破坏金千里对张蕙风的求爱和启蒙。她对中国人还有着一种高高在上的优越感，她每次与金千里对话时，总是摆出一副高高在上的姿态，"那神气活像是一位尊贵的主妇在对着她的奴仆说话"①。"一位年老的×国女人"是不少西方传教士的缩影，也是姚雪垠竭力批判的对象。

鸦片战争后，英国、美国、德国等西方国家曾通过教会在中国大量设立教会学校，涵盖大、中、小学，招揽了数目众多的学生，"教会大学在战前约有8000名大学生"②。姚雪垠在《长夜》中，就从侧面描写了教会学校的黑暗。主人公陶菊生就是一个教会中学的中学生，"陶菊生兄弟和胡玉莹在信阳读的是一个教会中学，校长是一个美国牧师"③。陶菊生所在的教会学校中始终存在着恐怖可耻的霸凌现象，"大孩子把奸污小孩子当做了风流韵事，高年级把压迫低年级当做了英雄行为……不免常常受较大的同学欺负……每次从礼拜堂里回学校，他总是提心吊胆的走得极快"④。教会学校中发生的种种龌龊可悲之事，与教会所宣扬的平等、博爱的理念形成了一个典型的悖论，成为一种可笑可悲的反讽。姚雪垠在《母爱》和《长夜》中对西方宗教的批判是委婉与侧面的，而在《戎马恋》中则是直接与无情的。

姚雪垠借助对西方教会批判，在其现代长篇小说中塑造了一类典型的人物形象——以吴奶奶、张蕙风等为代表的正待启蒙、正在觉醒的信徒。她们开始时深受西方宗教的影响，处于蒙昧麻木的信徒状态

---

① 姚雪垠：《戎马恋》，大东书局1942年版，第16—17页。
② 李雪梅：《抗日战争期间中国教会学校概述》，《兰台世界》2015年第22期。
③ 姚雪垠：《长夜》，怀正文化社1947年版，第7页。
④ 姚雪垠：《长夜》，怀正文化社1947年版，第52—53页。

之中，而当启蒙者——叶映晖、苗华、夏光明、金千里等人出现后，她们逐渐被后者启蒙，逐渐实现觉醒、成长和蜕变，从而摆脱了宗教的影响和控制。对西方宗教的批判，呈现出姚雪垠深厚的社会责任感和历史使命感。

二 双向启蒙

姚雪垠善于以启蒙模式建构现代长篇小说，在《戎马恋》《春暖花开的时候》《长夜》《母爱》四部作品中，作者均设置了典型的启蒙者（先进阶层）启蒙——被启蒙者（落后阶层）的模式。如《戎马恋》中的金千里—张蕙风；《春暖花开的时候》中的罗明、罗兰—黄梅；《长夜》中的陶菊生—王成山；《母爱》中的叶映晖、苗华—夏光明，叶映晖、苗华、夏光明—吴奶奶。比如《长夜》中，知识青年陶菊生对绑架他的土匪（农民）王成山、强娃进行启蒙，"俄国的革命党把地都分给穷人，现在俄国已经没有穷人了……革命党啥子都不怕……听说在广东也有革命党"[①]。这是现代小说经常采用的一种建构模式，也常见于姚雪垠的现代长篇小说之中，"中国的农民还没有发现他们应走的革命道路，至少在北方农村中还没有出现像摩西那样人物。因此，我的这些朋友们虽然不顾一切的要做叛徒，却只能走那条在两千年中被尸首堆满的，被鲜血浸红的，为大家熟悉的古旧道路，这条路只能够带向毁灭"[②]。

除此之外，姚雪垠还在其现代长篇小说中开创了一种新的启蒙模式——双向启蒙——当被启蒙者实现觉醒蜕变后，反过来再对曾经启蒙过自己的启蒙者进行新的启蒙，主要体现在《戎马恋》和《春暖花开的时候》两部偏向恋爱题材的作品之中。茅盾曾明确指出，两部作

---

① 姚雪垠：《长夜》，怀正文化社 1947 年版，第 312—313 页。
② 姚雪垠：《长夜·后记》，怀正文化社 1947 年版，第 321 页。

品的内容过于偏向爱情。"虽然作者竭力表示他对于金张二人的批评和对于恋爱与革命的意见……问题是在第一分册太多了小儿女（都是救亡青年）的私情密意"①，而这两部小说恰恰是革命＋恋爱形式的典型创作。在写作过程中，姚雪垠首先设置了传统的启蒙模式——先进阶层对落后阶层的启蒙。《戎马恋》中是知识分子出身的军人金千里对深受西方宗教影响的张蕙风的启蒙。面对被教会洗脑的愚昧麻木的张蕙风，金千里发出振聋发聩的呐喊："你们是中国人，你们对目前的战争不应该像外国人一样抱超然态度。中国人应该不为中国的敌人服务……祷告有什么用？祷告在客观上只尽了欺骗和麻醉作用，使你们不去参加救国的实际行动！请问，我们成千成万的同胞受了伤得不到医治，我们能去替敌人服务吗？"②他不断给张蕙风写信，在信中鼓励她应追求独立自强，鼓励她积极参与抗战，还给她寄了许多进步书籍，当张蕙风遇到各种难以理解的问题后，金千里一一耐心为其解答。在金千里的影响下，张蕙风毅然离开了护士学校，摆脱了"一位年老的×国女人"的控制。后来又在金千里的介绍和帮助下，进入了妇女团工作，彻底改变了自己的人生信仰。

《春暖花开的时候》中是进步知识青年罗明、罗兰兄妹对自家佃户黄梅的启蒙。在被启蒙之前，农村少女黄梅曾经愚昧怯懦地认为自己不配参与任何的抗日救亡活动，"我既不配反对，也不配参加……因为国家是你们有钱人的国家……我并不反对救国，不过我不晓得我能做什么工作"③。罗明从思想理论上启迪黄梅，"救国并不是某个阶级的事情，人民生活的改善，社会的进步，都和民族的解放密切相关，不能分开……在目前，我们是面对着一个强大的帝国主义国家作战，民族的利害远超过了阶级的利害，各阶层都应该团结起来"④。罗兰用

---

① 茅盾：《读书杂记》，《文哨》1945年第1卷第1期。
② 姚雪垠：《戎马恋》，大东书局1942年版，第38页。
③ 姚雪垠：《春暖花开的时候》，现代出版社1946年版，第9—10页。
④ 姚雪垠：《春暖花开的时候》，现代出版社1946年版，第10—11页。

真诚温暖的态度感化黄梅,后来,在罗氏兄妹的帮助下,黄梅和罗兰一同加入了抗敌工作训练班。在这里,黄梅进一步阅读了大量的进步书籍,尤其是理论书籍,通过上课、听讲座、亲身参与各种抗日救亡运动,她迅速地成长成熟起来,最终成了一个优秀的革命工作者。张蕙风和黄梅均是通过外力——他人的启蒙,实现了觉醒和蜕变。金千里和罗兰同张蕙风和黄梅相比,前者虽是进步的知识青年,但他们都有着明显的性格弱点与缺陷:沉溺于爱情之中、惧怕艰苦的生活、意志薄弱、贪图享乐。金千里深爱着张蕙风,与张蕙风订婚之后,他放弃了前线的抗战工作,转而渴望与爱人在大后方构建温暖的爱巢,过上绅士太太般的生活。罗兰则终日沉浸在对爱情、对未来的幻想之中,因暗恋对象杨琦与舍友林梦云关系亲密以及自己与父亲罗香齐的意见相左而终日暗自神伤、郁郁寡欢。

而曾经被他们启蒙过的张蕙风和黄梅早已成长为坚定的革命战士,面对陷入个人感情旋涡之中难以自拔的金千里和罗兰,张蕙风和黄梅化身为启蒙者,对曾经启蒙过自己的启蒙者进行了反向的启蒙。张蕙风在成长蜕变后严词拒绝了金千里去大后方生活的提议,不屑做一个安于享乐的官太太,决定要与妇女团的团员们深入大别山加入当地的游击队。张蕙风的"无情"批判(启蒙),"你平时常谈到革命比爱情更神圣,更伟大……你常常骂那些为爱情妨碍工作的青年们。为什么你的行动同理论差得这么远?平时你表现得比谁都清楚,都积极,但你对自己的生活所要求的却是另外一回事"[①],一针见血地指出了金千里的言行不一,这也是金千里本人经常自省与反思的问题,最终令其真正清醒,并下定决心进行改变。金千里首先同意了张蕙风随妇女团深入大别山的决定,紧接着金千里决定自己也要追随爱人(启蒙者)的步伐,不再返回大后方,告别耽于享乐、踌躇不前的生活。黄梅在成长蜕变后与罗兰形成了鲜明的对比,黄梅最爱阅读进步的理论书籍,写

---

① 姚雪垠:《戎马恋》,大东书局1942年版,第231页。

出了多篇与抗战相关的理论文章,积极参与各种实践活动,她意志坚定,富有牺牲精神,深知革命道路的艰辛,后来还秘密加入了党组织。而罗兰则偏爱阅读和写作浪漫的小说诗歌,遇事优柔寡断,惧怕困难,终日生活在幻想之中,渴望爱情的滋润。当罗兰看到黄梅的进步和蜕变后,尤其是联想到自己的所作所为,她进行了一定的反思和自省,后来在黄梅的影响帮助(启蒙)下,逐渐认清了革命的本质和艰难的斗争形势,主动和罗明、黄梅去慰问壮丁,参加一些力所能及的救亡活动。

姚雪垠并未将笔下的启蒙者们塑造成"高大全"的完美人物,而是真实细腻地去描绘人物复杂的性格和矛盾的心理,去呈现人物的情感状态。他们是有血有肉的真实的"人",而非象征性的符号或意象,由此使作品中反向启蒙模式的建构成为可能。反向启蒙模式的书写,深刻地展现出姚雪垠对中国民众尤其是农民阶层觉醒蜕变的热切期望,承继了知识分子改造国民性的文学创作使命。

三 情感探秘

在塑造人物形象时,姚雪垠善于挖掘和呈现主人公复杂的情感世界。情感与情绪是两个完全不同的概念。"个体情绪和情感来更确切地表达感情的不同方面。情绪主要指感情过程,即个体需要与情境相互作用的过程,也就是脑的神经机制活动的过程,如高兴时手舞足蹈、愤怒时暴跳如雷。情绪具有较大的情景性、激动性和暂时性,往往随着情景的改变和需要的满足而减弱或消失。情绪代表了感情的种系发展的原始方面。从这个意义上讲,情绪概念既可以用于人类,也可以用于动物。而情感经常用来描述那些具有稳定的、深刻的社会意义的感情……作为一种体验和感受(experience),情感具有较大的稳定性、深刻性和持久性。"[1] 由此可见,情感与情绪是人类感情的两个构成因

---

[1] 彭聃龄:《普通心理学(修订版)》,北京师范大学出版社2004年版,第365页。

素，情感比情绪更加高级，它是人类所特有的，是用来描述和表现人类的社会性感情的。

姚雪垠揭示出造成这种复杂内心体验的根源与人的社会属性息息相关。《春暖花开的时候》的女主人公罗兰总是会产生一种"怅惘的空虚之感……特别的爱好孤独"①。一方面是她多愁善感的浪漫主义性格特质所致；另一方面则源于她身处的社会关系网——周围人的各种社会活动的影响。当罗兰看到他人恋爱时，尤其当她看到暗恋的对象杨琦为舍友林梦云画像时，渴望爱情、乐于幻想的她就会陷入苦闷、孤独、悲哀的情感之中难以自拔。当她与父亲罗香齐意见相左，得不到父亲的理解时，当她看到表姐吴寄萍与爱人、孩子分离，拖着病重的身躯独自苟活时，她总是悲哀、痛苦地哭泣。尤其是当她得知，自己曾经的启蒙对象黄梅早已经秘密加入了党组织，并和抗敌工作训练班的领导人一起开会讨论问题时，复杂的情感充溢着她的内心，"有一点羡慕和嫉妒……一种侮辱……她感到孤独，空虚，伤心，愤懑"②。正是人的社会性属性和社会性思维导致了罗兰复杂情感的生成，"人与人的关系，一切爱情，友谊，同志，家庭，也没有在捉摸不定中不住变化。生活好像做着一场梦，将来梦醒时，回头一想，不过多增一点儿怅惘和空虚之感而已"③。始终身处社会环境之中的罗兰，尤其是与黄梅、林梦云等室友和曾经的启蒙对象的相处，使她的情感出现了波动，这个波动也从侧面去促使她进行反思和自省。《戎马恋》的主人公金千里始终处于矛盾的情感状态之中，他敏锐的自省力和迟缓的行动力导致了自我矛盾的情感状态。一方面，金千里有着一颗炽热的爱国之心，熟练掌握着各种革命理论，并且身居要职，能够并且渴望为抗战、为国家、为人民贡献自己的一份力量；另一方面，他又具有强烈的享乐主义和利己主义倾向，意志薄弱。他想要为抗战献身，却始

---

① 姚雪垠：《春暖花开的时候》，现代出版社1946年版，第119页。
② 姚雪垠：《春暖花开的时候》，现代出版社1946年版，第391—392页。
③ 姚雪垠：《春暖花开的时候》，现代出版社1946年版，第120页。

终无法战胜灵魂中那个懦弱卑劣的自我。尤其是挚友杨健和爱人张蕙风的行为，进一步加剧了他痛苦矛盾的状态，让他饱受煎熬，"他非常悔恨他自己的腐化生活和目前的浪漫行为。他想到从前的那个南国姑娘，想到许多在故乡的工作同志，许多远去敌后的同学和朋友，感到了无限惭愧"[①]。革命青年杨健在抗战前曾被反动势力关入监狱两年，在狱中被折磨得满身病痛，出狱后恰逢抗日战争爆发，他并未考虑担忧过自己的病躯，而是主动请求金千里资助，从而奔赴前线，投身抗战的洪流之中。而张蕙风曾经是一个无知少女，国家、抗战与她毫无关系，她的世界中只有上帝和那位"年老的×国女人"。当她被金千里启蒙之后，迅速觉醒蜕变，最终成长为一名坚毅的革命战士。挚友和爱人迅猛的行动力，令金千里无比惭愧，反思自己的所作所为，悔恨不已，但数次试图做出改变的尝试最终都失败了，金千里由此陷入矛盾的情感旋涡之中难以自拔。杨健曾一针见血地指出金千里的症结所在，"你的思想同你的生活是矛盾的"[②]。虽然在小说末尾，他忍痛答应爱人远赴大别山参加游击战的决定，也决心自己要奔赴前线，这个过程却是无比艰辛与苦痛的，他的身心在此之前遭受到了极大的折磨。金千里的形象塑造和情感状态描摹也代表了当时甚至当下一批青年人的精神世界，具有跨越时代的特性，发人深省。

《长夜》的主人公陶菊生天真单纯、爱好幻想，具有浓郁的浪漫主义气质，他的身上带有童年姚雪垠的色彩。《长夜》正是源于姚雪垠童年时被李水沫绑架并被一名土匪收为义子的经历，因而小说具有浓厚的自传性色彩。在被土匪绑架前，菊生的情感状态是十分单纯的。因此，当他和二哥芹生被土匪绑架后，不同于芹生的恐惧怯懦，菊生反而表现出了对自由自在、肆意洒脱的土匪生活的羡慕和向往。他的大胆乐观、坚毅勇敢，也获得了土匪头目李水沫以及其他土匪的认可，

---

① 姚雪垠：《戎马恋》，大东书局1942年版，第30页。
② 姚雪垠：《戎马恋》，大东书局1942年版，第80页。

先后做了土匪小头目王三少和薛正礼的义子,并与土匪王成山、赵狮子、刘老义等人成为莫逆之交。他和土匪们攻打村落堡垒、烧杀抢掠、绑架勒索,在这个过程中,他越来越痛苦和矛盾。菊生同情这些土匪,深知他们也是出身贫苦的农民,只因在军阀混战的黑暗乱世无法生存才被迫落草为寇。爱幻想的菊生甚至十分享受这种"洒脱侠义"的生活状态,甚至对李水沫产生了无比崇拜、敬佩、羡慕的感情。然而,当菊生亲眼见证了土匪们肆意无情的杀戮,尤其是面对被害者的遗体以及被侮辱的女性之时,他的内心是无比苦痛的,原有的崇拜、认同开始动摇,"在兴奋中夹杂着莫名其妙的悲痛感情"①。通过第一人称和第三人称交织的叙事视角,姚雪垠充分表现出菊生复杂的情感世界。而通过这种情感的动摇,也折射出姚雪垠对"强人"土匪们爱恨交织的情感,既有对具有"强人"性格的土匪的仰慕,也有对走投无路被迫落草为寇的农民的同情,亦有对土匪暴行的批判,正是这样幽微、纷繁的情感,使得小说充满张力。

结　语

　　姚雪垠的现代长篇小说除了以宗教批判、双向启蒙、情感探秘来建构文本之外,还表现出了典型的河南气派。小说再现了 20 世纪 20—40 年代河南以及周边地区的风土人情。姚雪垠的现代长篇小说与抗战的时代背景紧密相连,控诉了侵略者的残暴,也揭露了大量的社会问题,如底层人民的苦难、社会世相的黑暗、政治的腐败等。姚雪垠在小说中暴露了病态的国民性,描写了麻木愚昧、好勇斗狠、自私冷漠、奴性十足的病态国民精神。通过暴露教会活动中的黑暗面、塑造觉醒的人物、挖掘人物复杂的情感世界,姚雪垠的小说,以其独特性,对于世界、社会、人心做了深入持久地检视与探索,也为现代文学注入了新的品质。

---

① 姚雪垠:《长夜》,怀正文化社 1947 年版,第 164 页。

第八章 "未完成的时代力作"

——罗洪《孤岛时代》成书考略

引　言

罗洪，原名姚罗英，学名姚自珍，1910 年 11 月生于江苏省松江县（今上海市松江区）。因喜爱罗曼·罗兰的小说和洪野的画作，故改名为姚罗洪，取笔名"罗洪"。罗洪可谓现代文学史上最为多产的女作家之一，但在已出版过的文学史中，却罕见其名，专门的研究资料更是十分少见[1]。主要研究成果集中于八九十年代。如艾以、王平较早关注罗洪的创作[2]，许杰[3]、胡凌芝[4]、王家伦[5]、万莲子[6]等人关注到罗洪的审美取向、主题内蕴。罗洪以中、短篇小说创作为主，长篇小说主要有《春王正月》和《孤岛时代》。不同于《春王正月》成书那般迅捷顺利[7]，《孤岛时代》从构思到题目、从连载到成书，均经

---

[1] 北京十月文艺出版社曾于1990年出版过由艾以、沈辉、卫竹兰、李国燊主编的《罗淑罗洪研究资料》，非罗洪的单独研究专集。
[2] 艾以、王平：《罗洪创作初论》，《上海师范大学学报》（哲学社会科学版）1983 年第 3 期。
[3] 许杰：《人与文——漫谈罗洪和她的小说选集〈群像〉》，《社会科学》1984 年第 2 期。
[4] 胡凌芝：《论罗洪小说创作的审美取向》，《汕头大学学报》（人文科学版）1990 年第 3 期。
[5] 王家伦：《略论罗洪的创作》，《镇江师专学报》（社会科学版）1992 年第 3 期。
[6] 万莲子：《面对时代与社会的人生思索——罗洪〈逝去的岁月〉印象》，《武陵学刊》1995 年第 1 期。
[7] 《春王正月》1936 年 12 月完成，1937 年 6 月即由良友图书公司出版成书。

历了一段曲折历程，最终在1947年由上海的中华书局出版完整的单行本。学界对《孤岛时代》的研究或是以此版本为对象，或是以《孤岛时代》更名前在《万象》杂志上未完成连载的《晨》为研究对象①。却未曾比对二者在内容上的相同和相异，也未曾深入探究与《晨》有着密切关系的短篇小说《魔》《前奔》同《孤岛时代》之间的联系与区别。这源于《孤岛时代》复杂曲折的成书过程和屡次变动的文本内容。只有通过考略《孤岛时代》的成书，才能剖析与阐释《孤岛时代》创作之优劣得失，最终回溯、钩沉罗洪这位被文学史忽略的多产女作家的风貌及其对中国现代小说创作的重要贡献。

一 回溯《孤岛时代》之成书经过

不同于一般的长篇小说，《孤岛时代》的成书过程十分复杂，几乎跨越了整个20世纪40年代，经历了数次变动与波折，最终在1947年由上海的中华书局出版单行本。在特殊的时代背景下，受罗洪主观意志与客观因素的双重影响，最终成书的《孤岛时代》却与罗洪心中的那个原初构想相去甚远。

《孤岛时代》的创作意图最早起源于罗洪所构思的一部宏大的长篇小说。相继刊载于《文汇报·晚刊》和《中美周刊》，却因故未能完成连载的长篇小说《急流》，便是这个宏大构思的第一步。而《孤岛时代》则是第二步，"想起在桂林开始构思和动笔写作《急流》时的心情，总觉得后来不应该让这个长篇不了了之，更不应该让当时那个比较大的写作计划成为泡影。我有责任反映这个伟大的时代，即使反映得不够全面、不够理想……面对这样的现实，我觉得应该单独把'孤岛'上海作为背景写一个长篇，以后可能将其中一部分内容纳入《急流》，或者把整个小说作为《急流》系列的一

---

① 中国传媒大学出版社曾于2012年出版过韩国学者申东顺的著作《在"说"与"不说"之间——上海沦陷区杂志〈万象〉研究》，其中有一小节——"未刊完的罗洪的《晨》和王统照的《双清》"，专门论述了罗洪连载于《万象》杂志的小说《晨》。

个组成部分"①。

《孤岛时代》脱胎于从1943年5月在《万象》杂志第2年第11期上开始连载的长篇小说《晨》。而对于《晨》的构思与成型，则可追溯至1939年创作、1941年10月刊载于《读者文摘》第2期的短篇小说《魔》。《魔》后来又被收录在了短篇小说集《这时代》②之中。

罗洪明确指出，本想以此短篇作为某长篇小说的开端，完成后又认为不太适宜，所以作罢，"'魔'本来是写一本长篇的最初一节，写下了又认为不适宜作为一个长篇的开端，就使它单独成为一篇短的小说"③，"一本长篇"即为《晨》。虽然《魔》的内容最终未能成为《晨》的"最初一节"与"开端"，但是，其中的人物角色吕太太、大成、钟成、志伟、振业均被保留在了《晨》的创作之中，并成为《晨》的核心人物，《晨》的故事情节就是围绕这一家人展开。并且《晨》的创作背景、故事框架、人物性格等也基本以《魔》为模板展开，在《晨》中，罗洪主要变更了大成的性格特征。《魔》中的大成与妻子"吕太太"是一类人，醉心投机、唯利是图，"'今年五月上海金融界大起变动，我就看定手里要多拿实货，赶紧订进，没隔两个月，连上半年的存货算在里面，不折不扣赚了四万。现在这时候，拿到货色就尽它推在栈房里，不靠门市生意，它自己会一天天生出钱来，一万的变成三万四万，做生意竟有这点妙处。可惜永泰隆以前常常亏本，没有结实的底子，一家人性命只靠乡下的田租又不够，叫我整年整月在钱眼里钻缝儿，东借西移；现在田租不能收，生意倒好做了，这也是命数！命数！'吕大成简直是满面春风，让雪茄久久啣在嘴角上，眼前尽浮着一些蹦跳的数目字……他的脸色仿佛在说：'这年头，除了在孤岛翻筋斗，什么都没有味道了。'"④ 而在

---

① 罗洪：《创作杂忆（六）——从〈急流〉到〈孤岛时代〉》，《新文学史料》1989年第4期。
② 短篇小说集《这时代》以小说《这时代》命名，共收《友谊》《王伯炎与李四爷》《车站上》《这时代》《邻居们》《雪夜》《魔》《晨光里》8篇作品，1945年12月由正言出版社出版。
③ 罗洪：《这时代·后记》，正言出版社1945年版，第1页。
④ 罗洪：《魔》，《读者文摘》1941年第2期。

《晨》中，罗洪彻底颠覆了大成的性格特征和身份背景。"吕大成做过县长，做过省政府机关的科长，战事之前，在青岛某大公司里当某部的主任，这公司是国营性质，规模相当宏大。旁人看来，这些事情都是好缺，手段高明一点，简直可以发一笔财，但吕大成始终玩不上这一手，他清清廉廉做了五年县长……过去就因为他个性坚强，一味的书生脾气，人家跟他合不上来，挑点是非推在他身上，才不能再呆住这县长的差。后来青岛那事情又操着实权，旁人先是艳羡他，继而笑他是傻子，可是他一点也不肯苟且；受到阻难的时候，他有勇气应付人家。"① 大成被变更后的身份背景和性格特征也自然保留在了《孤岛时代》的写作之中②，甚至在行文上也未有任何的改动。

以《魔》为蓝本的《晨》则从 1943 年 5 月在《万象》杂志的第 2 年第 11 期上开始刊载，一直连载至 1944 年 12 月的第 4 年第 6 期，总计 20 期，已发表到全书第九章的开始部分。

《晨》的刊载受到了《万象》杂志编辑室的极大推崇。"罗洪女士与其外子朱雯，在文坛上与巴金茅盾并致声誉。事变以还，久珍笔政。此次慨允为本刊写一长篇创作小说，题名'晨'。原稿二十万言，已从不远千里之遥的内地寄到上海本社。编者统观全文，与巴金之'家'，'春'，'秋'，有异曲同工之妙，且从未刊过内地各报，由本刊首先发表。因即于本月号中开始推荐与读者相见。这在本刊，引为无上光荣，而在本刊数万读者，倘也渴望云霓似的以先睹为快。编者准备于六月号其他长篇结束后，每期尽量多登（至少二万字）好待本刊同志读个畅快。"③ 1945 年元月，《万象》杂志主编柯灵被捕入狱，《万象》杂志遭逢变故被迫停刊，《晨》的连载也戛然而止。

罗洪本打算将《晨》未发表完的部分匆匆加上一个结尾后出版成

---

① 罗洪：《晨》，《万象》1943 年第 2 年第 11 期。
② 参见罗洪《孤岛时代》，中华书局 1947 年版，第 10 页。
③ 《万象》杂志编辑室：《万象》1943 年第 2 年第 11 期。

书，"改名'孤岛春秋'交由重庆的中华书局出版"①。却不料交稿三个月后战争结束，罗洪得以重回上海，柯灵将未刊完的《晨》的最后两章原稿交还给罗洪。柯灵在自己两次被日宪兵逮捕的险恶处境中，能把原稿保存下来，他对朋友高度负责的精神，使罗洪深受感动，罗洪也得以再次翻阅并修改自己的原稿。"1946年秋，我偶然重读原稿，觉得在内地补写的结尾，不及这两章有力和有味。正好范泉为他主编的《文艺春秋》约稿，便从两章旧稿中挑选了一部分交给他，刊登在第三卷第六期上，改题为《前奔》，篇末加了一段附记。"② 因此，1946年12月，罗洪在《文艺春秋》第3卷第6期上发表了与《晨》的后续情节密切相关的短篇小说《前奔》。"这里的一篇'前奔'，便是长篇'晨'中间没有发表两章的一部分，因为它还有若干可以自成一片的原素，又经我删削，作为'晨'的夭折纪念。恐读者误会将旧稿重刊，特此加以声明。"③《前奔》中的主要内容——振业的思想转变，也确实如罗洪所讲，经其"删削"，没有出现在第二年出版的《孤岛时代》之中。但对"吕太太"——"黄慧珠"复杂的内心世界状态的呈现——对钟成的爱与恨、对志伟莫名的怨，则在《孤岛时代》中延续了下来。《前奔》还解释了《孤岛时代》中志伟意外被捕的缘由——"慧珠要伺隙找他的岔儿，当然慢慢地会发现他行动有点诡秘。于是她就怀疑志伟是反日的秘密活动分子……慧珠趁志伟匆匆回来捡取东西的时候，从电话分机里偷听志伟一连打出的三个电话……于是她用尽方法使志伟在第二天点钟不能践约……可是这一次失约，就直接关系到他的被捕"④。"黄慧珠"从中作梗，阴差阳错地导致志伟被捕入狱，这个重要情节却没有在《孤岛时代》中保留，《孤岛时代》只是将志伟的被捕一笔带过。

---

① 罗洪：《前奔·附记》，《文艺春秋》1946年第3卷第6期。
② 罗洪：《创作杂忆（六）——从〈急流〉到〈孤岛时代〉》，《新文学史料》1989年第4期。
③ 罗洪：《前奔·附记》，《文艺春秋》1946年第3卷第6期。
④ 罗洪：《前奔》，《文艺春秋》1946年第3卷第6期。

罗洪最终综合《魔》《晨》《前奔》三部作品，将未刊完的长篇小说《晨》最终定名为《孤岛时代》，再经改动，在 1947 年 2 月由上海的中华书局作为"中华文艺丛刊第三种"出版发行。而"中华文艺丛刊编辑委员会"中恰恰有与罗洪"并致声誉"的巴金与茅盾。巴金与朱雯、罗洪夫妇早已相识，是二人的挚友，这也是罗洪的《孤岛时代》能够入选"中华文艺丛刊第三种"，并由上海的中华书局出版发行的重要原因之一。

二 探查《孤岛时代》成书之优劣得失

郑树森直言不讳地指出，《孤岛时代》是一部"失败之作"，"题材的特出并没有能够挽救表现手法上的失败……整体来说，这是一部失败之作。而由于题材的特别，更令人觉得可惜"①。《晨》以《魔》始、以《前奔》终。而《孤岛时代》则是以《晨》为蓝本，在《晨》的基础上进行了大量的删减、变动，最终得以成书，"其实'晨'这个长篇，我在两个半月中间写成的，因为写得太快太草率，当然在整个的布局及人物的刻画方面，都不成个样儿……带着懊丧的心情把它整理起来，残缺的把它补充了，未曾发表完的只能装上了一个结尾，改名'孤岛春秋'"②。因此，只有通过比对《孤岛时代》与《魔》《晨》《前奔》之异同，细查其删减变动，从具体的文本内容上来一窥全豹，才能揭示《孤岛时代》之优劣得失，才能分辨《孤岛时代》究竟是否为一部"失败之作"。

罗洪本想以《魔》作为《晨》的开端，后打消此念头，另以"在赌场里的孩子"③——振业在赌场赌博，作为《晨》的开篇，也是全

---

① 郑树森：《读罗洪小说札记》，见艾以、沈辉、卫竹兰、李国燊主编《罗淑罗洪研究资料》，北京十月文艺出版社 1990 年版，第 316—317 页。
② 罗洪：《前奔·附记》，《文艺春秋》1946 年第 3 卷第 6 期。
③ 罗洪：《晨》，《万象》1943 年第 2 年第 11 期。

文的第一章。值得注意的是，《晨》仅第一章起标题，其他八章均未再起标题。《孤岛时代》则延续了《晨》的开篇，且去掉标题。《魔》以吕太太和方太在跑狗场中赌狗开篇，而在《晨》/《孤岛时代》中，则以"实足年龄刚满十五岁"①的振业与朋友沈秉良在赌场赌博开篇，此处变更同《魔》相比实属震撼。上海滩的贵妇、小姐们流连赌场、舞场、跑狗场、跑马场等地，不足为奇、屡见不鲜。而一个年仅15岁的少年混迹赌场、舞场却着实令人惊愕与唏嘘，从而使《晨》/《孤岛时代》从开场就极富批判力度与思想深度，孤岛的悲哀、颓废、放纵、麻木，已然污染了青少年的心智，"学校里不缺课就是好学生"②。在原本作为《晨》结尾的《前奔》中，罗洪也确实把描写钟成、志伟的笔端转向了振业，深入振业的内心世界，呈现了"一个堕落青年的转折点"③，描写了他的蜕变与前奔。这部分剧情本应继续保留在《孤岛时代》之中，罗洪也应继续着墨于振业此角色之上，但吊诡的是，在《孤岛时代》中，钟成帮振业打发走了前来闹事的沈秉良后，小说就在再也没有提及作为全文开篇的重要人物振业了。并且在《孤岛时代》的叙述过程中，罗洪仅是偶尔提及振业，似乎将他遗忘了。

实际上，振业的形象背景和性格设定比同父异母的兄长志伟更富有艺术张力，志伟的性格特质从头至尾是一条直线——内敛、坚强，有着异于同龄人的意志力，从他被捕后遭受种种酷刑也不愿泄露组织秘密中便可见一斑。而振业在文章开始时只知纵情享乐、对投机也颇感兴趣，"志伟这些话倒引起了振业的兴头，他告诉锺成一个涨风起来时，价格像报上所说的，直线上腾：今天涨，明天也涨；公司商店里的顾客挤得也可以说是直线上腾！今天挤，明天更挤！"④在《前奔》中振业却先是对宠爱自己的母亲开始感到反感，又主动让钟成通

---

① 罗洪：《孤岛时代》，中华书局1947年版，第5页。
② 罗洪：《魔》，《读者文摘》1941年第2期。
③ 罗洪：《前奔》，《文艺春秋》1946年第3卷第6期。
④ 罗洪：《孤岛时代》，中华书局1947年版，第20页。

知志伟可能处于的危险境地，最后毅然留书远走日日笙歌、夜夜起舞的孤岛，寻找属于自己的人生之路，振业前后的转变确实激发出了一种艺术张力。但在《孤岛时代》中，罗洪却忽略了对振业的描写，放弃了《前奔》中有关振业的情节，放弃了这种富有艺术张力的前后转变，这就是《孤岛时代》在人物形象刻画方面的失败之处。

在《晨》中，罗洪还特意设置了大成的世仇周伯庠前来央求他一起做走私生意，却被大成拒绝的情节。周伯庠身为恶讼师的父亲曾经设毒计迫害大成祖父、侵夺大成家产，周伯庠则继承了他父亲的狡黠和阴险，"恶讼师的儿子虽然不就是恶讼师，但那种相貌啊，实在完全是他老子的典型"[1]，这种形象也被《孤岛时代》承继，只是行文微略改动几字，"恶讼师的儿子虽然不就是恶讼师，但周伯庠的相貌，完全是他老子的典型"[2]。罗洪除了力图展现和批判孤岛的社会世相外，还尝试着描绘孤岛之外、城市边缘的人生世态，周伯庠和大成的旧恨新仇就是切入点。大成的家乡在沪杭铁路旁边，这些靠近上海的县城乡镇虽然身处战火之中，但人们关心的却不是战事而是金钱，这种世相是罗洪在其小说创作过程中所力图展现的。因此，罗洪在《晨》/《孤岛时代》中，浓墨重彩地描写了两处大成家乡的情节：一是志伟远在家乡的外婆遭奸人抢劫杀害，志伟的外公受伤严重，最后被送到上海的医院救治，却不幸身亡；二是大成远在家乡的三叔吕叔范为了钱财准备变卖祖屋。罗洪对县城乡镇世相的描写细致、真实，对丑恶人性的挖掘深刻、透彻。

周伯庠就是县城乡镇恶势力的代表之一，罗洪之前设置的大成拒绝周伯庠的情节就是一个伏笔。在《晨》中，大成回到家乡阻拦三叔变卖祖屋，发现暗中操纵之人为周伯庠，由此将二人的矛盾推向高潮，从而使情节扣人心弦，正与恶的对峙与冲突激发出了作品强烈的艺术

---

[1] 罗洪：《晨》，《万象》1943年第3年第3期。
[2] 罗洪：《孤岛时代》，中华书局1947年版，第55页。

张力。罗洪详细描述了大成如何对付周伯庠,"周伯庠的阴谋毕竟没有成功,一方面钱旭初托人把周伯庠控制了,同时大成又出其不意地把他邀到钱旭初家里,问他有没有这样的意思。大成是那么坦白大方,倒使这个狡猾家伙一时措手不及,无从施行狡计,只能全部否认。大成的纯正坦白态度,收到了极大的效果……原来周伯庠跟张轶羣合作不久,就闹了意见。而且这裂痕正在他把吕三爷的'益记'设法捣毁之后,使他穷于应付,不得不将这个阴谋放了手"①,最终化解了家乡的危机,并且报了祖父之仇。一是大快人心、令人振奋;二是使情节自然发展,叙述有始有终。但在《孤岛时代》中,罗洪却将周伯庠的阴谋诡计以及二人的对峙冲突做了淡化处理,尤其是删除了大成与周伯庠对峙的场面,而是将其改为大成委托张轶羣处理此事,自己带着钟成、淑芬回到上海。此处情节的变动,与对振业的处理有着相似性,不仅减弱了对周伯庠人物形象刻画的力度,还破坏了故事的完整性,尤其削弱了剧情的冲突性。众所周知,戏剧冲突是一出好戏的关键所在,"戏剧主义的批评体系十分强调矛盾中的统一"②。最终造成了人物塑造不够深刻、作品剧情缺乏艺术张力的问题。

虽然,最终成书的《孤岛时代》有着各种问题,但罗洪对女性复杂心理的挖掘、剖析与呈现,则始终贯穿于《魔》《晨》《前奔》与《孤岛时代》之中,这是值得称赞与瞩目的,"罗洪最擅长的,还是刻画人物矛盾的、复杂的心理,从而多侧面地塑造具有独特性格特征的人物形象"③。以女主人公黄慧珠为例,她对钟成的爱恨交织、对志伟的无名怨气——其幽怨痛苦的内心世界从《魔》中即呈现出来,"这种没来由的烦恼,使她没兴趣跟大成多谈,他向她谈起在赵公馆里碰见的人,她也不像平时一样的关心。'今天,到底是什么意思呢?'她

---

① 罗洪:《晨》,《万象》1944 年第 4 年第 6 期。
② 袁可嘉:《论新诗现代化》,生活·读书·新知三联书店 1988 年版,第 37 页。
③ 曾庆瑞、赵遐秋:《长于刻画人物的复杂心理》,见艾以、沈辉、卫竹兰、李国烊主编《罗淑罗洪研究资料》,北京十月文艺出版社 1990 年版,第 340 页。

忿忿地暗自问着自己。可是自己也没法回答,只是给一种烦恼揉着罢了"①。钟成从内地来到上海,慧珠发现自己爱上了这个幽默又富有深度,且充满生命强力的男人。但伦理道德却禁锢着她的爱,使她极为压抑与苦痛,"她下意识里爱着钟成,可是又深深感到事实上很不可能,便无端的怨恨起来。有时候见了钟成就避开,形成了爱和恨的交迸……就把怨恨一股脑儿堆向志伟身上了……苦痛得无法自解的时候,便格外憎恨志伟"②。在《晨》和《孤岛时代》中,得益于长篇小说的体裁形式,罗洪详细记录了慧珠对钟成的爱与恨如何由轻及重,对志伟的怨又是如何形成并且逐渐加深,从而形成了一条比较完整的个人心理变化链。

此外,在《前奔》中,罗洪只是将钟成堂妹"淑芬"严重的精神疾病简单归结为"丈夫到了内地就变了心,跟别人同居,于是她受不了精神上的刺激"③。在《孤岛时代》中,罗洪则将其修改为"战争发生,她的孩子才一个多月,这样小的孩子受不起苦,逃难在路上死了。死又死得那么惨……当初秦致远是怎样爱过她,他们两个人作过许多梦想……然而秦致远变了心,到内地去了一年,就跟别人同居了,而且音讯沈沈,有过一封信来否认,又有过一封信来承认,此后就不再来信"④。此处的变动更加震撼人心,在呈现人性的同时,又揭示了战争对普通人的伤害,自然而又真实地解释了淑芬精神疾病的原因,将社会反思与个人反思相结合,极具批判力度。

对于最终成书的《孤岛时代》,罗洪曾经有过一段客观的评价:"从表现手法的角度看,首先是人物太多,而活动的空间和时间显得太局促……即便是某些主要人物,也由于我未作深层的审视和开掘,只让他们跟着事件的发展而活动,自不免使形象流于平面……其次是

---

① 罗洪:《魔》,《读者文摘》1941年第2期。
② 罗洪:《前奔》,《文艺春秋》1946年第3卷第6期。
③ 罗洪:《前奔》,《文艺春秋》1946年第3卷第6期。
④ 罗洪:《孤岛时代》,中华书局1947年版,第52—53页。

因为矛盾没有展开，故事情节陷于平淡，缺乏波澜跌宕的态势……明摆着的矛盾不去表现，随时会激化的冲突不去具体揭开，即使接触也往往是蜻蜓点水，着墨不多，致使整个画面没有风浪，反映不出当时那个风云激荡、错综复杂的'孤岛时代'……《孤岛时代》这个长篇的失败，决不意味着这个题材的没有意义"①。从总体来看，《孤岛时代》远非一部失败之作，而是一部未完成的时代力作。在题材上，填补了以战时上海租界、战时上海投机市场为背景的小说的空白。在文本中，真实、全面、细致地呈现了孤岛上海上流阶层的社会世相，以最诚挚的"求真的精神"②，表现和反映了历史社会的真实。

三　以《孤岛时代》考察罗洪小说之创作

罗洪的小说乐以"时代"命名，如短篇小说《时代的渣滓》③，《这时代》④，以小说《这时代》命名的同名短篇小说集以及长篇小说《孤岛时代》，等等。由此可见，她的文学创作始终与时代紧密结合、与社会密切相关。其描写范围之广，几乎涵盖与容纳了现实社会中的种种世相以及各个阶层，"向来现代女小说家所写的小说都是抒情的，显示自己是一个女性，描写的范围限于自己所生活的小圈子；但罗洪却是写实的，我们如果不看作者的名字，几乎不能知道作者是一个女性，描写的范围广阔，很多出乎她自己小圈子以外"⑤。

通过剖析《魔》《晨》《前奔》，尤其是《孤岛时代》，可以探究罗洪现代小说的创作特质——善于在纷繁复杂的社会世相中，捕捉触

---

① 罗洪：《创作杂忆（六）——从〈急流〉到〈孤岛时代〉》，《新文学史料》1989年第4期。
② 罗洪：《文艺写作的条件》，见艾以等编《罗淑罗洪研究资料》，北京十月文艺出版社1990年版，第289页。
③ 罗洪：《时代的渣滓》，《文潮月刊》1946年第1卷第2期。
④ 罗洪：《这时代》，《文艺阵地》1940年第4卷第8期。
⑤ 赵景深：《罗洪》，见《文坛忆旧》，北新书局1948年版，第35页。

动心弦、震撼心灵的"悲哀"——世态的炎凉、人类的劣根性,"社会给我的一点悲哀;或是个人生活上的一点悲哀,这些悲哀在我心上慢慢扩大起来,我便把它们写成一篇篇所谓小说了"①。罗洪以呈现与暴露种种世相与人性为主,刻画了特殊时代背景下——抗日战争时期,对国难无动于衷,只关心敛财、投机、囤积、享受的一类人,这类人从乡镇到城市无处不在。

在《孤岛时代》中,罗洪以吕大成和妻子黄慧珠为中心,向外辐射,继而引出与之相关的各色人等。由于大成和慧珠优渥身份背景的设定,罗洪由此绘制了一幅抗战时期上海上流阶层的长篇社会世相图。小说以一场为大成弟弟钟成举办的洗尘宴会,使大成非富即贵的亲戚朋友们粉墨登场。在艰苦的抗战时代,这些亲戚朋友却依然能够享受着最精致、最富足的生活,可以终日沐浴在"酥软而醉人的空气"②之中。其中黄慧珠、唐鸿达、周伯庠等人是疯狂的投机者,战争对于他们来说只是赚钱的一种机遇与条件,他们代表了当时上海最狂热的投机分子,或囤积居奇,"有几文钱的,大家搜罗现货"③,或炒卖外股,"投机最狂热的外股"④,抑或开办公司,走私货物。他们是最无耻的利己主义者和投机主义者,无耻到甚至盼望战争一直持续下去,从而借机大发横财,"战争坚持下去,货物消耗之后就无从补进;所以有一个观念在人们心上流传:谁手里货物最多,发的财也就最大"⑤。玉玲、倩萍、唐家的四位小姐等,则是典型的享乐主义者,她们不关心纷繁复杂的外部世界,只醉心于满足自我的欲望,"只为自己的健康打算,只为生活上的享受打算"⑥。大成年仅15岁的小儿子振业,天性良善,却受社会环境与家庭环境的双重影响,已然成了投

---

① 罗洪:《腐鼠集·序》,未名书屋1935年版,第2页。
② 罗洪:《孤岛时代》,中华书局1947年版,第61页。
③ 罗洪:《孤岛时代》,中华书局1947年版,第100页。
④ 罗洪:《孤岛时代》,中华书局1947年版,第100页。
⑤ 罗洪:《孤岛时代》,中华书局1947年版,第100页。
⑥ 罗洪:《孤岛时代》,中华书局1947年版,第32页。

机主义者与享乐主义者的接班人，小说就是以振业在赌场赌博开篇。还在上学的他受朋友沈秉良的诱惑，终日流连于赌场、舞场，"我看两样都好，都可以叫人把什么都忘个干净的"①，其他事已经提不起他的兴趣，唯有金钱与刺激才能让他感到快活。

罗洪巧妙地将大成的身份背景设置为临近沪杭铁路边的某个县城乡镇的大户人家，家乡还有大成祖上留下的大屋与田产，还生活着他的亲戚。饱受战火摧残的县城乡镇，却与远离战火的孤岛上海一般，关心的只是金钱而非战事。出身书香世家的大成的三叔吕叔范，是县城乡镇老年一代的代表，拿祖屋做起了赌场、烟窟、雅座、俱乐部的勾当，与他的陆姨太以贩养吸，为了钱财还准备变卖祖产。慧珠的弟弟黄步昌则是县城乡镇中年一代的代表，无耻地做了侵略者的翻译，"战事之后又多添一种畸形人物，就是翻译……他作的恶，实在多得不易计数"②。陆姨太的干儿子则是县城乡镇青年一代的代表，他是一个无赖流氓，"那个俱乐部就有他的份……俱乐部开到现在，输得寻死觅活的人不知有多少"③。从城市到乡镇，从老年到青年，人们不关心国难家仇，只关注金钱与享乐，利己主义者、投机主义者、享乐主义者比比皆是，"在当时的社会里，金钱主宰着一切。为了金钱，可以颠倒黑白，混淆是非，可以置别人的生死于不顾，可以把别人弄得倾家荡产，逼得发疯死亡"④。罗洪在20世纪40年代的小说创作过程中，始终将视角聚焦于炎凉的世态、丑陋的人性，以朴素凝练的文字去真实记录与反映种种社会世相，以新文学作家所传承的社会责任感、历史使命感，以"悲哀"的搜集者与暴露者的身份，去捕捉时代、社会、个人的种种"悲哀"。

罗洪在捕捉"悲哀"的同时，也展现了"希望"——对于觉醒

---

① 罗洪：《孤岛时代》，中华书局1947年版，第4页。
② 罗洪：《孤岛时代》，中华书局1947年版，第121页。
③ 罗洪：《孤岛时代》，中华书局1947年版，第163页。
④ 罗洪：《践踏的喜悦·前记》，香港文学研究社1980年版，第2页。

者、启蒙者的青年形象的绘制，"最使我激动的是青年朋友们为了祖国，宁愿抛弃家庭、牺牲自己生命，投入战斗"①。因此，在罗洪的一些小说中，常常呈现出一种"悲哀"与"希望"相互碰撞、相互对抗的艺术张力。

志伟、费杰等人是青年觉醒者的代表。志伟是大成的长子、振业同父异母的哥哥；费杰则是志伟的好友，他的哥哥与钟成也十分相熟。优越的出身和周遭人的堕落，并没有腐化他们的心智。在国破家亡之际，他们义无反顾地加入了秘密的爱国组织。志伟还在狱中遭受了严刑拷打与非人待遇，"那个穿雨衣的立即把两根电线分别绕在他两只耳朵上面，一阵剧烈震动激得他头脑发昏，无数的金星火花在他眼前乱跳乱迸。他忍受着，紧紧地咬住牙关忍受着，他觉得头脑就要爆裂开来，金星火花起先在他眼前乱晃，后来好像都从他眼里飞迸出去似的，他只觉得全身的血都将从眼眶里奔流出来"②。罗洪详细地呈现了志伟在狱中遭受的种种酷刑，触目惊心，"有人送来两把大壶，重甸甸的放在他旁边。调侃他的那个人立刻提起一把，向他鼻子嘴巴里直灌。起先他还抵抗着，不让它全部流进去，慢慢地他无法屏住了，震流耳光，早已震得他的神经十分脆弱，所以等他无力挣扎的时候，就觉得满肚子涨得快要炸烈，头脑昏昏沉沉地……等他又恢复意识的时候，只觉得肚子上给人踢了一脚，一股冷水直从他鼻子嘴喷吐出来。那许多水喷着吐着流着，喉头鼻孔里痛得难受"③，面对非人的虐待，以志伟为代表的青年人依然坚守信念，"如果要这样逼出口供，我还是请你们给我一死！我已经承认爱我的祖国"④。通过对酷刑的展现，更加衬托出了觉醒的青年人的无畏与牺牲精神，令人动容，动人心魄。

在《孤岛时代》中，钟成则是青年的启蒙者。钟成是大成的弟

---

① 罗洪：《群像·后记》，福建人民出版社 1982 年版，第 169 页。
② 罗洪：《孤岛时代》，中华书局 1947 年版，第 152 页。
③ 罗洪：《孤岛时代》，中华书局 1947 年版，第 156—157 页。
④ 罗洪：《孤岛时代》，中华书局 1947 年版，第 157 页。

弟，曾经留学德国，后弃理从医，战争爆发后决心报效祖国，游历内地，回到孤岛上海只为从事秘密的爱国活动。在他的影响和启蒙下，志伟、费杰等热血青年毅然觉醒，抛弃了稳定、富足、安乐、舒适的生活，投身到抗战洪流之中，英勇无畏地为国家、为民族贡献自己的一份力量。在《前奔》中，正是钟成从内地回到上海后，其所言所行触动并拯救了深陷泥潭、处在堕落边缘的振业，使他的思想发生了转变，远走安逸享乐的"孤岛"，实现了"前奔"，最终成为像兄长志伟一样决绝的青年觉醒者。《孤岛时代》的最后，在钟成的启蒙和志伟的感染下，"孤岛"上的女子们也开始逐渐觉醒，淑芬的精神状态日益好转，亦薇开始准备投身革命，甚至曾经享乐主义至上的交际花玉玲也开始转变，放弃了以往纸醉金迷、灯红酒绿的生活，认真研究起戏剧来。她们都开始做一些有意义的事情。

在《孤岛时代》中，罗洪"以理智控制着热情，冷静的观察代替了浪漫的幻想"[①]，绘制和刻画了大时代背景下的人情世态，从而真实、大胆地暴露时代、社会的种种"悲哀"。她所呈现的"悲哀"具有跨越时代、超越历史的特性，令人深思、发人警醒。在描写"悲哀"的同时，也注重展现"希望"与"光明"，尤其赞美那些为祖国奉献出自己一切的青年人，给人以鼓舞与激励。

结　语

长久以来，学界的罗洪研究停滞不前，研究成果主要集中于20世纪90年代以前，且数量较少。罗洪现代小说数目繁多、题材各异，实属有待开掘的一座文学富矿。《孤岛时代》这部作家本人与评论家口中的"失败之作"，实则是罗洪文学创作生涯中举足轻重的代表作之

---

① 施蛰存：《罗洪，其人及其作品》，见艾以等编《罗淑罗洪研究资料》，北京十月文艺出版社1990年版，第253页。

一，是一部"未完成"的时代力作，也是新文学史上少有的反映抗日战争时期孤岛世相的长篇小说。从构思到题目、从连载到出版，《孤岛时代》的成书几乎横跨了整个20世纪40年代，这同样是一个值得瞩目与考察的文学事件。通过对《孤岛时代》成书的考略——回溯《孤岛时代》曲折的成书经过，探究《孤岛时代》创作的优劣得失，继而一窥罗洪小说的创作全貌与艺术特质，使尘封已久的《孤岛时代》——《魔》《晨》《前奔》再现于世。最终使罗洪这个既陌生又熟悉的学人重回大众的视野之内，使学界重新审视罗洪对新文学发展的重要功绩，重新界定罗洪在新文学史上的历史地位。

第九章 历史性·现实性·哲理性

——李辉英现代长篇小说综论

引 言

李辉英原名连萃,笔名有西村、东篱、南峰、北陵、胡柴、季林、梁晋、李唐、唐丹、松泰、林莽、萧平、齐鲁、鲁琳、鲁林、方可、林山、李君实、李既临、蜀山青、夏商周、梁中健、叶知秋等。1911年2月生于吉林省吉林市永吉县,1950年南下香港。李辉英在小说、报告文学上颇有所得,其文学创作在当时的学界曾引起过较大反响[①],但1949年之后,大陆文学史则罕见其名,不被学界重视。近年来,陈思广、范庆超、杨慧、康馨等人对李辉英的小说进行了梳理[②],李辉英的现代长篇小说均以抗战为题材,主要有1933年3月,湖风书局初版的《万宝山》,这也是李辉英的第一部长篇小说;1945年1月,建

---

① 李辉英的第一部长篇小说《万宝山》1933年3月经湖风书局出版后,曾寄给鲁迅,并收到鲁迅的回信。茅盾则以笔名"东方未明"于1933年8月在《文学》杂志第1卷第2号上发表文章《"九一八"以后的反日文学——三部长篇小说》,进行评论。

② 陈思广:《李辉英抗战题材长篇小说论》,《重庆师范大学学报》(哲学社会科学版)2011年第1期;范庆超:《满族作家李辉英的抗战文学担当》,《广西民族师范学院学报》2014年第1期;杨慧:《以"课"为旗——"东北作家"李辉英的抗日叙事(1931—1937)》,《清华大学学报》(哲学社会科学版)2020年第5期;康馨:《"阶级"与"民族"之间的左翼话语:从李辉英〈万宝山〉说起》,《文艺理论与批评》2020年第6期。

国书店初版的《松花江上》（第一部）；1948年10月，怀正文化社初版的《雾都》；等等。李辉英在创作现代长篇小说时，表现出了历史性、现实性与哲理性的创作特质，分别以历史性、现实性、哲理性的方式建构了《万宝山》《松花江上》《雾都》三部小说，表现出多元的创作面向。

一 历史性

李辉英的现代小说十分注重与抗战的时代背景紧密相连，尤以长篇小说《万宝山》和中篇小说《北运河上》为最，两部小说均是对真实的历史事件——万宝山事件和聊城抗战改编而成的，由此实现了一种虚构与非虚构的结合。《万宝山》是以真实的历史事件——万宝山事件为背景创作而成的，不仅是东北抗日文学的先声，更是第一部反映此事件的长篇小说。但通过文本细读可以发现，在创作《万宝山》时，李辉英仅仅是借助历史事件——非虚构，来更好地完成虚构——自我的理想化创作，在改编过程中，作品的思想主旨明显偏离了历史真实，"将'非虚构'和'小说'结合起来的，只是作者的个人视角，以这一角度去构思、剪裁与想象，这样所呈现出来的虽然'真实'，很大程度上，或许只是作家个人意义上的'真实'"[1]。因此，《万宝山》是一部典型的理想化的历史文本。

作品揭露了日本帝国主义阴谋挑起各种事端，寻机出兵东北，侵占中国领土的阴谋。《万宝山》中的反面角色——汉奸郝永德，日本的田代领事、中川警部，亲日的朝鲜人金东光、李锡昶、金利生，均为真实的历史人物。田代领事是时任日本驻长春的领事田代重德、中川警部为时任日本驻长春领事馆的警署主任中川义治、金东光为长春亲日机关朝鲜民会的头目金东满、李锡昶为长春朝鲜民会评议员、金

---

[1] 李云雷：《"非虚构"的叙事伦理与理论问题》，《长江文艺》2016年第10期。

利生为《朝鲜日报》驻长春特派记者金利三。作品再现了万宝山事件的始末：日本侵略者重金收买汉奸郝永德，成立"长农稻田公司"，租赁万宝山附近土地，再将土地转租给金东光、李锡昶，此二人又雇佣大批朝鲜人进行耕种，截流筑坝，引取伊通河水灌溉，导致水患，毁坏当地农民耕地，万宝山一带的农民被逼无奈，只能自行平沟毁坝。1937年7月2日，中川警部率日警袭击了万宝山的中国农民。日本侵略者在制造万宝山事件的同时，还唆使金利生捏造中国人袭击在华朝鲜人的假消息，消息传到朝鲜后，7月3日，仁川最先出现排华事件，瞬间引发朝鲜各地的排华狂潮，中国大使馆、领事馆都在劫难逃。3000名暴徒冲入中国驻汉城领事馆，将重要什物文件捣毁一空，在领事馆避难的侨胞被暴徒袭击，死伤惨重，"七月三日，当那红色的朝阳升起的时候，在朝鲜各地方用特号红字标题的新闻，已经在各处发卖了……于是，接连的，日本帝国主义指使韩人有意的屠杀中国旅韩侨民的惨剧，在朝鲜半岛上掀起了，各处流着赤红的血，流成沟渠流成小河，连鲜红的太阳都紧闭了它那只独眼，不敢注视了"[①]。上述非虚构因子的注入应用，使《万宝山》更近似于一部非虚构的报告文学，而非虚构的小说。

  作品除了表现日本侵略者的恶行之外，着重呈现和反映的则是中国农民进步的阶级觉悟，以及世界无产阶级的团结联合。为了配合此创作主旨，李辉英对历史文本进行了理想化的虚构——塑造完美的中朝两国农民形象。一是万宝山地区的中国农民马宝山。以马宝山为代表的中国农民，已经具有了觉醒的反抗意识和对其他国家无产阶级的质朴同情，"高丽人也有好的，坏东西都是仗日本子势力的……有事情咱们大伙联一串，一定能打得过"[②]。二是来到万宝山地区耕种的朝鲜农民"金福"。他的兄弟或在朝鲜的抗日斗争中牺牲，或被日本侵

[①] 李辉英：《万宝山》，湖风书局1933年版，第244—245页。
[②] 李辉英：《万宝山》，湖风书局1933年版，第84—86页。

略者蹂躏致死。他亲历了日本侵略者对朝鲜人民的暴行，并向"马宝山"等中国农民诉说揭露，在一定程度上促进了中朝两国农民的团结。促使中国农民真正觉醒和进步的是革命青年李竟平，他对中国农民进行耐心的启蒙，宣讲复杂的国际形势、严峻的阶级斗争、日本侵略者无尽的野心和下流的手段，并指出团结起来进行武装斗争是无产阶级唯一的出路。在他的启蒙下，以马宝山为代表的中国无产阶级和以金福为代表的朝鲜无产阶级最终团结一致，对日本侵略者、朝鲜走狗监工发动了武装斗争，"打倒日本帝国主义……打倒一切帝国主义……中韩被压迫民众联合起来……中韩民族解放万岁……全世界放压迫民族解放万岁"[1]，并取得了斗争的胜利，"万宝山的工程，没有再做，又加上受到这意外的事变，因此无形的停顿了，被压迫的农民大业因为这样刺激，更多的人清醒了要起来反抗，参加斗争，所以他们虽然退去了，并不是失败，而归结是一件成功！"[2]

上述情节的设置安排是完全的理性化虚构，是李辉英的刻意为之，从而为文章的主旨——企盼无产阶级的觉醒、世界无产阶级的大团结大联合所服务，"作者又写万宝山的农民如何渐渐对于那些被压迫的朝鲜农奴发生了'阶级的同情'，而且最后成立了一条战线：作者努力使阶级意识克服民族意识"[3]。真实的历史则是：在万宝山事件中，当地的农民虽然曾自发地向政府请愿，并对朝鲜人在万宝山地区修建的工程进行了破坏，但并未将这种反抗转化为具体的武装斗争，更没有像作品中那样成立农会组织，有组织、有纪律、有策略地进行抗争和战斗。当地农民微弱的反抗被强大的日本侵略者扼杀在摇篮之中，1937年7月3日，万宝山一带集结大量日警，配备机枪重炮，肆意逮捕并严刑拷问村民。现实中也并未有像李竟平那样的革命知识分子对

---

[1] 李辉英：《万宝山》，湖风书局1933年版，第238页。
[2] 李辉英：《万宝山》，湖风书局1933年版，第244页。
[3] 东方未明：《"九一八"以后的反日文学——三部长篇小说》，《文学》1933年第1卷第2号。

万宝山的农民进行"政治的煽动"①,进行启蒙,以"'军师'样的身份"② 去指导农民进行武装斗争。万宝山地区的农民也并未与当地的朝鲜农民实现联合,去反抗共同的敌人——日本侵略者。在当时,万宝山地区的中国农民和朝鲜农民实则处于一种对立的态势。万宝山地区的朝鲜农民还曾在日本侵略者的指使下,对中国农民犯下了一系列的暴行。作品中的情节设置和安排——中朝农民团结作战,仅仅是作者本人的美好愿望与创作憧憬,与现实完全不符,是一种典型的理想化虚构。

在创作《万宝山》时,李辉英理想化地虚构了真实的历史事件,尤其是将万宝山地区的农民形象塑造得过于完美,将万宝山地区的农民处境描写得过于安逸,"作者既已忘记了日本帝国主义的经济侵略,并且也忘记了东北军阀官僚对于农民的剥削。他把万宝山的农民写成了逍遥自得的自由民……作了一次政治的煽动;作者又写万宝山的农民如何渐渐对于那些被压迫的朝鲜农奴发生了'阶级的同情',而且最后,成立了一条战线……作者当时只把'万宝山的农民暴动不是反朝鲜人'这一概念加上了报纸上的一些记载就下笔了"③。在他的笔下,万宝山地区的农民们身处于一片世外桃源之中,他们挣脱祛除了数千年来根深蒂固的封建意识和病态的国民性,成了一个明显区别于中国农民阶层之外的特殊群体,使作品与真实的现实生活相脱离。

二 现实性

《万宝山》是李辉英的第一部长篇小说,在创作上难免有不尽如

---

① 东方未明:《"九一八"以后的反日文学——三部长篇小说》,《文学》1933 年第 1 卷第 2 号。

② 东方未明:《"九一八"以后的反日文学——三部长篇小说》,《文学》1933 年第 1 卷第 2 号。

③ 东方未明:《"九一八"以后的反日文学——三部长篇小说》,《文学》1933 年第 1 卷第 2 号。

人意的地方，而在撰写第二部长篇小说《松花江上》（第一部）时，李辉英显然意识到了问题所在，不再对历史文本进行理想化的虚构，而是转为再现真切实在的生活面貌——描写农村阶级斗争的艰难、揭示农村阶级矛盾的尖锐、暴露病态的国民性，真实深刻地反映生活固有的复杂性。

《松花江上》（第一部）的主人公是王德仁，不同于《万宝山》中近乎完美的马宝山，这是一个有血有肉、真实复杂的东北老农。他既有着农民勤劳质朴、善良忠厚的优秀品质，也有着根深蒂固的封建思想、病态的国民性和阶级局限性。面对灾难——抗战爆发后，儿子王中藩为抵抗侵略者加入义勇军后音讯全无、生死未卜，王德仁寻求神的帮助，"他以一个修士般的虔信的心，把一副衰老的身子跪在老爷庙的青砖铺就的殿堂上，在他的带有红膜的眼睛的边角上，潜含着老年人稀有的随时都可以顷流出来的热泪，面向着那一位面南端坐的红色脸膛的关老爷塑像，从他的身上流传着无法记忆的，灵验的，救人危难的，过去的诸种传说，他毫不吝啬的叩着沉重的响头"[1]。他对儿子抗日十分不满，认为庄稼人就应该安守本分，娶妻生子延续香火，与侵略者作对，无异于以卵击石，"取消了他那和日本人做对的心思，好模好样的做一个纳粮完税不管闲事的庄稼汉……日本鬼子人强力强兵精马壮，洋枪大炮一打不知响上多少响：凭几个年轻的小伙子们瞎噪一阵用两片嘴就可以打退日本兵么？用鸡蛋往一块坚硬的石头上摔，打算把石头上摔出一个窟窿来，那是大罗神仙都要摇头的"[2]。儿子回村组织抗日队伍，令王德仁痛心疾首，他不理解儿子为何如此"不孝"，不但王德仁难以理解，整个王家村的村民，也对抗日义勇军毫不认同，甚至谩骂诅咒无畏的战士、先驱者，"他们七嘴八舌的争着议论的说出来对于这两父子不满意的话……他简直是拿着鸡蛋硬往石

---

[1] 李辉英：《松花江上》，建国书店1945年版，第11页。
[2] 李辉英：《松花江上》，建国书店1945年版，第14页。

上碰，一定得不到好下场的……要小心他呀，长虫一有机会，随时随地它是都要毒人的……让日本人把他抓去罢，毒死他也就净心了，也就去了一块病"[1]。病态的国民性已然深入看客庸众们的骨髓和神经，让他们变得对外奴性十足，对内好勇斗狠、麻木愚昧、自私恶毒，也反映出了农村斗争形式的艰难复杂，先觉者——抗日义勇军不仅要面对侵略者的进攻，更要面对同一阶级的看客庸众们的"攻击"。

在《万宝山》中，矛盾只有一个，便是中朝农民与日本侵略者之间的对立冲突。而在《松花江上》中，阶级矛盾则是复杂多样。除了以王中藩为代表的先驱者们——抗日义勇军与帝国主义侵略者之间的矛盾外，还有先驱者与同一阶层的麻木顽固的农村民众之间的矛盾、先驱者与地主阶层的矛盾以及地主阶层内部之间的矛盾。这些错综复杂、多种多样的对立冲突，揭示了农村阶级斗争的艰难、农村阶级矛盾的尖锐，也正是这些矛盾的存在，才呈现出生活真实复杂的一面，远不是《万宝山》中那种理想化的状态。小说还浓墨重彩地塑造了王家村四个地主阶级的艺术形象——百家长、保卫团排长、施大先生、孙老头子。他们是王家村的权势阶层，也是农村权力、法律的象征和代表。王中藩率领的抗日义勇军对同属一个阶层的百姓爱护有加，洪灾时为乡民守堤抢险。他们对乡民进行启蒙，王家村中原先一部分麻木愚昧的民众开始觉醒，加入了抗日义勇军，队伍不断壮大；对地主阶级则是严厉打击，向他们派收军粮，并将关帝庙改造为抗日义勇军的司令部。先驱者们从思想和行动上粉碎了农村稳固的权力架构，打破了地主阶层的统治。由此导致地主们怀恨在心，他们使出了各种阴毒狠辣的手段，破坏革命、破坏抗战。保卫团排长亲赴县城向日本人告密，借刀杀人，以此除掉进步势力，并取得侵略者的欢心与信任，得到奖赏。回村后，又指使顽固落后分子去暗杀王中藩。王中藩侥幸逃过一劫，指导员施光烈和骨干阎小七却惨遭杀害。保卫团排长被抓

---

[1] 李辉英：《松花江上》，建国书店 1945 年版，第 37—38 页。

后，百家长则准备继续勾结日本人破坏革命和抗战。地主阶级内部也是矛盾重重，彼此均希望对方遇难，自己可以独霸王家村，暗中互相拆台，落井下石。

　　小说中的正面人物如王中藩、施光烈、吴敬文，他们是以先驱者、启蒙者的形象出场的，他们具有先进的阶级理念、坚定的斗争信念和深厚的文化素养，类似于《万宝山》中的革命青年李竟平。同时，李辉英还着重塑造了一批"正在艰难觉醒"的民众形象。如秦大嫂，被启蒙后改名为钱桂芳，如李万发，被启蒙后改名为李自强，标志着二人的觉醒和新生。李辉英着墨最重的"正在艰难觉醒"的民众形象则是独眼龙，他是一个"阿Q"式的人物，病态的国民性已然渗透进了他的骨髓之中。独眼龙原先是一个生活在最底层的可怜人物，任人欺凌。后来机缘巧合地进了抗日义勇军做了伙夫，欺软怕硬、好勇斗狠的国民劣根性便显露出来，"他有那个白符号呵，不用说孙老头子惹不起他，就是排长百家长也惹不起他！而他却正因为小的时候孙老头子在看驴皮影的夜里打过他一巴掌，到今天，他可就恰好找到了他的报仇的机会。他这一刻的心情简直愉快到了极点"[①]。当发现配枪的威风后，又急切地想要改行当一名战斗员，终日做着白日梦，想象向之前欺侮过自己的仇家一雪前耻的场景。再后来，又发现了权力的好处，"当官比当兵好呵"[②]，又幻想着自己成为王中藩、施光烈那样的人物，可以发号施令、耀武扬威。但他面对凶狠的保卫团排长时，积重难返的奴性又令他屈服于对方的淫威之下，被他威逼利诱暗杀王中藩。他虽然有着根深蒂固的病态国民性，却也有着一份潜藏在内心深处的善良之心。因此，他没有充当杀手。当施光烈被暗杀后，独眼龙先是在他的坟前痛哭流涕，后经不住良心的煎熬，主动向王中藩交代了一切，使凶手尤其是幕后主使保卫团排长绳之以法。李辉英通过

[①] 李辉英：《松花江上》，建国书店1945年版，第151页。
[②] 李辉英：《松花江上》，建国书店1945年版，第160页。

对独眼龙矛盾心灵和艰难转变的细致刻画，呈现了人性的交葛，这是对复杂生活、复杂人性的真实再现，再次印证了《松花江上》是一部典型的真实复杂的生活文本而非理想化的虚构。

在《松花江上》中，李辉英通过塑造一系列真实可信的人物形象，来再现农村的复杂生活。小说真实描写出了上述人物在不断变化的阶级关系和阶级矛盾中思想、性格、心灵的冲突交葛。克服了《万宝山》中把农村复杂的阶级关系简单化、程序化的缺陷，由此表现生活固有的真实性、丰富性和复杂性。

三　哲理性

《雾都》仍以抗战为时代背景，将小说背景设在了大都市——重庆。在语言风格上发生了极大的转变，这首先源于作品中角色身份的变化，作者由描写农民转为描写市民——知识分子、上流阶层，角色身份的变化必然使语言的表述方式发生改变。其次，李辉英在这篇小说中进行了新的实验，将人生感悟、经验、哲思有机融入文本中，在小说中表现出浓厚的思辨与智性意味。在《雾都》中，《万宝山》《松花江上》里那种口号式的呼号呐喊、未经修饰的原生态方言土语消散不见，让位于诗化的言语表述，李辉英以诗化的语言来呈现自我对世间万物、社会万象的理性沉思。

小说描写了艰苦的抗战时代，大后方上流阶层的纸醉金迷、骄奢淫逸、荒淫无耻。讽刺了以黎将军为代表的军方高层，终日将亲赴前线、收复失地的言论挂于嘴上的表演；揭示了以胡委员为代表的官僚阶层，终日无所事事、穿梭于各种交际场合，一心谋取名利的现象；批判了以屈小姐为代表的交际花群体，依附于各方势力，终日过着灯红酒绿、夜夜笙歌的奢靡生活，不问世事、只知敛财享乐的自私无耻；揭露了以罗经理为代表的商界人士，借抗战大肆敛财、大发国难财的卑鄙行径。但作者在暴露讽刺的同时，或是借剧中角色的对话，来展现不同人生观念的对立冲突，或是化身剧中角色——作家刘芹，借他之口来呈现自己的理性沉思。屈小姐与她的堂哥会面后，二者就人生观念进行了论辩。屈小姐的人生理念是"既然有些野心男人，无聊男人，有着花不完的钱，为着迷恋于我的才貌而乐于供给我的需索，我又何乐而不为……当他们服装整齐出席集会时，他们可以发出最动听最感动人的辞句，他们的词句可以诱引出多少听众的热泪的倾流；但当他们为着讨取我的一笑，任何卑劣的动作都可以扮演出来的成了驯服到极点的绵羊。结婚吗？成为一个人的专有品，每天闲在家庭里，那才不是我所能容忍的生活，就这样的你也来攀我，他也来看我，才越显得我的高贵以及生活方面的自由自在的了"①。屈小姐的堂兄与之进行了辩论，驳斥了堂妹的人生观，"凡人都应该作上一些事情，就是工作，为自己，为国家，为社会，以及扩大了说为全人类……尤其是那些来之不正的钱物，你能加以无情的取用，原不能视作罪恶感"②。对于爱情，屈小姐与刘芹也发生过辩论，屈小姐的爱情观念是"爱情也可以用天平称上轻重的……虽不那么精确，轻重究竟是分得出来的"③。刘芹同样对其进行了驳斥："爱情的本身是不容怀疑的，人类如果没有爱情的话，请想想，那将成为什么世界！"④

刘芹在茶馆喝茶时，看到茶馆中四处贴着"莫谈国政"的纸条后，对国政、民主、自由进行了深刻的理性沉思："国政决非一两个人的国政，反之，他实在是大群人的国政，所以，在人人关心的情况之下，人民就乐于谈论国政不顾后人了，这是一个良好的现象。只有从前军阀秉政的时代，他才禁止人民谈论国政……现在我们生逢民主时代，甚而我们这次的整个战争，也是为民主而战争，所以愿意民主政治的实现。基于这种缘故，人民能够关心国政热心谈论，则正吻合

---

① 李辉英：《雾都》，怀正文化社 1948 年版，第 55 页。
② 李辉英：《雾都》，怀正文化社 1948 年版，第 56—57 页。
③ 李辉英：《雾都》，怀正文化社 1948 年版，第 245 页。
④ 李辉英：《雾都》，怀正文化社 1948 年版，第 245 页。

了民主政治言论自由的原则"①。不同于《万宝山》和《松花江上》，李辉英在《雾都》中，论述明显多于叙述，大量的论辩、沉思穿插其中，使作品具有了哲理文本的特质。刘芹作为作者的思想化身，不但对国政、民主、自由进行深刻省察，还思考了中国的军事状况、军队的处境，"在各国均在作战的时候，人家别的国家真可以说集中全力于军事，一切为军事，一切为军队，军队享受最高的优待，可是在我们这个国度里，虽然也有着为军事第一的口号，其实正可以和军事不着边际。穿最坏衣服的是军队，吃最坏饭食的是军队，尽可得是达官显贵商贾等享用最高的物质生活"②。刘芹的家国深思，包孕着强烈的社会批判色彩，昭示出浓厚的忧患意识。作为一位作家，他对于东西方的文化本质也进行了比较，体现出一种开阔的文化眼光与包容的文化态度，"常常有人谈到东西文化的不同之处，譬如说西方文化注重物质，东方文化则是属于精神上的；又譬如东方的建筑多是对称的，西方则在建筑上制作出许多不规则的形式，许多许多的说法，都在证明其中的不同之点，仿佛东西两个地域的民族，文化很少相同之处似的；但其实从赌博上去观察，一个相同之点则在确确实实的得到了合理的证实了，无论那一个地域那一个国度的人，当他开牌的时候，没有一个人不聚精会神的希望获取到最后和最大的胜利的"③。他以赌博为隐喻，实则是为东西文化的精神共通作了一番生动的说明，物质文明表现形式或有差别，但在根本的精神上，人类是息息相通的。

《雾都》中的辩论、沉思与时代、抗战紧密相连，与社会问题息息相关，刘芹——李辉英身处一个黑暗的时代、一个问题丛生的社会，他的周边尽是黎将军、胡委员、屈小姐、罗经理等落后的人物，他最初是充满悲观与无奈的，但知识青年张氏兄妹角色的设置，为刘芹、为李辉英、更为千千万万的知识分子指明了新的道路。张氏兄妹既像

---

① 李辉英：《雾都》，怀正文化社1948年版，第94—95页。
② 李辉英：《雾都》，怀正文化社1948年版，第145页。
③ 李辉英：《雾都》，怀正文化社1948年版，第268—269页。

刘芹那样"善于思",却又更"敏于行",由知识青年蜕变为革命青年,他们果断离开了纸醉金迷、灯红酒绿的雾都重庆,奔赴抗战的最前线、革命的最前沿,给了刘芹极大的震动和鼓舞。在张氏兄妹出走后,刘芹开始重新思考人生的前路所在,开始重新获得掌握生活和命运的勇气与力量,"为怒火所激发出来的勇气,终于在作家刘芹的血液里沸腾起来,他壮大了他的胆子,面向着他所要奔赴的真理和正义。真理和正义的正确掌握,自然产生了无穷的力量——真正的不可摧毁的力量。若是在暴力之下所产的真理和正义,不仅那种真理和正义等于穿上了一身伪装,那种力量的本身也将不成为真正的力量而须要打上很大的折扣。庸庸碌碌的被辱没而死,任何人不会给与你半点爱重的同情,反之如若倔强的向着你的敌人始终不屈的奋斗到底,你可能就铲除了路上的障碍,开辟出一条万人称颂的坦途,为大家所敬重。世界是在斗争中才有进化的,而人生也正需要不息的斗争才能获得适度的生存,懦怯和退缩将使你永远退化,永远蜷伏在人们的脚下作着饮泣吞声的奴隶"①。刘芹决定用他自己的武器——笔,去战斗,"我自己也知道,在中国,我的笔要算较为尖刻的,说话有时也不留情面。但我又知道人们怎样地用了公理正义的美名,正人君子的徽号,温良敦厚的假脸,流言公论的武器,吞吐曲折的文字,行私利己,使无刀无笔的弱者不得喘息。倘使我没有这笔,也就是被欺侮到赴诉无门的一个;我觉悟了,所以要常用,尤其是用于是麒麟皮下露出马脚"②,他要坚定启蒙主义的决心,将文字化为匕首与投枪,毫不留情地刺破社会的假面,让光照进黑暗的铁屋,使昏聩的世人看到真相而后觉醒,不再做懦弱的奴隶。

《雾都》与《万宝山》、《松花江上》相比,有着更为宏大开阔的视野,尽管都围绕一个地点进行叙事,但《雾都》审视的是整个中国

---

① 李辉英:《雾都》,怀正文化社1948年版,第408—409页。
② 鲁迅:《我还不能"带住"》,见《鲁迅全集·第三卷·华盖集续编》,人民文学出版社2005年版,第260页。

社会、中华民族在战时的命运。由聚焦乡土转向关注城市，由战争事件转向社会生活，李辉英在题材的拓展、社会生活的把握上显得游刃有余。他借助角色之间的辩论来探究事物的本质，借助角色对社会现象的沉思，对时代做出了广博而精深的探索，他以哲理思辨的方式反思了种种社会世相、呈现了种种社会问题，政治、军事、经济、文化、民生、爱情、人性无所不包，在哲理的思辨中，透现出李辉英强烈的社会责任感和历史使命感。

结　语

从《万宝山》到《松花江上》再到《雾都》，李辉英在现代长篇小说的写作可能上进行了不懈的探索，也取得了卓著的成效。李辉英在长篇小说中展现出多元的面相，表现出历史性、现实性、哲理性的特质，拓展了小说的表现广度、深度。小说表现出对于对贫苦农民的呵护、对革命先行者的尊敬、对黑暗势力的批判、对民族命运的关切、对于人类文明的思索。小说不仅为时代留下了可贵的记录，也为人心留下了宝贵的见证。在此意义上，李辉英的现代长篇小说是不可忽略的。

第十章 20世纪30年代上海社会的全景建构

——以《炼狱》《风风雨雨》为中心

引 言

周楞伽，1911年8月出生。原名周剑箫，曾用名周华严、周华鬘，笔名有苗塎、林逸君、林志石、黎翼群、杜惜冰、危月燕、王易庵、冯驺、俞征、柳文英、龚敏、周夷、刘槃等，江苏宜兴人。周楞伽的现代长篇小说主要有《炼狱》[①] 和《风风雨雨》。在《炼狱》和《风风雨雨》中，周楞伽全方位地呈现了20世纪30年代上海复杂尖锐的社会矛盾、堕落黑暗的社会世相、积习病态的国民精神，由此建构描摹了一幅1930年代上海社会的全景图像。

一 尖锐的社会矛盾

在《炼狱》和《风风雨雨》中，周楞伽全方位展现了20世纪30年代上海各种复杂尖锐的社会矛盾——民族矛盾和阶级矛盾，流露出浓厚的时代危机意识。民族矛盾即为帝国主义列强（日本）与中华民

[①] 《炼狱》单行本由微波出版社1936年1月初版后，又以《净火》之名由洪流出版社1939年5月再版，还以《幽林》之名在春雷书店再版过。

族的矛盾，以日本为代表的帝国主义列强对中国进行了军事侵略和经济侵略。阶级矛盾则是地主阶级与农民阶级的矛盾、资产阶级与工人阶级的矛盾，以及统治阶级与普通民众的矛盾。

《炼狱》以但丁《神曲·炼狱篇》中的"炼狱"为题，又在扉页节选了但丁《神曲·地狱篇》中"密林"的诗篇——"Nel mezzo del cammin di nostra vita/Mi ri rovai per una selva oscura,/Che la diritta via era smarrita./Dante：La Divina Commedia./方吾生之半路/恍余处平幽林，/失正轨而迷误"[1]。周楞伽试图以但丁《神曲》中的"炼狱"来隐喻 1930 年代上海社会的动荡、黑暗与迷乱。《炼狱》以"一·二八"事变为创作背景，当时以"一·二八"事变为题材的长篇创作还有黄震遐的《大上海的毁灭》[2]、张资平的《无灵魂的人们》[3]。《大上海的毁灭》在描写侵略战争的同时，主要侧重于个人精神世界的解剖。《炼狱》同样注重去刻画战争背景下人物的心理，挖掘人物的精神世界，力图呈现人物思想的蜕变，小说主人公之一的杜季真原本囿于旧式封建家庭和旧道德的束缚，加之向心爱之人求爱失败，陷入了苦闷的境地。偶然为××路军（十九路军）运送物资，在亲身经历了战争的残酷后，其思想发生了极大的转变，在另一主人公孙婉霞的启迪下，他彻底抛弃了旧家庭、旧思想，实现了人生的蜕变。小说最后，他勇敢奔赴北方，加入游击队，与敌人英勇作战。周楞伽在呈现个人精神世界的同时，实则更为注重描写战争背景下整个社会的态势。除了描写××路军（十九路军）与侵略者的顽强作战，还将笔端指向了战争中的难民群体，在《炼狱》中，周楞伽多次描写到难民。当主人公之一的叶露玲乘坐着一辆 1932 年最新式的道奇六缸汽车外出时，车窗外的马路上挤满了携老扶幼的难民，"大多数民众都宛转呻吟于敌人铁蹄蹂躏下"[4]。叶露玲介

---

[1] 周楞伽：《炼狱》，微波出版社 1936 年版。
[2] 黄震遐：《大上海的毁灭》，大晚报馆 1932 年版。
[3] 张资平：《无灵魂的人们》，晨报社出版部 1933 年版。
[4] 周楞伽：《炼狱》，微波出版社 1936 年版，第 19 页。

绍好友孙婉霞去难民收容所服务，在收容所中既有上海本地也有外地涌来的难民，他们比之田涛《子午线》[1]以及程造之《地下》[2]中的难民要幸运得多，不用居无定所、颠沛流离，还有一个栖身之地，却也是"在炮火冻饿等重重袭击下挣扎出生命来的"[3]。

　　帝国主义列强对中国的经济侵略也是周楞伽现代长篇小说着重描写的内容。《炼狱》中，上海的大银行家叶常青在"一·二八"事变爆发后趁机收购了大量上海本地的中小企业，想在战后将这些企业生产的一部分国货向海外出售，剩下的则利用民众的爱国情绪来筹建国货公司。现实却给了他狠狠一击，"中国货物在海外市场的被排挤"[4]，他收购的阜盛纱厂囤积了大量的滞销货物，整个市场则被外国进口的棉纱侵占。原本雄心壮志的叶常青同吴荪甫的下场并无二致，最后因破产远遁香港。《风风雨雨》中的刘老爷比叶常青要"识时务"，既然无力抵抗，便无耻地与其合作，帮助有军方背景的日本三林洋行出面采办日方发动侵华战争所需要的原材料，充当起了汉奸买办。帝国主义列强不仅对都市进行经济侵略，其魔掌也早已伸入到了都市周边的乡村。20世纪30年代以"丰收成灾"为背景的创作，除赖和的《丰作》、茅盾的《春蚕》《秋收》、叶圣陶的《多收了三五斗》、叶紫的《丰收》《火》、陈瘦竹的《丰年》、李辉英的《丰年》外，周楞伽的《炼狱》也有部分涉及。小说主人公之一的孙婉霞信仰个人英雄主义，总是试图以个人力量去启迪民众、改变社会，在都市上海帮工人解决了薪水问题后，便决定去农村为农民服务，试图唤醒农民。由此，小说的叙述视野由都市上海转移到了上海周边的乡村。孙婉霞随机找到一户农家落脚，这户农民及其乡邻们也像老通宝那样养蚕种地，也像老通宝那样获得了丰收，结局却同样是"丰收成灾"，"今年蚕花结了

---

[1] 田涛：《子午线》，大路出版公司1940年版。
[2] 程造之：《地下》，海燕书店1949年版。
[3] 周楞伽：《炼狱》，微波出版社1936年版，第115页。
[4] 周楞伽：《炼狱》，微波出版社1936年版，第463页。

有念四分,茧厂却多半关了门,好容易找到一家开秤的,土种茧却只卖十八元一担,结局不但没有赚到钱,反而拖上一身债"①。形成"丰收成灾"这一问题的因素有很多,外国资本主义的入侵是重要缘由之一,"各国的低价米粮纷纷涌入中国米市……进口粮食价格比国内市场低了很多,大量涌入的国外'过剩'粮食最终导致了1932年的'丰收成灾'"②。周楞伽借孙婉霞之眼,透视了上海乡村受盘剥的惨淡现实,揭示背后深层的社会动因。

20世纪30年代的上海,阶级矛盾同样异常复杂尖锐,周楞伽对此进行了细致全面的呈现。首先是地主阶级与农民阶级的矛盾。《炼狱》描写了大地主朱四太爷对以福生为代表的佃户们的凶残压榨,朱四太爷相中了选择在福生家常住且化名为四姑的孙婉霞,免除福生家当年债务的条件便是将四姑送给他玩弄。其次是资产阶级与工人阶级的矛盾。碧野的《风砂之恋》③、周楞伽的《炼狱》《风风雨雨》等长篇创作,均将笔触指向了都市中的纱厂,展现了纱厂工人们在冷血资本家压榨下的悲惨命运,"白作了这多时,一个钱没捞到,倒贴上利息,还带回一身病……常常会无缘无故的给××人打个半死,连冤都没处喊"④。《炼狱》中阜盛纱厂的经理钱柏良为了赚取更多利益,决定在米价飞涨时降低工人本就少得可怜的工资,还要增加工时,工人们罢工抗议后,他甚至让警察来进行镇压。再次是统治阶级与普通民众的矛盾,在都市上海中,工会、警察等政府机构并不是为民众服务,而是沦为了资本家的工具,欺压民众。《风风雨雨》对1935年国民政府的币制改革事件及其影响进行了详尽描写,在币制改革中,受到伤害的始终是普通民众,"币制改革这事实在上层社会里只起了些小小的波动,并不会受什么大影响,有些人甚至还因此发了笔小财,可是

---

① 周楞伽:《炼狱》,微波出版社1936年版,第267页。
② 叶宁:《从"颗粒无收"到"丰收成灾"——浅析1931年水灾后的政府决策对1932年粮食跌价的影响》,《历史教学》2012年第24期。
③ 碧野:《风砂之恋》,群益出版社1944年版。
④ 周楞伽:《风风雨雨》,微波出版社1936年版,第67页。

在中下层社会里却引起了一番很大的浪潮。因为一方面，所谓'法币'的兑价既在那里低落，另一方面，货物的价格却又在那里飞涨，两方面都要吃亏，连靠薪水过活的赁银劳动者都感觉有些支持不住，更不要说月入很微的劳工们了。"[1] 在上海周边的乡村，甲长、区长鱼肉乡民、公开索贿，区公所不是为民申冤之地，而是地主阶级欺压乡民的工具。孙婉霞在朱府打晕了想要强暴自己的朱四太爷，反被抓到区公所，又被关入监狱，在监狱中被毒打虐待。

在描写阶级矛盾的同时，周楞伽也描写了资本家之间的冲突，在《炼狱》中，展现了类似于吴荪甫与赵伯韬的冲突——两大银行家叶常青与方镇鸿的斗法。同时，也描写了工人内部、农民之间，这些同一阶层内部的一些矛盾，展现了20世纪30年代上海社会矛盾的复杂性。

二 黑暗的社会世相

《炼狱》的创作背景是"一·二八"事变，《风风雨雨》的创作背景则是东北沦陷后，华北也岌岌可危，"伪冀东防共自治委员会开始成立了起来"[2]。在这风雨飘摇的时代，上海虽然也受到了战争的影响，它却似一座孤岛、似"地球以外的月亮"[3]，夜夜笙歌。生活在这座"孤岛"和月亮上的大多数人，依旧过着醉生梦死的奢靡生活，也为了继续过着这种生活而做着荒唐无耻的勾当。而靠近上海的乡镇，则与灯红酒绿的都市形成了鲜明对比，尽是一片破败、萧索的景象，乡民们如蝼蚁般艰难度日。

周楞伽对20世纪30年代上海上流阶层腐化奢靡的世相进行了细致描摹，从而与罗洪40年代上海上流社会长篇世相图《孤岛时代》[4]

---

[1] 周楞伽：《风风雨雨》，微波出版社1936年版，第117页。
[2] 周楞伽：《风风雨雨》，微波出版社1936年版，第142页。
[3] 唐湜：《鸟与林子》，《诗创造》1947年第1卷第3期。
[4] 罗洪：《孤岛时代》，中华书局1947年版。

遥相呼应。"一·二八"事变的战场主要位于闸北、吴淞、江湾，而法租界和公共租界（美英租界）内的腐化奢靡如旧。魏虚仁为了追求孙婉霞的姐姐孙婉仙，带着她终日出入上海上流阶层常去的各种消遣娱乐场所——舞场、赌场、跑马场、跑狗场、回力球场、电影院、西餐厅。这些场所内人声鼎沸、热闹非凡，与惨烈悲壮的战场形成了鲜明对比。魏虚仁和孙婉仙在这些消遣娱乐之地还能经常偶遇孙婉仙的朋友叶露玲的银行家父亲叶常青。除了上述地方，叶常青还常赴上海的风月场所洽谈生意、纵情享乐。在《炼狱》中，周楞伽对上海"艺林花丛"的秘密也有细致呈现，与平襟亚的《人海潮》[①] 相呼应。叶常青与另一个大资本家方镇鸿交恶，除利益冲突外，二人在风月之地的争风吃醋也是重要缘由。方镇鸿相好的名妓赵飞燕比叶常青力捧的名妓小玲珑更有姿色，令叶常青嫉妒无比，他便花费更多的钱财去追求赵飞燕，带着赵飞燕出入上海各种的消遣娱乐场所，一掷千金，只为博美人一笑。上海的富豪巨贾们每次在淫窟设宴打赏，均出手阔绰，在其他消遣娱乐之地也是挥金如土。而面对为他们辛苦劳作的工人时，却变得无比悭吝冷血。叶常青收购的阜盛纱厂的经理钱柏良在"一·二八"事变后，不顾工人死活，竟要削减工资、增加工时，叶常青对此十分认可支持。

方镇鸿在"一·二八"事变时，为了投机市场获利，竟买通××路军（十九路军）的一个军官，将××路军（十九路军）的军事部署泄露给侵略者，导致××路军（十九路军）在一次战役中损失惨重。叶常青虽然仇视方镇鸿，却暗暗为仇人的卑鄙行为叫好，因为这无耻的卖国行径令他自己在投机市场也获利颇多。《风风雨雨》中的刘老爷为了能让儿子刘韶年在北方的伪政府里谋得个一官半职，便无耻地应允三林洋行日本籍职员让其采购日方发动侵华战争所需的原材料的要求。刘老爷将这个"喜讯"告知儿子儿媳后，刘韶年和妻子夏秀雯

[①] 平襟亚：《人海潮》，新村书社1927年版。

无比兴奋，刘老爷还将此事告知了亲家夏仁卿。夏仁卿听后更是欣喜万分，他平素颇看不起游手好闲的女婿，得知这个消息后，对女婿的看法彻底改观，还经常叫刘韶年去他书房谈话，令刘韶年受宠若惊。夏仁卿是典型的封建遗老，他痛心自己年轻时，没能做官以光耀门楣，对溥仪在伪满洲国的称帝感到欣慰和愉悦，他十分羡慕女婿能够入仕，甚至厚颜无耻地询问亲家刘老爷，能否也给自己在伪政府里安排个职位。在刘老爷的要求下，平素不爱看书读报的刘韶年进了一所日语专修学校，认真学习日语。纵观都市上海那黑暗堕落的社会，或是一群在战时依然流连于各种消遣娱乐场所，安于享乐的麻木民众，或是一群为了个人利益出卖民族国家的堕落无耻的卖国汉奸。

　　都市的富豪巨贾以及乡村中以朱四太爷为代表的地主乡绅，过着骄奢淫逸、锦衣玉食的生活。与之相对应的则是以都市工人和乡村农民为代表的底层民众那悲苦辛劳的人生。《炼狱》中以刘桂庆、董翠云、赵月珍为代表的纱厂工人，《风风雨雨》中以华莎、何金妹、阿香为代表的纱厂工人，他们的月薪仅有十元，还要被资本家以各种理由进行克扣削减，每日却要工作十二个小时以上，而市面的米价早已涨成了天价，工资根本无力支付。同时，由于工作性质的原因，以阿香和阿香母亲为代表的大量纱厂工人都患有肺病，染病的工人们为了维持生计，只能带病继续工作，却无钱医治，当病入膏肓时只能默默地等待死亡。《炼狱》中以福生为代表的农民，在黑暗的社会中，经历着"丰收成灾"的苦痛。而到了下一季的耕作时，又不幸遭遇了旱灾，导致颗粒无收。在黑暗堕落的社会中，乡村的农民与城市的工人相比，除了同样要接受剥削阶级的嗜血压榨外，还要忍受自然灾害的侵袭，"落入了一个非常悲惨的深渊里去了。这悲惨的命运是每个在农村里的人物都身受到的，除了那些靠着农民过活不必自己劳动的朱四太爷等人物以外"[①]。福生和乡民们忍饥挨饿，为了生存，或以典当

---

① 周楞伽：《炼狱》，微波出版社1936年版，第389页。

度日，或向朱四太爷相借高利贷。以庄老五为代表的，部分觉醒的敢于反抗的乡民则结伴到镇上向米商们索米。底层民众尤其是乡民的人生中，始终充溢着黑暗悲哀，"年年都闹水旱兵匪，石头里榨不出油水来了"①。当旱灾发生时，落后的农村根本没有先进的水利设施进行抽水灌溉，以《炼狱》中的福生、陈瘦竹《丰年》中的四大麻为代表的农民们，只能借高利贷后花高价租用洋水车车水，他们最终的结局依然是破产。

周楞伽在其现代长篇小说中，呈现了都市上海及其周边乡村堕落黑暗的社会世相。都市的腐朽奢靡与乡村的残败破落相比照，剥削阶层的贪图享乐、纸醉金迷与被压迫阶层的凄凉煎熬、悲苦挣扎相碰撞，激发出强烈的艺术感染力与艺术张力。

三　病态的国民精神

周楞伽在《炼狱》和《风风雨雨》中，阐释了造成复杂尖锐的社会矛盾与堕落黑暗的社会世相的缘由——剥削阶层的嗜血压榨，同时，还在创作过程中暴露与反思了积习病态的国民精神，并揭示积习病态的国民精神也是造成社会矛盾和社会悲剧的根源所在，"'吃人'的封建思想已经深深地渗透到民族意识和文化心理结构之中……大量的受害者往往并不是直接死于层层统治者的屠刀之下，而是死于无数麻木者所构成的强大的'杀人团'不见血的精神虐杀之中"②。周楞伽以"炼狱"为题，正是想借但丁笔下的七层炼狱所对应的七宗罪——骄傲、嫉妒、愤怒、怠惰、贪财、贪食、贪色，来隐喻积习病态的国民精神及人性。

周楞伽在《炼狱》中，塑造了一个典型的老式农民形象——福

---

① 周楞伽：《炼狱》，微波出版社1936年版，第378页。
② 张光芒：《中国近现代启蒙文学思潮论》，山东文艺出版社2002年版，第272页。

生。他就像平襟亚《人海潮》中的金大，《春蚕》《秋收》中的老通宝，叶紫《丰收》《火》中的云普叔，李辉英《丰年》《松花江上》中的孙三爷和王德仁，田涛《子午线》《金黄色的小米》（《沃土》）中的东庄老头子和仝云庆的妻子，在他身上，似乎集齐了几千年来的病态国民精神。他迷信封建、愚昧自私。当孙婉霞化名四姑从上海来到农村，随意选取了一户农家——福生家，进行服务和奉献以期实现自我的人生理想。福生却将终日辛勤劳作的孙婉霞视为灾星"白虎星"，将生活中的种种不顺都归咎为四姑的出现，对其恶语相向。他将女性视作一种传宗接代的工具和随意买卖的货物，他的妻子劝慰他，四姑将来能与他们的儿子小五成婚，能为他家传宗接代，福生才逐渐接受孙婉霞，后来为了偿还所欠佃租和维持生计，福生便接受了朱四太爷的威逼利诱，准备将孙婉霞送给朱四太爷抵债。当遭遇旱灾时，他诚心求雨，并将所遭遇的种种天灾人祸归结为"宿命"，"小五似乎从他父亲那里受惯了宿命论的熏陶，所以也很能够怨命"[1]。他奴性十足，对内凶恶蛮横、对外卑微怯懦。当妻子、儿子小五以及孙婉霞稍有不顺他意之时，非打即骂，摆出一副封建家长的姿态。而当见了甲长黄先生、地主朱四太爷之后，便唯唯诺诺、卑躬屈膝、噤若寒蝉。当旱灾爆发导致颗粒无收后，以庄老五为代表的，部分觉醒的敢于反抗的乡民决定结伴到镇上向米商们索米，福生家也是米缸见底、家徒四壁，奴性十足的他不仅不敢与庄老五一同前往镇上索米，更是将这些与他同处一个阶层的、朝夕相处的乡邻们视作了洪水猛兽，"抓住小五的手臂进屋去，像逃避什么毒蛇猛兽似的，把门关起来了"[2]。

都市中的上流阶层，如《炼狱》中的钱柏良、方镇鸿、叶常青、魏虚仁、孙婉仙，《风风雨雨》中的夏仁卿、夏太太、夏秀雯、刘老

---

[1] 周楞伽：《炼狱》，微波出版社1936年版，第548页。
[2] 周楞伽：《炼狱》，微波出版社1936年版，第410页。

爷、刘太太、刘韶年，与处于社会底层的福生并无二致。福生积习病态的国民精神同样映射于这些人的身上，"不仅使他们成为'毫无意义的示众的材料和看客'，而且常常成为'吃人'者无意识的'帮凶'"①。当"一·二八"事变爆发时、当华北岌岌可危时、当中华民族陷于危难之际，麻木自私、冷酷无情的叶常青、方镇鸿、夏仁卿、刘老爷、刘韶年只想着如何利用战争、利用动荡的社会环境去谋取私利。为了一己之私，奴性十足、卑鄙无耻的方镇鸿、刘老爷、夏仁卿、刘韶年甚至不惜出卖国家民族，甘愿充当汉奸走狗。钱柏良、魏虚仁同样将女性视作随意买卖的货物、为自己牟利的工具，为了巴结讨好叶常青，钱柏良甚至将自己貌美的女儿蕴芳送给喜好女色的叶常青玩弄，他将叶常青请到自己家中，故意制造机会，让叶长青和蕴芳单独相处。魏虚仁是一个极擅伪装的花花公子，他四处欺骗无知女性，玩弄过后再狠心抛弃。魏虚仁在玩腻孙婉仙后，对她非打即骂，明知她怀有身孕，还狠心将其抛弃，孙婉仙终因打胎而香消玉殒。在国家动荡时代，麻木愚昧的叶常青、魏虚仁、孙婉仙、夏太太、夏秀雯、刘太太、刘韶年只知个人享乐，战争似乎与其毫无关系，他们终日流连于妓院、舞场、赌场、跑马场、跑狗场、回力球场、电影院、西餐厅，过着膏粱文绣、纸醉金迷的糜烂生活。

　　周楞伽也塑造了大量觉醒的以及正待觉醒的青年形象，他们身处"炼狱"之中，无论是已经觉醒或正在觉醒的青年，他们的形象和性格并不是完美的，而是有着某些缺陷，在磨炼中终将成长成熟。夏仁卿的二女儿夏秀瑛和小儿子夏伯苍虽然生在腐朽堕落的家庭之中，却不像家人那样无耻无知，他们是时代青年，是觉醒者，决心为即将到来的抗战贡献自己的一份力量。但夏伯苍和夏秀瑛也有自身的缺陷，夏伯苍十分幼稚冲动。而夏秀瑛与孙婉霞极为相似，均有着顽强的战斗意志、远大的志愿，她们渴望改变社会、启迪民众。但她们信

---

① 张光芒：《中国近现代启蒙文学思潮论》，山东文艺出版社2002年版，第272页。

仰个人英雄主义，具有一种堂吉诃德式的个人冒险牺牲精神，总是试图以个人的力量去解决问题。叶露玲虽然崇拜孙婉霞，想要为社会的进步奉献自己的一份力量，但或多或少受父亲的影响，身上总有些大小姐的习气。林幻心是一个中学教员，奉行仁爱主义，因无力改变黑暗的现实而逐渐变得懦弱避世、颓废消沉。杜季真在工会工作，他一个人的工资要负担整个家庭的开支，虽有心报国，却陷入旧式家庭的羁绊中难以抽身。杜季真深爱着叶露玲，求爱被拒后黯然神伤。在"炼狱"中，青年人经过历练，最终实现了自我的蜕变。夏秀瑛在华莎的启蒙下，逐渐懂得斗争的复杂性，她开始改变自己的斗争策略，在她的影响和启蒙下，夏伯苍也变得成熟起来。孙婉霞在朱府打晕了想要强暴自己的朱四太爷，被关入监狱，身处监狱的她也终于明白个人英雄主义无法战胜黑暗，需要依靠集体的力量，决心改变自己。叶露玲则决定不跟随破产的父亲去香港，而是北上参加郁女士组织的护士团。杜季真则和几个志同道合的青年朋友北上参军抗日。在战争中，杜季真迅速成长为一名战士。在一次战斗中，他所在的小队不幸全军覆灭，只有他一人幸存，而救下他的正是叶露玲所在的护士团。林幻心最终也变得坚强起来，抛弃了仁爱主义，要闯出自己的光明之路。经过时代浪潮的冲击，炼狱中的青年终将彻底洗涤那积习病态的国民精神，实现整个民族的进步与蜕变，也正像但丁笔下的炼狱中的灵魂那样进入天国获得新生，"炼狱收纳的灵魂，生前虽然也有错，但程度较轻而且生前已向上帝忏悔，得到了后者宽恕，他们来到炼狱是要以不同方式洗涤罪过，最后走向天国享受永福"[1]。

周楞伽承继了五四学人改造国民性的殷切期望与历史使命，在《炼狱》《风风雨雨》中，以超越历史和时代的眼光去审视病态的国民精神，剖析复杂的社会关系，反思造成人性异化的社会问题。

---

[1] 肖天佑：《神曲·全三卷·炼狱篇·译者序》，商务印书馆2021年版，第1页。

结　语

在《炼狱》和《风风雨雨》中，周楞伽对上海尖锐的社会矛盾、黑暗的社会世相、病态的国民精神，进行了全方位的细致解剖，从而对1930年代的上海社会进行了全景式的描摹和建构，由此阐释了复杂的社会架构与社会关系，批判及反思了病态的社会和病态的国民精神，以强烈的社会责任感和历史使命感企盼着民族的蜕变与新生。固然，周楞伽的小说存在着浮泛、表面化等诸多问题，但其对于改造国民性的热望，对于时代的关注与忧心，对于阶级矛盾、社会黑暗的揭示，都为20世纪30年代上海社会留下了重要的见证，是值得肯定的。

第十一章 时代脉搏的反映者

——程造之现代长篇小说创作论

引　言

程造之，1914年7月出生于江苏省崇明县（今上海市崇明区），原名程兆翔，笔名有韶紫等。20世纪三四十年代，程造之创作了被后世誉为"抗战三部曲"的三部长篇小说《沃野》《地下》《烽火天涯》，涉及各个阶层的人物，摹写广阔的社会生活，反映人物的悲剧命运，为时代留下了一份生动的见证。程造之的文学创作成就并没有得到充分的重视，为学界所忽略。程造之的现代小说表现出对于时代脉搏的精准把握，"文艺作品要反映出时代的脉搏，我想，青年时期的我没有辜负了时代对我的要求吧"[①]。以鲜明自觉的现实主义立场记录社会众生相，具有史诗的品质。程造之的现代长篇小说在反映时代的同时，又呈现出对现代文明与传统文明碰撞、交融下生成的畸形社会的批判与哲理深思，既与时代紧密结合，由时代出发，又不囿于时代，具有跨越时代的鲜明特性。

---

① 程造之：《写在〈地下〉重版之后》，见《地下》，福建人民出版社1983年版，第Ⅶ页。

一 抗战时代乡土世界的全景绘制

程造之的现代长篇小说具有广阔的社会视野，构造了一个完整的乡土世界，绘制了抗战时代乡土世界的世相全貌。展现了大变革、大动荡时代下，现代工业文明与原始农耕文明的碰撞。他以敏锐的眼光、犀利的笔触，描写和暴露乡村中的种种社会问题。

《地下》《沃野》是剧情相连的两部长篇小说，全方位反映了抗战时期苏北乡村——苏北盐垦区人民的游击战争、垦荒历史和社会世相，共同构成了一部完整的"苏北现代盐垦史"[①]。

面对敌人的侵略，大旺村、白狼村等苏北地区的农民自发组织游击队，与敌人作战，用生命捍卫家园尤其是土地。在农耕文明中，土地是农民的命根。大旺村原先的土地被侵略者占领毁坏后，盐垦区广阔的、未开垦的"沃野"给了他们延续生命的希望，"那咸的而是肥沃的黑土，正表明她是有着无限的精力，可以滋长出无限养育人类胃袋的庄稼，小麦呀，蚕豆呀，葡萄呀，……怎么数得清！当然，她现在还没有被人动过，好像以前一径给人家瞧不起，或是忘记了的一样。那就是处女一般待人开发的原野呵。"[②] 小说中将农民对盐土的改良利用进行了细致描绘，"天气好到极点。泥土给犁耙一割开，经不住太阳的蒸晒到傍晚，白皑皑的盐花就晒出来了。夜里下起雨来，拿盐屑

[①] "盐垦"一词最早出现于清朝末年，大约在光绪二十七年（1901年），通海垦牧公司成立。苏北盐垦区是我国著名的棉区之一，也是江苏省的重要粮食生产基地，其开发有着上千年的历史。苏北盐垦区主要位于江苏省东北部，东滨黄海、西界范公堤、南起吕四、北至陈家巷。包有滨海、射阳、大丰、如东、阜宁、盐城、东台、海安、南通、海门、启东等地。在近代，苏北盐垦区历经了两次飞跃式的发展。一是在清末时期，张謇等人在通、泰两地设立了大豫、大丰、大赉、华成等大量的垦牧、垦殖、垦盐公司，盛极一时。二是在第一次世界大战时期，帝国主义列强无暇东顾，民族工业进一步崛起，对棉花的需求日益增长，促使苏北盐垦区迅速成为我国重要产棉区之一。而在新文学的创作中，较少有反映苏北盐垦区的小说作品，长篇小说更是罕见，程造之的《地下》《沃野》填补了这一空白。

[②] 程造之：《地下》，海燕书店1949年版，第378页。

冲到开好的引沟里去。明天太阳又把盐花晒出来了。但盐花会一天天少下去的"①，由此再现了苏北盐垦区的垦殖方式，"开沟排盐和引淡冲洗，也是改良利用盐土的基本措施。当陆地脱离海水影响之后，在自然情况下，虽亦能逐渐脱盐，但历时较久，不合于积极发挥土地生产潜力、促进农业生产迅速发展的要求。如经开沟蓄淡，引水洗盐等的技术作用，就可以大大提早实现改良利用的要求"②。

小说在展现农民与土地血肉相连的同时，也揭示了现代工业文明对原始农耕文明的入侵和影响。"盐垦区委员会"在本质上依然是"若干地主的联合租栈"③，却也初步形成了现代企业的雏形，"先将什么会的名义改组为公司……什么事都应该科学化一点。像这样蛮荒的盐田，一方面用着人力，一方面我们想起俄罗斯的进步了，去买几部曳引机来……管理方法总之尽可能要科学化……我们应该开设义务小学二所……我们应该四面八方的去经营。不要死着眼在一点上"④，客观上推动了盐垦区的经济发展。盐垦区委员会设立了石灰厂、砖厂、草纸厂，分别被命名为盐垦区第一、第二、第三工场。盐垦区委员会在三个工场均实行日夜两班的现代化作息制度，并从盐垦区垦殖的农民中招聘工人，从而使农民的社会身份发生变化，在三个工场做工的盐垦区农民，上工时的身份是工人，放工后的身份则是农民。

程造之细致描绘了抗日战争爆发后，乡村衰败、混乱、萧条的现实境况，以及农民的悲惨命运，揭示了造成上述社会问题的根源所在，不仅是侵略者的暴行所致，更源于人性的丑恶、人类的互害。

《地下》《沃野》中有几路游击队伍，除老独、罗三率领的队伍一心抗日外，关德、钢丝马甲、潘大成、朱古律等人的队伍均是以抗日为名，实则行使绑票勒索、杀人越货的勾当。《沃野》中，关德和钢

---

① 程造之：《沃野》，海燕书店1946年版，第29页。
② 孙家山：《苏北盐垦史初稿》，农业出版社1984年版，第95页。
③ 孙家山：《苏北盐垦史初稿》，农业出版社1984年版，第54页。
④ 程造之：《沃野》，海燕书店1946年版，第64—65页。

丝马甲的队伍不约而同地先后绑架了盐垦区委员会的委员长国柱。为了争夺盐垦区的控制权，"抗日队伍"内部和"抗日队伍"之间经常发生火并。《烽火天涯》不仅描写抗战时代都市上流阶层的全貌，也涉及了南京沦陷后南京农村的某些世相。南京沦陷后，吴昔更、魏福基加入了当地百姓和未能及时撤退的军队组织的游击队，在南京周边的乡村同侵略者展开了游击战。由此揭露了同一游击队内和不同游击队间的争权夺利、互相倾轧。各个游击队相继成立后，队伍内部的成员为了得到队长职位，彼此钩心斗角、心怀鬼胎。各个游击队均妄图一家独大，彼此落井下石、相互吞并。在现代文明的入侵下，乡土世界那淳朴的自然文明与传统的伦理道德已被破坏殆尽，人性被金钱腐蚀，金钱成为主宰一切的源泉。丑陋的国民性依然根深蒂固地存在着。

程造之以温厚的历史意识，为苏北盐垦史作一忠实描绘，通过游击战争、垦荒历史和社会世相全面呈现出抗战时代下的壮阔画卷，以敏锐的嗅觉探寻、暴露乡村中的种种社会问题，揭示现代文明冲击下人性的异化，怀抱启蒙精神对国民性进行批判。

二 抗战时代社会群像的深度塑造

程造之秉持记录时代、书写时代的责任感和使命感，以深入沉潜的姿态，观照各个阶层、阶级，上至达官显贵，下至贩夫走卒，无不网罗其中。在他笔下，既有理想主义的民族资本家，也有唯利是图的地主乡绅；既有麻木愚昧的旧农民，也有逐渐觉醒成长的新农民；既有进步的时代青年，也有无法抵抗诱惑而堕落的新女性；既有上流社会的人士，也有小知识分子的阶层……程造之塑造了众多生动的人物形象，绘制出时代人物的精神图谱。

《地下》《沃野》中的庞国柱是民族资本家的代表，人如其名，是盐垦区的柱石。虽有资本家追逐利益的天性，也有着强烈的爱国心与责任感，具有较为高尚的人格。侵略者毁灭了大旺村等村落后，他积极联络并请求各村的地主乡绅向难民们发放赈灾粮食；组建"盐垦区委员会"，引入现代化的企业制度，建立工厂，发展经济；提出"教育普及，男女平权"的口号，积极筹建学校；面对土匪汉奸的绑架禁锢和攫取盐垦区股份的无耻要求，他宁死不屈。他是一个绝对的理想主义者，认为只要用心做事，就定能成功，"环境？敲碎它呀。困难？在国柱的字典里根本没有这两个字。国柱先生是一位道地的实行家。说起'做'，就非得做不可。"① 理想终败给了残酷的现实，他辛苦筹建的盐垦区先被关德的队伍占领，后又被钢丝马甲的队伍霸占，反抗的庞国柱竟被朱古律锯掉了一条腿。庞国柱的父亲庞学潜则是老式封建地主乡绅的代表。庞学潜痛恨侵略者，主要源于他在大旺村的产业被侵略者毁灭，却不敢反抗侵略者，也不敢反抗侵蚀自己利益的土匪汉奸，害怕财产将在反抗中毁于一旦。他利用自己盐垦区委员会委员的身份，贪污公款、中饱私囊、唯利是图，只求自己家业的壮大。

《沃野》中的李三斗是中国老派农民的典型——强悍倔强与善良质朴、迷信愚昧与英勇无畏、粗鲁冲动与吃苦耐劳的结合。李三斗偏爱长子寿发，对小儿子阿荣终日恶语相向，这源于爱妻生产阿荣时不幸离世，便认为阿荣是灾星，克死了爱妻。当阿荣被土匪汉奸抓住后，李三斗竟下跪为儿子求情。他有着中国农民吃苦耐劳的传统精神，"自己耕起田来，从没哼过一声吃力，打战争中跋涉过来，骨力益发坚硬了。就是做活的时候干不上来，自己相信他还跟儿子们劲道不差到哪儿"。②

阿荣、雅兰是青年农民的代表，面对资本文明的入侵，他们不再安于现状，与土地分离。阿荣不像父兄李三斗、寿发那样依恋土地，这也是李家父子矛盾的根源所在。阿荣在雅兰的介绍帮助下成了盐垦区的一名工人，最终脱离了土地。雅兰曾独自一人到城市的纱厂做工，

---

① 程造之：《沃野》，海燕书店 1946 年版，第 49 页。
② 程造之：《沃野》，海燕书店 1946 年版，第 21 页。

抗日战争爆发后，纱厂被炸毁，她又回到乡村。在城市的经历使她懂得了"资产革命"与"阶级斗争"，"女性独立"与"男女平等"，初步具有了新女性的时代精神。阿荣最初有着农民阶层的某些局限性，懦弱自私、眼光窄狭，囿于小我之中，只希冀赚钱娶妻。在现代文明、时代精神的影响下，他逐渐成长成熟并觉醒，后来主动加入游击队，想要在动荡的大时代中成就一番事业。与之形成鲜明对比的是，曾主动带领盐垦区妇女到委员会示威，要求委员们在新成立的三个工场中为女性安排岗位，喊出过"教育普及，男女平权"口号，作为大旺村乃至盐垦区最早觉醒的青年女性的代表雅兰，最终竟迷失于资本文明之中，为了金钱、为了享乐甘心做了土匪汉奸高皇经的姘头，自甘堕落，被众人唾弃。

在《烽火天涯》中，程造之力图描摹抗战时代都市青年的人生之路，"真正有灵有肉的青年，在这大时代里许多动态"[①]。女主人公慧平性格倔强、要强、敏感，甚至偏执，这源于她自幼丧父丧母，寄人篱下的不幸身世。她的灵魂是孤独的，渴望被爱，且富有爱国心。她开始时对外貌出众、出身军人世家的王亮公充满幻想，到达南京接触过后，却发现自己的未婚夫空有一副漂亮的皮囊，却没有一颗上阵杀敌、保家卫国的雄心，因此失望至极。反而对相貌平平、家境贫寒却与自己灵魂相近的吴昔更倾慕不已。两个青年人在淞沪会战爆发后相继投身前线，南京沦陷后，吴昔更还加入了当地百姓和未能及时撤退的军队组织的游击队。雯官、竟新是慧平的表妹、表弟，二人在爱国青年蒋东平的鼓舞下相继投身革命事业。在小说最后，雯官在战地医院被敌机炸死，将自己年轻的生命献给了抗战事业。赵也诚是一位三十岁左右的护士，她原本也是一个享乐主义者，享受被男人追逐的感觉。抗日战争爆发后，在时代洪流的冲击下，她逐渐改变了自己的生活态度，利用自己的专业做起了战地护士，为抗战事业贡献自己的一

[①] 程造之：《烽火天涯·序》，海燕书店1946年版，第2页。

份力量。

《烽火天涯》中长辈们的角色塑造也极为出彩，作为官方高层的上官伯周有着复杂的人物性格，一方面想借侄女慧平和王亮公的婚事，同王宇结为姻亲，巩固双方的关系；另一方面却对王亮公的荒唐行径尤其是大发国难财的贪污行为感到愤怒与鄙视。一方面想要凭借自己的政治主张和王宇在军方的势力，在政坛大展拳脚；另一方面，在得到撤职的训令后，却没有因仕途的断送而感到愤懑郁结，反而变得轻松洒脱，"赋得归去来兮，十多年宦途可算得了一个结束，我再也不要去钻营，谋官，自己本来'两袖清风'家中薄有田产……君以喻于义，小人喻以利，我非王宇，可以见人说人话见鬼说鬼话的"①。在上官伯周的书房中始终放着一张插着国旗和日本旗的地图，供他每日观察与思考战事走向。被撤职后，他依然关心时局，依然在思考战争的发展变化。作为军方高层的王宇，则是抗战时代投机分子的代表。抗战到底的主张只是为了奉迎上峰、迎合民众，是他求得仕途的一种手段与谋略。在上官伯周得势时，王宇极尽拉拢收买之能事，当上官伯周失势后，则竭力撇清二者关系。抗日战争爆发后，他指使王亮公的副官区振山谎报牧马营军粮遭受轰炸烧毁，实则偷运转卖。撤退到武汉后，故技重施，指使区振山克扣、倒卖军粮，中饱私囊。通过对王宇形象的塑造，揭示并批判了抗战时期政府、军方上层的丑恶世相。

通过对上官伯周与王宇家庭生活的描写，程造之展现了艰苦的抗战时代，政府、军方高层纸醉金迷、夜夜笙歌的丑陋世相。上官伯周在南京城内的月桂巷和郊区的汤山均有府邸别墅，汤山还有一处面积极大的马场和草场。撤退到武汉后，又在法租界租赁了极其奢华的别墅，排场依旧。王亮公用倒卖军粮的金钱在武汉迎紫街为舞女江梦茵租了一所半西式的二层洋房，二人过着花天酒地的日子。见微知著，可推断一切贪腐源头是王宇的奢靡人生。青年一代中，上官伯周的二

---

① 程造之：《烽火天涯》，海燕书店1946年版，第424—425页。

女儿淑贤、上官伯周的年轻姨太费娴如、费娴如的表弟封修士、王亮公的副官区振山、王亮公的情人江梦茵等，均是都市中享乐主义、利己主义的堕落代表。与都市上流社会奢靡享乐的生活相比，都市中的小知识分子阶层更显卑微与黯淡，民生的凋敝、社会的黑暗，使他们勉力挣扎，却仍然无法抵抗残酷社会的迫压。

在程造之笔下，各色社会人物上演各自的命运，演绎出一出出时代的传奇。升腾向上的进步青年、纸醉金迷的达官显贵、迷途忘返的女性、愚昧麻木的民众……在这一份长长的人物画卷中，可见出程造之的才气与野心，他以塑造人物群像的方式，为时代留下了独特的见证。

三 抗战时代社会悲剧的哲理沉思

程造之的现代长篇小说多呈现抗战时代的社会悲剧，但他并没有将社会悲剧的生成简单归结为战争，而是以辩证的理性思维、超越时代的深闳眼光，对战争、生命、命运、人生、人性进行深刻的哲理沉思。在创作过程中，理性沉思转化为哲理化的语言，"叙述多过描写"[1]，灌注于文本之内。

《地下》多处描写了大旺村及周边乡村女性的悲惨命运。程造之以粗粝、血腥的原生态语言，呈现女性被欺侮、被残害的惨状，施害者无疑是侵略者，但程造之借角色之口发出了深邃的哲理沉思，"女人为什么总是这样易于遭难呢？"[2] 这是一个超越历史、跨越时代的哲理命题、命运拷问。在战争中，男人同样在遭受劫难、面临死亡，"男人也不一样在遭难么"[3]。但程造之的视角更为深刻独到、更具人文关怀，更富宏大的视野，指向了"女性"。此处的"女性"已经

---

[1] 巴人：《地下·序》，见程造之《地下》，海燕书店 1949 年版，第 5 页。
[2] 程造之：《地下》，海燕书店 1949 年版，第 284 页。
[3] 程造之：《地下》，海燕书店 1949 年版，第 284 页。

不仅仅是抗战时代的女性，而是一个包含着古往今来、超越国界的名词。睿智、理性的作者化身文本中粗鲁、愚昧的角色，将自我的沉思呈现在读者面前，"不，男人们有枪。没有枪，也有力量。可是女人是不能的，连抵抗的方法都没有的。"[①] 战争毁灭了家园，毁灭了大旺村村民们的生活，在冬日，人们饥寒交迫、流离失所、与亲人阴阳永隔。在呈现人间惨剧的同时，程造之再次化身文本中的角色，反思战争的缘由，揭露人类可怖的欲望和野心，"不好的事情都是野心的人弄出来的。本来没有你争我夺的事，因为只是想弄得自己舒服，自己快活享受，叫苦难让别人去吃，天下坏了，越过越糟了"[②]。在《沃野》中，盐垦区建设失败的社会悲剧与侵略者无关，恰是源于人类的欲望野心——土匪汉奸的屡次侵占，盐垦区内部的一盘散沙、各怀鬼胎。《沃野》的语言相较《地下》更富诗意哲理、更加幽婉折绕，"但一经战争，从上到下便开始毁灭了，已往血汗的灌溉统归于无用。那就像洪水的泛滥一样，经过此番洗涤，人们回到原始去了"[③]，宗教寓言与时代现实相结合，更好地承载和表现作者本人深刻的理性沉思，揭示出战争的恐怖、现实的悲惨。

程造之的现代长篇小说虽以抗战为时代背景，却不囿于描写战争，因此，程造之笔下女性的悲剧命运实际与战争无关。《烽火天涯》的女主人公慧平有着倔强、要强的性格和现代女性的独立精神，她屡次违背伯父的意志，放弃了代表权势、金钱、美貌的王亮公，与出身卑微的吴昔更相恋，并离开伯父的庇佑。但现实的困境——金钱，使慧平不得不再次回到伯父家中，屈从了与王亮公结婚的父母之命。倔强的慧平依然拒绝与王亮公同房，王亮公因情生妒，枪击吴昔更，反为对方所伤，令王宇大怒，赶走了慧平，伯父也与慧平断绝了关系。现实的困境——金钱再次使慧平陷入了困境，她即将临盆，却身无分文，

---

① 程造之：《地下》，海燕书店1949年版，第284页。
② 程造之：《地下》，海燕书店1949年版，第290页。
③ 程造之：《沃野》，海燕书店1946年版，第7页。

幸得赵也诚的相助得以平安产子。此时的慧平终被现实击败，放弃了倔强和理想，给同在医院中治疗的王亮公写了一封发自肺腑的书信，"她为着你的神经错乱，暗暗的抱憾而心痛欲绝呢！从你的气愤出走，并日和吴的决斗，使我深深的痛悔，深深的感觉你并非全无良心……我的心碎完了，但预备为着你而复活起来！我觉得生活感受威胁，枯燥，乏味！我今日才知道吴并不十全十美，而且他毫无信义……亮公，你能宽容我吗，你能饶恕这个曾和你朋友同居已经作了母亲的罪人吗"[①]，希望并恳求得到他的原谅。这封书信是一个象征，象征了以慧平为代表的都市女性的社会悲剧——在金钱的压迫下，对现实的妥协、对自我理想的放弃。作者是要借男女感情问题——未婚先孕，来探索社会问题。

程造之对于世界的理解不脱悲观的本色，因此笔下浮现出一幕幕惨状、一出出悲剧。他以深邃的思索面对纷繁的世界，对战争、生命、命运、人生、人性进行深刻的哲理探寻，彰显出作者灵魂的深度和广度。在程造之那里，悲剧成为人的存在本质，这种悲观主义色彩既是时代使然，也是个人哲学的外化显现。

结　　语

长久以来，程造之的小说一直被学界忽视。他的长篇创作，个人特色鲜明，深刻、全面、细致地刻画了抗战时代的众生相，透视社会问题的千姿百态，书写民族战争中大众的艰难觉醒。程造之饱蘸深厚蕴藉的情感，绘制时代的万千世相，塑造多彩的人物群像，以强烈的人文关怀呵护人性之真，批判人性之恶，对时代人生等重大命题抒发深沉的哲思。程造之的现代长篇小说立意深刻、题材广泛、风格多样、技艺奇巧，为现代文学贡献出别样的审美经验，实属有待开掘的一

[①] 程造之：《烽火天涯》，海燕书店1946年版，第472—473页。

座文学富矿。通过对程造之现代长篇小说创作的综合阐释，钩沉程造之的现代长篇小说，不仅能还原他的文学创作风貌，重审他的文学史地位，对于现代文学来说，程造之的重新"发现"，亦是一种有益的补充。

第十二章 迷路羊·折翅鸟·静水鱼

——王西彦现代长篇小说论

引　言

　　王西彦，1914年10月生，浙江义乌人，原名正莹，又名思善，西彦为学名。1931年7月15日，首次以"王西彦"之名，在南京《橄榄月刊》第15期，发表短篇小说《残梦》。王西彦生平创作了大量小说，长、中、短篇兼具，长篇小说主要有《神的失落》《古屋》《寻梦者》《村野恋人》《微贱的人》《还乡》等。不过王西彦的小说并没有受到学界足够的重视，与其他作家研究卷帙浩繁的文学史著述、研究论文、专著相比，王西彦研究显得十分冷清。

　　王西彦的现代长篇小说有浓厚的自传色彩。作品中的诸多角色、情节多源于自身的亲身经历，"这个人物也并不是我向壁虚构的，他也有实际生活中的模特儿，是我在家乡的一位表哥，我们是县城初中里的同学，曾经很亲近过一阵，甚至被乡里间称之为一对'同穿一条裤子'的小兄弟，只是后来彼此分道扬镳了……这个人物的模特儿，就是当我借住在一座乡间古屋时的屋主，一位曾经是京师大学毕业生的没落官僚地主家庭的子孙"[①]。而且作品多以第一人称限制视角进行

[①] 王西彦：《为同时代人造像》，见艾以、沈辉、卫竹兰、李国燦编《王西彦研究资料》，北京十月文艺出版社1996年版，第210—213页。

叙述①，"《古屋》以后，我又接连写了两部描写知识分子命运的长篇小说，也都是采用第一人称的写法的。可见我并没有从写作《古屋》时所遭受的视野无法展开的限制而改辕易辙。应该承认，这里面有我在写作上的某种偏见，某种不肯认输的固执"②，更加强了作品的自传性色彩，带来了作品的"拟真"幻觉。小说关注知识分子的身份带来心灵的撕扯、呈现抗战之中知识分子的精神困境、揭示女性的悲惨命运，在低沉悲凉的底色中透出人性关怀的暖光。

一　迷路羊

王西彦现代长篇小说主人公的阶级身份，表现出农民与知识分子的交葛，这源于王西彦本人真实的人生经历。王西彦正是由农村"闯入"城市的知识分子。"我出身于浙东一处偏僻的山区农村，叔伯嫂婶们都是贫穷的农民……而我却是从小就在农村里长大，少年时代还曾经以一个小农民的身份下过稻田，当过牧童……我的叔伯嫂婶们虽都是贫苦农民，父亲却是农村的私塾师。他出于一个小知识分子的野心，把我送到县城里去进新式的高小和初中，后来又由于自己的努力，争取到省城读高中程度的公费师范学校，接着又得到一个到著名的北方文化古城读大学的机会，使我成为知识分子，从此长期置身于知识分子阶层"③。王西彦本人出身于农民阶层，后来在父亲的安排以及自身的努力下，完成了从农人到大学教授的蜕变，并走上了文学创作的道路。王西彦将个人经历投射到小说主人公身上，表现出双重身份给人物心灵带来的矛盾与撕扯。

---

①　王西彦：《关于〈古屋〉的写作》，见艾以、沈辉、卫竹兰、李国燦编《王西彦研究资料》，北京十月文艺出版社1996年版，第321页。
②　王西彦：《关于〈古屋〉的写作》，见艾以、沈辉、卫竹兰、李国燦编《王西彦研究资料》，北京十月文艺出版社1996年版，第330页。
③　王西彦：《在生活的迫促下——为意大利〈人和书〉杂志作》，见艾以、沈辉、卫竹兰、李国燦编《王西彦研究资料》，北京十月文艺出版社1996年版，第134—135页。

《古屋》取材于王西彦1941年冬在湖南东部乡间一座类似古堡的大屋中的所见、所闻、所感。"从1941年冬起,我曾经在湖南东部的乡间住过一个较长的时期。那是一个中等大小的村子,离县城有二十多里路,应该说是比较偏僻的。可是,村子里却有着一所类似城堡的大屋,几乎占据了全村的小半面积。我在大屋里见到了形形色色的人,这些人的故事成为小说素材的重要来源"①。在《寻梦者》和《神的失落》中,王西彦则将自己曲折复杂的人生经历,几乎原封未动地照搬到主人公成康农和马立刚身上。他们在家族殷切的期盼下,通过读书改变了命运,从农民变成了知识分子。

在他们的父辈和家人看来,他们摆脱了农人的身份,实现了阶级的跨越,光耀了门楣、交了好运,迎来了"一个新命运"②。实际上,双重的阶级身份,造成了他们身份归属的迷茫,以及心灵的矛盾和人生的苦痛。他们在城市中难以适应,而又被乡村当成"另类",不管在乡村还是城市,自我认同感都是缺失的。在成康农、马立刚的内心深处,他们对土地、农民充满了依恋热爱和赞美同情,悲凉的乡土中有温暖的人性,"正因为我自己是个读书人,我才要娶一个乡下女人;我想象我这样的人,读书真不如种田好"③;对都市则鄙夷不屑,"在目前的抗战之中,都市并没有好好为民族国家效劳服务,正相反,它只在消耗有用的血液,散播有毒的病菌。戴着神圣的帽子,被逼迫着去支持这场战争的,却是那些原来就生活在困顿无告的境况中的农民们。他们才是真正的牺牲者……农民所受痛苦越大,他们便越能荒淫无耻。我在都市里生活了十年,什么丑恶我不知道!"④ 在都市人的眼中,他们依然是农民,省城的同学把马立刚视为"怪物",他们本就不属于都市,在那里他们找不到自己的归宿。但在农民的眼中,他们

---

① 王西彦:《关于〈古屋〉的写作》,见艾以、沈辉、卫竹兰、李国燦编《王西彦研究资料》,北京十月文艺出版社1996年版,第330页。
② 王西彦:《神的失落》,新禾社1945年版,第11页。
③ 王西彦:《神的失落》,新禾社1945年版,第13页。
④ 王西彦:《寻梦者》,中原出版社1948年版,第93页。

已然不是同类人了，而是"高人一等"的读书人，"在哥哥们眼里，他如今业已是读书人了……一个读书人怎么还可以耕种田地呢……他不应该再留在家里，因为他业已不再是农人了"①。被他们视为故土的农村，早已没有了他们的安身之地。

身份归属的迷茫，使他们的内心充满了矛盾与困惑，"你是一个农家之子，在你的性格里隐伏着一个农民的气质。但同时你究竟还是一个知识分子，受过都市的熏陶，你的思想和感情都和真正的农民不一样"②。矛盾阶级身份更是导致了他们人生的苦痛，成康农爱上了单纯善良又美丽泼辣的农家女赛男，希冀能与她在乡间厮守终生。赛男不同于成康农，她是一个纯粹地道的农民，没有读过书，生活在社会的最底层，战争爆发后，又成了一个难民，背井离乡、颠沛流离。成康农对赛男施以了最大的援手，尽全力帮助保护她。赛男对成康农充满感激之情，早已芳心暗许。面对成康农的求爱，她却果断地拒绝了，因为在她看来，自己与成康农之间有着无法逾越的阶级鸿沟和身份差距，"她妈告诉她的，鸡归鸡，鸭归鸭，她和我是不同的人，她是一个难民，我却是一个'读书先生'，麻雀不能跟着雁儿飞，她不能'高攀'我"③。根深蒂固的传统思想尤其是那积重难返的阶级意识，已然深深烙印在赛男的脑海之中，令赛男虽愿为成康农当牛做马，却不敢与其相爱相恋，这让成康农陷入更深的幻灭之中，城市和乡村，都没有他们精神的出路，成康农和马立刚成了在城乡之间彷徨的迷路羊。

二 折翅鸟

"折翅鸟"既是王西彦一部短篇小说的题名，亦是其现代长篇小说中知识分子的主要形象特质，"我认为在一个悲剧的时代和畸形的

---

① 王西彦：《神的失落》，新禾社 1945 年版，第 15 页。
② 王西彦：《寻梦者》，中原出版社 1948 年版，第 135 页。
③ 王西彦：《寻梦者》，中原出版社 1948 年版，第 250 页。

社会里，知识分子几乎大都是折翅鸟——不仅是肉体上的，尤其是精神上的。别看他们有的努力往上爬，事实上也的确栖上了高枝；有的甘于沉落，自暴自弃，甚至饥饿而死；有的满腹牢骚，尽力挣扎，以求苟活；诸如此类，表现各异。其实，他们谁也没有真正挣脱折翅鸟的命运"①。

成康农、马立刚是感伤避世的"折翅鸟"的典型。成康农由农民蜕变为知识分子的人生之旅，也是他的家庭由小康走向贫困的悲剧变迁。所以，在求学时期，成康农就已经表现出了悲哀避世的人生态度，他逃避着父亲背负巨债供他求学的家庭，"毕业之后，因为无力偿还这笔巨大的债，我便既不敢写信也不敢回家，一味逃避着他，直到他的离开人世"②。在都市谋生时，他近乎偏执地鄙视痛恨都市的一切，"山野间最坏的坏人，比之都市里最好的好人，仍然是好人……都市里的人呢，表面上他们个个都是温文尔雅，聪明机智，一切举止言谈，莫不合乎礼节；但在他们内心，却个个都是卑鄙龌龊，奸诈百出，都是一些用无形大刀杀人的盗匪……乡下女人的恋爱，表现着一种赤裸无伪的人性，可是都市女人的恋爱，便完完全全是一种卑恶无耻的骗局"③，因此，他又逃离都市，来到山中养病。在山中养病时，把自己全部的人生感情寄托于农家女赛男身上，"她是我来这山中的第一个朋友……是我有生以来的第一个真正的朋友"④。面对全民抗战的时代烽火，他以冠冕堂皇的理由，再次选择了逃避，"人类是多么残忍，多么愚蠢！幸而宇宙毕竟广大，在举世滔滔的世代里，还容许我们在这穷乡僻壤之中，在卑微的人群里面，寻觅善良而纯真的灵魂"⑤。赛男就是那个"善良而纯真的灵魂"，令折翅的寻梦者成康农找到自己

---

① 王西彦：《自传》，见艾以、沈辉、卫竹兰、李国燦编《王西彦研究资料》，北京十月文艺出版社 1996 年版，第 14 页。
② 王西彦：《寻梦者》，中原出版社 1948 年版，第 30 页。
③ 王西彦：《寻梦者》，中原出版社 1948 年版，第 31—32 页。
④ 王西彦：《寻梦者》，中原出版社 1948 年版，第 37 页。
⑤ 王西彦：《寻梦者》，中原出版社 1948 年版，第 53 页。

暂图生存的狭小目标，寻求一个躲避风雨的港湾。

马立刚曾在都市中受到过爱情的伤害，由一个在风雨中向时代呐喊的无畏爱国者，变成一个为爱自杀的消极避世者。最后，万念俱灰的他移居到一座偏僻的小城疗伤避难。在这里他像成康农那样，找到了感情的寄托、避风的港湾——"灵魂太纯洁"[①] 的高小筠，"一个人的生命必须有它的支撑物，高小筠便是我生命的支撑物；这些年来，我简直就是为了她而生活的。如果没有她，我的生活便将成为完全的空白"[②]。马立刚将爱情看作生命的唯一支撑物，企图躲入与世隔绝的爱巢，忘却人世间的苦难。成康农、马立刚将自己的感情寄托于相爱的女性身上，希冀从爱人那里得到心灵的慰藉，从而逃避现实。赛男、高小筠是他们生活的避风港，更是他们生命的支撑物，因此，成康农、马立刚对赛男、高小筠表现出了一种偏执的依赖和爱恋，将爱情当作自己生命意义的确认，"我一直都是为了她而生活，一切都是为了她而安排——她很早就已经是我生命的支撑物，是我用全生命供奉着的神……我说过我是用着自己的全生命作孤注，押掷在对她的爱情上面；我的命运之杯一向盛满着悲苦，靠着她，我才能使它盛满幸福。她应该知道她给我的报偿，在我的生命里占着怎样重要的位置"[③]。

《古屋》中的主人公孙尚宪，亦是大时代中的一只无法飞翔的孤鸟。他既是没落的封建地主，又是出身京师大学的知识分子。面对家势的衰败，只能无奈做起了一个不纯粹的伊壁鸠鲁主义者。他自诩追求"生活上的享受"[④]，这其实只是一种无力阻止家势衰落的借口，以此逃避现实。孙尚宪承认他的伊壁鸠鲁主义的实质"是在日亟的世变之中退隐养晦"[⑤]，带有明显的"'颓废'倾向"[⑥]。不同于马立刚、成

[①] 王西彦：《神的失落》，新禾社1945年版，第22页。
[②] 王西彦：《神的失落》，新禾社1945年版，第22—23页。
[③] 王西彦：《神的失落》，新禾社1945年版，第171—172页。
[④] 王西彦：《古屋》，文化生活出版社1946年版，第11页。
[⑤] 王西彦：《古屋》，文化生活出版社1946年版，第7页。
[⑥] 王西彦：《古屋》，文化生活出版社1946年版，第11页。

康农安享避世的人生态度，孙尚宪内心深处依然有着入世——重振家势的人生期待。作为知识分子，他谈吐优雅、举止得体，颇具名士风范。寄宿在孙家的贫苦难民去世后，他出资安葬。在古屋中，他又是辈分最高的封建统治者，竭力维持一个最有秩序、最体面的封建家庭。孙尚宪的姨太太因无法忍受封建家庭的压抑专制，投井而死。哑巴侄子的媳妇要反抗逃离这个家庭，孙尚宪便指使人将她毒打拘禁，最终将其逼疯致死。

孙尚宪以一种看似理性的方式表述自己对战争和快乐主义、生活享受的关系问题，"我赞成抗战……我决不对抗战存什么怀疑之心！抗战是一种壮烈之举，是一个民族的英雄行为……物价高涨了，货物缺了，时局紧张了，飞机来了……这一切全都妨碍着生活的享受。可是问题也就在这里。一个真正的有修养的快乐主义者，就得在生活享受的不可能中寻求可能，在乱难中寻求平静，在苦难的世界里自享安乐……只有在不能兼容中寻求其可容之道，这才是哲学的真谛，才是生活的艺术"[1]。孙尚宪对抗战爆发后的社会现状颇有怨言，又故作清高地为自己的消极避世寻找冠冕堂皇的借口，因此，他的表述并非客观理性的阐释，而是一种自欺欺人的感性表述，"他应该是一个困处绝境的人，他所有的言行，都为了自欺欺人，掩盖自己可悲的处境"[2]。只是碍于身份面子的原因，他的感性情绪以理性的外壳进行了包裹掩饰。

孙尚宪、成康农、马立刚代表了"愁眉苦脸的观望者和垂头丧气的悲观者"[3] 消极避世的人生态度，成康农、马立刚在抗战的烽火中将小我沉溺于爱情的港湾之中，而孙尚宪则将自我藏匿于"伊壁鸠鲁主义"之中。这些知识分子陷入精神困境，背后实则是由于作为知识

---

[1] 王西彦：《古屋》，文化生活出版社1946年版，第23—25页。
[2] 王西彦：《关于〈古屋〉的写作》，见艾以、沈辉、卫竹兰、李国煤编《王西彦研究资料》，北京十月文艺出版社1996年版，第329页。
[3] 王西彦：《关于〈古屋〉的写作》，见艾以、沈辉、卫竹兰、李国煤编《王西彦研究资料》，北京十月文艺出版社1996年版，第328页。

分子无力回天的溃败与出逃。他们无力解决纷乱的社会问题，历史赋予的使命、改造社会的雄心、唤醒民众的重担都是他们无力承受的，因此他们只有学鸵鸟一般自我嘲弄，"除了沉入灰心绝望的深渊，转向个人暂图生存的狭小目标，为自己寻求一个躲避风雨的港湾，还能有什么办法呢？"①。王西彦深刻揭示出知识分子在动荡时代中的歧路彷徨，立体呈现出现代知识分子矛盾的心灵状态，"在惊涛骇浪的考验中，从知识分子身上的确呈现出他们充分的复杂性"②，他的"追寻三部曲"，为知识分子奏响了一曲低沉的末世哀音。

三 静水鱼

王西彦在文章中不止一次提及童年在乡村中见证旧社会农村妇女的悲苦人生。尽管是小康之家，王西彦的姐姐们仍然摆脱不了农村女性的悲惨命运。她们自小都被抱走当了童养媳，终生陷入苦难，这样的悲剧遭遇给王西彦的心灵蒙上了沉重的阴影。"从我三个姐姐的经历，自然可以看出当时农村妇女的命运……被'抱'去当童养媳只是女孩子的一种'出路'。有的女婴侥幸没有被绝望的母亲趁她刚一出世就塞进尿桶，等到长到五六岁或十来岁，如果眉眼比较清秀，就有另一种'出路'在等待着她——被人贩子送到乌镇去转卖……不止一次，我曾用上面的记忆，来解释自己过去作品里为什么多描写农村妇女苦难生活的原因"③。因此，他在长篇小说中注重书写女性的悲惨命运，思考造成女性悲剧命运的根源所在。

王西彦小说中女性的命运，总是格外的悲惨，如静水里的鱼，无

---

① 王西彦：《为同时代人造像》，见艾以、沈辉、卫竹兰、李国㸌编《王西彦研究资料》，北京十月文艺出版社1996年版，第208页。
② 王西彦：《关于〈古屋〉的写作》，见艾以、沈辉、卫竹兰、李国㸌编《王西彦研究资料》，北京十月文艺出版社1996年版，第328页。
③ 王西彦：《我怎样学习写作——向故乡文学青年谈创作》，见艾以、沈辉、卫竹兰、李国㸌编《王西彦研究资料》，北京十月文艺出版社1996年版，第143页。

法游动和呼吸，只有任人宰割的命运。战争前，赛男在自己的家乡，同父母一道给东家打工。东家少爷觊觎赛男的美貌，将其玷污，后来父亲操劳致死，赛男只能与母亲相依为命，战争爆发后，与母亲逃离家乡，成为难民，颠沛流离，饱尝人间苦难。高小筠面对封建家庭和黑恶势力的双重威逼，被迫嫁给了自己的恶霸表哥做侧室，终日遭受正室的辱骂毒打，还被表哥传染上性病，最后瞎了双眼，浑身肿胀溃烂，香消玉殒。《村野恋人》中的小金兰与庚虎私订终身，却因庚虎是外姓人，小金兰的父母竭力反对二人相恋，准备强迫女儿嫁给城里有钱有势的表哥，庚虎后来被日本侵略者残忍杀害，无助的小金兰只能独自面对自己悲苦凄凉的人生。《古屋》中的封建大家庭孙家，是一个摧残女性的魔窟，以孙尚宪为代表的封建父权、夫权的掌管者，对家中的女性进行着惨无人道、杀人不见血的精神迫害和折磨，逼死、逼疯了诸多女性。

《微贱的人》更是一首旧时代农村妇女的命运悲歌。银花和母亲自幼遭受父亲的辱骂毒打，父亲死后，他的一个狐朋狗友霸占了银花的母亲，并把银花像牲口一样贩卖到山里，"于一个浓黑的深夜，趁她熟睡时，几个健壮的男人把她紧紧绑了，用湿棉花塞住她的嘴，匆匆关在一顶闷轿子里，抬到现在这山村里来了，那时她才十五岁"[①]。银花被贩卖到虾蟆村后，虽然婆婆大甲婶婶和丈夫对她疼爱有加，但村里其他人对这个被贩卖来的山外漂亮女人充满了敌意和觊觎。尤其是丈夫不幸病死后，丈夫偏私贪婪的堂弟陶八月妄图霸占银花和大甲婶婶的微薄家产田地，霸道蛮横的堂弟媳八月嫂自始至终都看不起这个被贩卖来的堂嫂，终日以最下流、最恶毒的语言辱骂欺侮银花。本村的塌鼻狗、茂虎以及邻村的牛二坤，觊觎银花的美貌，均想要占有她。牛二坤最终得到了银花的芳心，令其怀孕。银花与外村人通奸，使本村的青年们大为恼火，感觉丢了面子，塌鼻狗半夜猥亵银花进行

[①] 王西彦：《微贱的人》，晨光出版公司1949年版，第12页。

报复，当兵回村的茂虎则直接强暴了银花。两人侮辱银花后，还不忘向众人炫耀。乡邻们不去谴责施暴者，反而指责唾骂银花不守妇道。在全村大多数人的恶语相向和欺压施暴下，银花被逼疯最后投河自尽。

　　上述女性悲惨命运的成因，一方面源自黑暗罪恶的社会、强大顽固的封建势力；另一方面则源于扭曲的宿命观念和病态的国民性作祟，这是王西彦竭力呈现与反思的。王西彦现代长篇小说中的主人公，对命运总是有着深深的疑惧和崇拜，"生命掌握在命运手里"[①]。面对自己悲惨的命运，某些女性虽然表现出了一定的反抗，如《古屋》中的廖慧君就在好友秦一冰的帮助下，最终逃离了那座象征着腐朽和毁灭的古屋。但绝大多数的女性最终还是没有摆脱悲剧的命运，臣服于命运的安排，"问题还不只在物质生活上可怕的贫困，更在精神方面可怕的麻痹。他们处于食不果腹、衣不蔽体的困境，却认为自己罪有应得，用世代相传的宿命观念和忍受哲学来安慰自己，把改变命运的希望寄托给渺茫的来世"[②]。当银花和自己被欺侮得奄奄一息之时，大甲姆姆依然固执地坚守"有谁能逃出命运的播弄"[③]的人生信条，劝慰儿媳"听天由命"[④]。《村野恋人》中凤尾村民显然要比《微贱的人》中虾蟆村村民善良，但对命运的疑惧和崇拜则不遑多让。凤尾村民对外姓人庚虎敬而远之，"这一家异姓人，便一直孤零而穷困，从来不曾发迹过。最足以做这种不幸命运的注脚的，就是这家属的每一代，几乎无例外都是单传……这种不幸命运，仿佛和财产一样，也可以携带到别的家庭里去……这种情形，逐渐成为一种迷信。所以这不幸的家属，非但永远孤零穷困，并且在婚姻嫁娶上，也居于一个非常不利的地位"[⑤]。当得知小金兰与庚虎私下恋爱后，不但小金兰的父母在宿

---

① 王西彦：《寻梦者》，中原出版社1948年版，第100页。
② 王西彦：《在生活的迫促下——为意大利〈人和书〉杂志作》，见艾以、沈辉、卫竹兰、李国燦编《王西彦研究资料》，北京十月文艺出版社1996年版，第135页。
③ 王西彦：《微贱的人》，晨光出版公司1949年版，第11页。
④ 王西彦：《微贱的人》，晨光出版公司1949年版，第297页。
⑤ 王西彦：《村野恋人》，东南出版社1945年版，第14—15页。

第十二章 迷路羊·折翅鸟·静水鱼

命论的影响下坚决反对，甚至其他乡人也以一种臣服于命运的"正义感"，去横加干涉指责，"女店主春五娘，更热切地希望着这事情不致成为事实。她的希望，自然是由于爱护小金兰。她觉得像小金兰那样聪明漂亮的姑娘，终于配上一个读书人才好……何况安隆奶奶家是一个有着传统不幸的命运的家庭，她简直不敢去想象小金兰的将来。因此，这位多情善感的小孀妇，想起自己不幸的身世，便把愈益瘦弱了的女儿拉到身边，红起眼睛，吸着鼻子，认真要流出伤心的眼泪来了"[①]。可见世代相传的宿命观念依然深入人心，扭曲摧残着国人的精神与生命。

除了扭曲的宿命观念外，王西彦揭示了病态的国民性亦是造成女性悲剧命运的帮凶。麻木愚昧、幸灾乐祸、自私冷漠、奴性十足、好勇斗狠的庸众和看客们，在王西彦的现代长篇小说中俯拾即是。小金兰和庚虎恋爱的消息传到乡邻耳中后，成为大家茶余饭后热议的话题，众人表达着自己的看法与"关心"，"在一番惋惜之余，人们——尤其是女人们，便会以幸灾乐祸的口吻说，不要紧，小金兰的父母不会让她嫁给庚虎的，他们的恋爱不会有一个愉快的结局。仿佛从这种论断上得到安慰了，于是大家便以一种冷静而带有几分残酷的欲念，注视着事态的进展"[②]。塌鼻狗猥亵银花后，乡人们在每日的夜谈会上，不是批判塌鼻狗的恶行，反而是指责银花，认为这件事的主动者绝不会是塌鼻狗，而是水性杨花、不守本分的银花，"坚持这种看法最有力的一个，便是元宝婶婶，在平时，她原是一个惯和塌鼻狗为敌的人……但在这件事情上，她却以非常的大量原谅着他了，坚执地认为像塌鼻狗那样没有用的人，如果没有她的逗引，即使敢于躲在新嫁娘床下老鼠叫，也决不敢去爬银花的墙头……她简直把所有的辱骂和轻蔑都倾倒在银花身上了"[③]。面对弱者银花，以八月嫂、元宝婶婶、

[①] 王西彦：《村野恋人》，东南出版社1945年版，第224页。
[②] 王西彦：《村野恋人》，东南出版社1945年版，第68页。
[③] 王西彦：《微贱的人》，晨光出版公司1949年版，第228页。

塌鼻狗、茂虎为代表的庸众表现出好勇斗狠、辱骂诋毁、欺侮迫害的蛮霸品质；而面对官府种种的压榨盘剥，他们又变成了奴性十足的弱者，"对于抽丁、征粮以及各种捐税徭役，他们吞咽着层出不穷的怨恨和愤怒，然而他们究竟是忍受惯了的，在谈论着的时候，也只是徒然地发泄着各人的感受"①。这些国民性的弱点，"不仅使他们成为'毫无意义的示众的材料和看客'，而且常常成为'吃人'者无意识的'帮凶'"②。病态的国民性是造成底层民众悲惨命运的重要缘由，"'吃人'的封建思想已经深深地渗透到民族意识和文化心理结构之中……大量的受害者往往并不是直接死于层层统治者的屠刀之下，而是死于无数麻木者所构成的强大的'杀人团'不见血的精神虐杀之中"③。

王西彦在创作现代长篇小说时，化身心理学家、社会学家，探究扭曲的宿命观念和病态的国民性，特别是农村女性遭受的心灵和肉体的双重摧残，"有人却永远过着黑暗寒冷的生活，求生不得，求死也无门；有人则更在从事最毒辣的人性杀戮，在作着酷刑（不仅对于肉体，更对于灵魂）的司令人，这是一个怎样的世界"④。在悲愤的笔调中，蕴含着深刻的批判、深邃的思考、深沉的观照，于其中展示出作者温柔敦厚的人文关怀。

结　语

王西彦的现代长篇小说，洋溢着浓厚的知识分子气，表现出独特的审美品相。小说展现农村知识分子的双重身份带来心灵的撕扯、绘制抗战之中知识分子的精神困境、描绘女性的悲惨命运。然而，不管

---

① 王西彦：《微贱的人》，晨光出版公司1949年版，第286页。
② 张光芒：《中国近现代启蒙文学思潮论》，山东文艺出版社2002年版，第272页。
③ 张光芒：《中国近现代启蒙文学思潮论》，山东文艺出版社2002年版，第272页。
④ 王西彦：《古屋》，文化生活出版社1946年版，第205页。

是迷路的羊，或是折翅的鸟，还是静水的鱼，作者都对他们流露出同情与关怀，悲凉的哀音中仍然透出坚韧的人性向往，表现出作家的勇气与承担。他为动荡时代下的精神与人心留下了一份可贵的见证，在此意义上，王西彦的作品不应该被忽略。

第十三章 原欲·命运·觉醒

——女性主义视角下碧野现代长篇小说论

引 言

　　碧野,原名黄潮洋,祖籍广东省大埔县,1916 年 2 月生于粤、赣、闽三省边界。碧野善于撰写小说、散文。20 世纪 40 年代,碧野出版了多部长篇小说。主要有 1944 年 3 月,三户图书社初版的《肥沃的土地》,这是碧野的第一部长篇小说;1944 年 6 月,群益出版社初版的《风砂之恋》;1946 年 6 月,建国书店初版的《没有花的春天》;1947 年 2 月,新新出版社初版的《湛蓝的海》。碧野小说反映广阔的社会现实,表现人民的挣扎、青年人的选择,情节生动曲折,人性形象生动。不过学界对于碧野小说的研究并不充分,《碧野的创作道路》《作家的形象记忆——碧野创作心理研究》等论著关注碧野的创作道路概貌和创作心理,杨义用专节介绍了碧野的作品,指出其风格具有"北方原野的忧郁"与"南国山海的强悍"。也有论者对碧野四十年代的长篇小说进行了梳理,指出其"视野较开阔,题材多样,成果丰硕,风格自由洒脱"[1]。不过,研究者很少注意到碧野在小说中对于女性形象、女性命运、女性欲望的关注。借助女性主义视角,去探究碧

---

[1] 张江元:《论碧野四十年代的长篇小说》,《长江师范学院学报》2018 年第 6 期。

野对女性隐秘的原欲的深描、女性悲惨的命运的摹写、觉醒女性形象的刻画,剖析碧野在小说中表现出的现代的女性观,呈现碧野小说的多元面向。

一 女性原欲的探秘

碧野的第一部长篇小说《肥沃的土地》是以河南农村为写作背景,描写了以王天顺为代表的地主阶层对农民的压榨、以老癞为代表的富农阶层的吝啬贪婪,以及农人的无知愚昧①。

小说塑造了诸多生动的女性人物形象,对女性欲望进行的深描。在作品中,碧野以细腻的笔触直面小说中主要女性角色花猪、小桂花、水獭媳妇的隐秘原欲——力比多,"除了性部位造成的性兴奋,全身各器官也都是性兴奋的源泉……我们可以建立起一种原欲量子的概念——'自我原欲'(ego-libido)"②。原欲是生命力的象征,自我原欲的释放,是生命力的张扬。碧野揭开女性欲望的面纱,搁置道德评判,大胆描绘女性的隐秘欲望,表现出对于女性生命的深层观照。

小桂花与花猪是村中最耀眼的两个存在,小桂花是村中最美丽的女性,而作为王天顺填房的花猪,则是村中最富有权力的女性。她们欲望的对象均为破箩筐——村中最具有力量和魅力的男性。花猪从年老体衰的丈夫那里得不到任何肉体与心灵的慰藉,"王天顺的干瘦得像老山羊的胸脯,使她恶心,王天顺的满嘴巴吐出来的浓浊的臭气,使她不敢开畅的呼吸"③。与之相反的是,破箩筐有着令她沉醉的肉体和青春的气息,"他那搭挂着汗衫子的肩膀,他那开始生出黑森森汗毛来的隆起的胸脯,他那粗健的脖子,简直比得上一块拴牛石"④。这些性感突出的第二性征令她"感觉到一种饥渴,感觉到一种被欲火烧

---

① 茅盾:《读书录:读书杂记》,《文哨》1945 年第 1 卷第 1 期。
② [奥] 西格蒙德·弗洛伊德:《性学三论》,贾宁译,译林出版社 2015 年版,第 91—92 页。
③ 碧野:《肥沃的土地》,三户图书社 1944 年版,第 119 页。
④ 碧野:《肥沃的土地》,三户图书社 1944 年版,第 119 页。

焦了心灵的痛苦"①。花猪为了释放压抑已久的自我原欲,先是与家中的用人皮猴暗度陈仓,又在丰收后,以保护粮食免被土匪强抢为由,让王天顺安排佃农破箩筐来家中守夜,从而为欲望的释放创造机会。

小桂花与破箩筐青梅竹马,但她的母亲为了利益和生存把女儿嫁给了夹尾巴狗。破箩筐在好友黄老五的帮助下,趁着小桂花独自出村探亲的时候,在野外与爱人进行了交媾。小桂花打破伦理道德禁忌的源泉既有爱情的力量,但更多的还是一种原欲的驱使,因为小桂花面对破箩筐的挑逗,始终保持着一份理智,但当她"用两只手抵住他结实的胸脯"②时,这份理智被汹涌的欲望击碎了,她放弃了一切虚伪的抵抗,"立即她的手就软弱了下来,他的宽大的肩膀已经压到她的胸脯上来了"③。水獭在船上打工,由于工作性质的原因,与妻子聚少离多,当丈夫回家后,水獭媳妇望着丈夫"把他那结实的粗大肩膀压在炕沿上"④,就像花猪和小桂花那样,沉醉于男性突出性感的第二性征,"为她的男人的健壮的身子所迷惑住了,她的心轻轻地跳动起来"⑤。此时的她急切渴望释放压抑已久的热力,"一种不可抑止的热力随着她的血液在周身燃烧"⑥,与久未谋面的丈夫化为一体。

"女人的性欲同男人的性欲一样发达"⑦,对于女性欲望的细致呈现,正是作者出于对女性生命力的呵护和体认。《风砂之恋》中的茜茜是一个交际花,她周旋于各种男性之间,一方面是为了满足自己的物质欲望;另一方面则是为了倾泻自我的原欲。她对性的态度确实影响到了女主人公林晶,是林晶在乱世中堕落腐化的一个重要外因,"对年轻女人来说,只要献出自己的身体,就可以融入特权阶层,这

---

① 碧野:《肥沃的土地》,三户图书社1944年版,第119页。
② 碧野:《肥沃的土地》,三户图书社1944年版,第163页。
③ 碧野:《肥沃的土地》,三户图书社1944年版,第163页。
④ 碧野:《肥沃的土地》,三户图书社1944年版,第60页。
⑤ 碧野:《肥沃的土地》,三户图书社1944年版,第61页。
⑥ 碧野:《肥沃的土地》,三户图书社1944年版,第61页。
⑦ [法]西蒙娜·德·波伏瓦:《第二性Ⅰ》,郑克鲁译,上海译文出版社2011年版,第63页。

样一个阶层的存在，几乎是不可抗拒的诱惑"①。

水獭媳妇同自己的丈夫水獭释放自我的原欲合情合理。而花猪和茜茜与不同男性释放自我的原欲，则源于她们优越的社会身份和享乐的人生信条。因此，上述女性在释放原欲之时，是完全不会存在恐惧之感的。但小桂花和林晶不同，当她们释放欲望时，内心实则充满了矛盾和忧惧。小桂花已是有夫之妇，而林晶则以处女身份为傲，操守和贞洁是本人也是社会为其设定的"枷锁"，一方面，她们不愿主动打破这种枷锁；另一方面，她们的内心深处又渴望着男性的爱抚和追逐。小桂花始终对破箩筐念念不忘，林晶则享受被不同男性追逐求爱的感觉。当林晶被沈梦海和杨经理强占，小桂花与破箩筐交媾后，她们表现出了痛苦与恐惧的精神状态。林晶的痛苦源于她需要沈梦海和杨经理在物质上的资助，却又不想成为他们的玩物。小桂花的恐惧则源于她害怕自己与破箩筐偷情被丈夫及同村人获悉。因此，林晶十分痛恨与沈梦海和杨经理的交往，但为了物质欲望的实现，又不得不虚与委蛇。小桂花十分渴望破箩筐的肉体，却又惧怕传统的伦理道德，尤其是怀孕后，更是焦虑不安，"她正为自己肚子里的东西发愁呢……当孩子带着一副箩筐相从肚子里爬出来的时候，自己的丈夫会暴跳起擂打她；自己的娘会哭着来谴责她；老癫会遍村子去叫着喊着……一想到这里，她不觉停下纺车来深深地叹了一口气"②。

碧野以细腻的笔触深入女性的精神世界之中，对其进行了深刻的解剖，对花猪、水獭媳妇的性欲进行了细致的描绘。尤其是通过对小桂花和林晶矛盾欲望的刻画，揭示出女性处于被阉割欲望、生命力被压抑的状态，寄寓了作者的同情与关怀，彰显出现代的女性观，"女人会害怕破坏童贞、插入体内、怀孕、痛苦，这种恐惧抑制

---

① ［法］西蒙娜·德·波伏瓦：《第二性Ⅱ》，郑克鲁译，上海译文出版社 2011 年版，第 544 页。

② 碧野：《肥沃的土地》，三户图书社 1944 年版，第 190—191 页。

她的欲望……吸引和拒斥这两者不可分割的综合标志了女性欲望的特点"①。

二 女性命运的摹写

碧野在其现代长篇小说中,以历史唯物主义的笔触,真实细致地摹写了女性的悲惨命运,揭示女性被侵害、被压迫的悲惨处境,为困在幽深谷底的女性呼号呐喊,寄寓深厚的同情与人道关怀。《肥沃的土地》《没有花的春天》《湛蓝的海》均是以农村为题材的创作,因此,碧野首先关注和呈现的是农村妇女艰辛劳苦、悲凉无助的日常生活状态。《肥沃的土地》中的水獭、《没有花的春天》中的阿兴,为了生计终日奔波在外,他们的妻子水獭媳妇和阿艾则需要承担起整个家庭的重担,这实际是农村已婚妇女的生活常态,"婚姻的负担对女人来说远远比男人沉重……农妇在家庭经济中起着一种极为重要的作用,她与男人共同承担责任……她的具体条件要艰苦得多……她参加重体力劳动……她要完成生育和照料孩子的艰苦负担……农村劳动把女人逼到役畜的地位"②。

水獭媳妇生育了四个孩子,其中最小的孩子尚在哺乳期。水獭媳妇终日靠纺纱来维持生计,为了生存,水獭媳妇带着孩子们,春季捡拾野菜,秋季则去他人的耕地上捡拾收割后掉落的麦种充饥。水獭在一次外出打工后数月未归,水獭媳妇苦苦支撑着这个贫困的家庭、艰难抚育着幼小的子女,"她天天在家门口纺纱等着她丈夫的回来……她的那个生病的婴孩在高热中咽了气……她在悲痛中恸哭起来,但是掉不下一滴眼泪,因为她的眼泪早就为她的贫苦和忧伤流干了。从几

---

① [法]西蒙娜·德·波伏瓦:《第二性Ⅰ》,郑克鲁译,上海译文出版社2011年版,第73页。

② [法]西蒙娜·德·波伏瓦:《第二性Ⅰ》,郑克鲁译,上海译文出版社2011年版,第192—193页。

天前起,水獭他媳妇就到王府来卖乳了……让她每天清早挤下一杯乳来给王天顺吃。她就用这半个月两块钱的报酬,来养活她的几个孩子"①。阿艾与水獭媳妇相似,当丈夫阿兴外出打工后,阿艾除了日常的劳作外,为了糊口还要额外寻找工作——为驻扎在村中的军队洗衣。从工作上看,水獭媳妇去地主王天顺家卖乳远比阿艾为军队洗衣要幸运得多。这些士兵面对侵略者胆小如鼠,面对百姓则作威作福,恶行罄竹难书。阿艾给兵匪洗衣,无异与虎谋皮,终日要面对他们的打骂、克扣、骚扰,后来还被强制拉去充当苦力,兵匪还轮奸了阿艾,"一直到第六天的傍晚,阿艾才满身汗臭的跑回家来,她的眼圈是怕人的青肿,两条腿一拖一拉的,长久没有梳理过的头发乱得像鸡窝……她是带着一种不可告人的羞辱回到家里来的……她拖着麻痹的两腿走到水缸边,一连灌了几大碗凉水。屋子里没有灯,阿艾在黑暗里静静地流着眼泪,低声地叹息着"②。

碧野在反映农村妇女悲惨命运的同时,在《风砂之恋》中,还将笔端指向了城市中的女工阶级,描写了属于被压迫阶级的女性纺织工人日常的艰辛和苦难,"她们比男性劳动者更受奴役"③。倪明重病后,李琬君为了给丈夫筹钱治病,也为了维持生计,在好友香姐的帮助下,远赴宝鸡的纺织厂工作,在这里,女工们像奴隶般被役使、被压迫。碧野以报告文学的形式,真实详细地再现了纺纱厂女工的日常作息和健康状况,"在粗纱间里做过半年工的女工,十有九个都是患着肺病的。日班是四点天不亮就起床,半个钟头拉屎、洗脸、梳头、吃小米粥饭,四点半就排着队由组长领着进工作间,一直到中午十二点才进膳堂吃饭,半个钟头后又各人回到机器旁边去。工作间和膳堂的门口都有卫兵监守着,连到厕所去解个小手也要受到最严厉的监视。下午

---

① 碧野:《肥沃的土地》,三户图书社1944年版,第141页。
② 碧野:《没有花的春天》,建国书店1946年版,第148页。
③ [法]西蒙娜·德·波伏瓦:《第二性Ⅰ》,郑克鲁译,上海译文出版社2011年版,第188页。

六点半下班，吃过晚饭后，一敲七点钟就被押回宿舍里去了。这样，每天十四个钟头的工作，头发上像压满了雪花，脑袋热胀得快要爆炸，眼睛红得几乎要滴出血来，而脸孔却像一张纸般的惨白，到了这个时候，只有睡觉是她们唯一的休息时间和辛苦的慰藉了"①。

除了反映农村妇女、城市女工的日常磨难外，女性被男性强暴亦是碧野现代长篇小说的主题之一。《风砂之恋》中，林晶被权势阶层的代表，市商会主席沈梦海强暴，沦落为他的玩物，这进一步加速了林晶的堕落。《没有花的春天》中，阿艾未嫁给阿兴前，在老地主家做工时，就被他的大儿子强暴并怀孕，在给兵痞们洗衣谋生时，又被这些败类抓夫并被轮奸。《湛蓝的海》中，小琤姑被日本侵略者强暴，六秀嫂则被轮奸致死，"一直到夜深的时候，小琤姑才被押回监房里来。被蹂躏后的身子觉得一阵隐痛和酸麻。她像一个阴魂般的靠着墙根坐下，没有喘息，也没有哭泣。在黑暗里可以模糊地看出她的乱发披垂在两肩上，她的眼睛闪出一种愤恨和痛苦的幽光……那就是六秀嫂。她已经无力走动了，直着身子像一摊烂肉般的横躺在近墙根的硬地上，她的被撕破的裤子褪到膝盖上，露出她那涂满了污血的下体来。她气奄奄地喘息着，眼睛已经翻白了。两只手却使着生命最后最后的余力抓着头发，她只断断续续地痛苦而又瘖哑地呻吟着。最后她痛苦地抽搐了几下，翻白的眼睛慢慢地半闭了起来，只露出她那幽恨而昏茫的眼光，不动了"②。这一段描写充满了幽魅气息，作者饱含着悲悯，刻画出小琤姑、六秀嫂身体被彻底损毁，精神被摧残，如行尸走肉一般，最终凄惨死去的地狱场景，在悲愤的书写中表达出批判，揭示了在战争年代、在黑暗的社会中，女性那无助的、被侮辱被损害的悲惨命运。

碧野并不是单纯描写女性的悲惨命运，而是进一步思考造成女性

---

① 碧野：《风砂之恋》，群益出版社 1944 年版，第 119—120 页。
② 碧野：《湛蓝的海》，新新出版社 1947 年版，第 203—204 页。

悲惨命运的缘由所在,除了揭示社会的黑暗、政府的腐败、剥削阶级的压迫对女性造成的伤害外,还思考了深层次的根源——男性的威权,"妇女问题始终是一个男人的问题……他们创造了价值、风俗、宗教;女人从来没有跟他们争夺这种支配权……女人从来没有构成一个独立的阶层"[1]。

水獭媳妇因丈夫一直未归而被村民视为了一个准寡妇,村中的庸众看客们更是造谣水獭媳妇和"破箩筐"有奸情,更是在水獭归家后继续造谣,让水獭怒火中烧,对妻子恶语相向,并在皮猴的怂恿下一起去找破箩筐寻仇。病态的国民性固然是造成水獭媳妇悲惨命运的重要缘由,她不但要独自勉力支撑贫苦的家庭,在幼女丧命后还要承受庸众看客们杀人不见血的精神虐杀,"'吃人'的封建思想已经深深地渗透到民族意识和文化心理结构之中……大量的受害者往往并不是直接死于层层统治者的屠刀之下,而是死于无数麻木者所构成的强大的'杀人团'不见血的精神虐杀之中"[2]。碧野还进一步揭示了男性稳定、牢固、传统的威权才是造成女性悲惨命运的最根本缘由,"在结婚后,女人便处在丈夫的监护和监管中;他可以殴打她;他监视她的品行、她的关系、她的通信,他不是根据婚约而是由于结婚的事实本身,掌握她的财产"[3]。当水獭和皮猴联手都无法击败强大的破箩筐后,皮猴就像阿Q那样,用精神胜利法掩盖自己的无能,"他一边抹干鼻血,一边咬着牙齿恨恨地说:'哼,这仇不报,不算男子汉!'"[4]而水獭则准备将怒气和怨气发泄到自己的"私有财产"——妻子的身上,并认为这是理所当然的,"呆会儿让俺回家去狠狠擂那贱女人一顿"[5]。通过以水獭为代表的男性的言行,小说一方面呈现了以水獭媳妇为代表

---

[1] [法]西蒙娜·德·波伏瓦:《第二性Ⅰ》,郑克鲁译,上海译文出版社2011年版,第186—187页。

[2] 张光芒:《中国近现代启蒙文学思潮论》,山东文艺出版社2002年版,第272页。

[3] [法]西蒙娜·德·波伏瓦:《第二性Ⅰ》,郑克鲁译,上海译文出版社2011年版,第136页。

[4] 碧野:《肥沃的土地》,三户图书社1944年版,第212页。

[5] 碧野:《肥沃的土地》,三户图书社1944年版,第212页。

的女性的悲惨命运；另一方面则揭示出以水獭媳妇为代表的女性悲惨命运的源头。

在碧野的笔下，无论是城市还是农村的女性，无论是身处何种阶层的女性，她们都无法摆脱悲惨的命运，苦难、侮辱、死亡，是她们的命运指向。而造成这种局面的根源则是男性以及背后的社会性别体制，"整部妇女史是由男人写就的……妇女问题始终是一个男人的问题"[1]。碧野对此进行了真实的描绘与深刻反思，体现出深刻的性别关怀。

三 觉醒女性的刻画

碧野的现代长篇小说在探秘女性欲望、摹写女性命运的同时，还塑造了一众觉醒的女性形象，刻画了她们自我解放、启蒙他人的人生之路。《风砂之恋》中的苏红和林晶就是一对堕落女性与觉醒女性的典型对照，"尤其是两个女主角林晶和苏红……前者是一个生长在都市的女郎，骄傲自得，而以她的聪明和美貌炫耀于人间，她被许多青年男子崇拜过，但她终于不可挽救地堕落下去；后者是一个生长在农村的姑娘，抗战的浪潮把她卷到救亡的团体里来，她受人歧视，但是在艰苦的学习中，她终于成为一个坚强的女战士"[2]。

在作品中，碧野着墨于林晶形象的塑造，深入她的精神世界，挖掘和呈现她内心的挣扎、矛盾、痛苦，她既渴望像苏红那样独立自强，摆脱男性的役使，又不甘心过着艰苦清贫的生活，同时又享受着被男性追逐的乐趣。小说详细呈现了她的两段人生经历，林晶先是依附于洛阳市商会主席沈梦海，对这种寄生虫似的人生逐渐感到不满，进行了反抗，从洛阳逃到西安，但终究又坠入了宝成银行杨经理的网中，

---

[1] [法]西蒙娜·德·波伏瓦：《第二性Ⅰ》，郑克鲁译，上海译文出版社2011年版，第186—187页。

[2] 碧野：《风砂之恋·前记》，群益出版社1944年版，第2页。

再次沉沦堕落。碧野在剖析林晶精神世界的同时，还主要分析了林晶为何无法像苏红那样走向自我解放之路，这是因为她在社会中没有一份工作。《风砂之恋》中的女性角色，如苏红加入了抗战队伍，李琬君、香姐在纱厂工作，白堃是一个乡村教师，她们的生活虽然清贫甚至艰辛，但她们能够通过工作实现自给自足。林晶在洛阳时就没有工作，而是依附沈梦海和茜茜享乐。来到西安后，父母也没有想过让女儿找一份工作谋生，而是希望通过女儿的婚嫁实现阶层的跨越，林晶后来遂成为杨经理的玩物。她始终寄生于统治阶层，"统治阶级中的女人是寄生的"[①]，并无力逃脱男性的宰治。

没有工作的林晶只能通过取悦沈梦海、杨经理，并成为他们的玩物才能生存下去，"得到一个男人支持的益处，这一切鼓励女人热烈地要取悦男人。她们整体还处于附庸地位……'她为了男人而存在'是她的具体境况的基本要素之一"[②]。由此来看，苏红能够实现觉醒、走上自我解放的道路，不仅因为她有着强大的内心和坚定的意志，还在于她找到了一份工作——加入军队，从而摆脱了对男性的依赖，"女人正是通过工作跨越了与男性隔开的大部分距离，只有工作才能保证她的具体自由。一旦她不再是一个寄生者，建立在依附之上的体系就崩溃了；在她和世界之间，再也不需要男性中介"[③]。也因此，苏红拥有了独立的人格，有了选择自己命运的权利。

《湛蓝的海》中的大珍姑和小琤姑姐妹，不仅像《风砂之恋》中的苏红那样实现了自我的觉醒，走上了自我解放的道路，她们甚至还成为男性的启蒙者，对其进行启蒙；使其获得解放并成长为新的启蒙者。《湛蓝的海》的男主角阿鹏原本是一个深受病态国民性毒害的流

---

① ［法］西蒙娜·德·波伏瓦：《第二性Ⅰ》，郑克鲁译，上海译文出版社2011年版，第188页。
② ［法］西蒙娜·德·波伏瓦：《第二性Ⅰ》，郑克鲁译，上海译文出版社2011年版，第196页。
③ ［法］西蒙娜·德·波伏瓦：《第二性Ⅱ》，郑克鲁译，上海译文出版社2011年版，第543页。

浪农人，虽然有着强壮的身躯，却奴性十足，甘愿被海盗出身的大地主张大富奴役、压迫。他的形象类似于《没有花的春天》中的阿兴，阿兴最终的觉醒是自发的，而阿鹏的觉醒，则是在女性启蒙者大珍姑的启迪帮助下完成的。当革命浪潮席卷而来时，见势不妙的张大富便带着他的亲信和手下远走香港，独留阿鹏看管他的庄园。面对来庄园借马的革命后备队分队长大珍姑，奴性深重的阿鹏对其充满警惕和疑惧，甚至想要用张大富走时交给他的手枪进行防卫。阿鹏对大珍姑这个女性的劝说十分不屑，"阿鹏望了望年轻的女人，鼻孔里恨恨地哼了一声"[①]。当阿鹏在大珍姑的劝说下加入革命后备队后，发现训练后备队的竟是一个女兵，再次表现出了惊叹、不解甚至愤怒，"叫操的是一个女兵……阿鹏感觉得一阵惊奇，也感觉得一阵愤怒"[②]。从阿鹏对大珍姑和女兵的态度中，可以看出女性低下的社会地位，可以得知女性的自我觉醒、解放是何等的艰辛。

　　大珍姑用耐心、爱心，教阿鹏识字，讲解何为压迫和反抗，关心他的生活，最终感化了阿鹏，实现了对他的启蒙。阿鹏彻底觉醒，并逐渐成长为一名合格的革命战士。当阿鹏再见到曾令他无比恐惧的张大富时，他已经不再惧怕这个邪恶、凶残的大地主了，敢于同其斗争，大珍姑不幸惨死在张大富手中，阿鹏则幸运地被战友救下。抗日战争爆发后，阿鹏又成为当地的自卫队长，带领人民英勇反抗侵略者和汉奸。小珍姑是作品中的另一位女性启蒙者，她像姐姐大珍姑那样，不但实现了自我的觉醒和解放，还成为男性的启蒙者，她的启蒙对象是南澳岛的游击队司令海狗。海狗虽然勇敢无畏，对侵略者充满仇恨，却又鲁莽暴躁、自大固执，在他身上还有着诸多病态国民性的烙痕。在一次抗击侵略者的进攻中，由于他的固执己见和自以为是，使南澳岛的游击队造成了巨大的损失。面对阿鹏的处罚，好勇斗狠、愚昧狭

---

① 碧野：《湛蓝的海》，新新出版社1947年版，第31页。
② 碧野：《湛蓝的海》，新新出版社1947年版，第32—33页。

隘的他甚至认为这是阿鹏的故意为之，从而破坏他与小珍姑的感情。最终在阿鹏特别是小珍姑的教育启蒙下，海狗逐渐成熟起来，最后成长为一名真正的战士和游击队司令。而启蒙者小珍姑则不幸被侵略者抓捕，惨遭折磨杀害。

大珍姑对阿鹏进行启蒙时，是以识字为手段，使其摆脱愚昧无知的状态，从而让阿鹏觉醒和启蒙，并使他意识到文化教育的重要性，对他产生了深远的影响。因此，阿鹏继承了大珍姑的遗志，不仅成为一名启蒙者，而且同样希望以文化思想为突破口，实现对南澳岛民众的启蒙，"他又想起自己在岛上的工作还没有完，他不得不赶紧做完这最重要的工作——起草岛上游击队的自我教育计划。他觉得岛上游击队的自我教育太差了。这里的孩子们连一个学校也没有，尤其是游击队员们的政治教育更谈不到。他计划在这岛上开办'露天公学'，每个村子都应该有两个'露天公学'，一个是专给村子里的孩子认识几个字，和讲一些能够启蒙孩子们心灵的故事；一个是专给村子里的游击队员们上政治课的。另外每村在公学底下设立妇女讲习班，他要使这岛上的每一个男女老幼的精神都武装起来"[①]。阿鹏在南澳岛建立露天公学的设想，标志着他在大珍姑的启蒙下，已经由一个曾经的被启蒙者，成了一个合格的启蒙者。由此可见女性启蒙者大珍姑的重要作用，甚至可以说，她才是整个南澳岛民众的启蒙之源。

《湛蓝的海》中的启蒙模式较为新颖——以往尚待启蒙的女性成为启蒙者，而作为启蒙者的男性则成为被启蒙者，由此实现了启蒙模式的翻转。碧野描写女性的觉醒，期待她们摆脱男性附庸的社会地位，希望女性能够走上解放之路、成为独立的个体，甚至成长为男性的启蒙者，这是碧野向传统的男权社会发出的决绝呐喊，也昭示出作者对女性的期许。这种性别意识与性别期许，正表现出碧野思想的独特之处，也是碧野小说的重要价值。

[①] 碧野：《湛蓝的海》，新新出版社1947年版，第152—153页。

结　语

　　碧野在小说中描绘了大量生动的女性人物，他以尊重、同情之心观照女性，探究花猪、小桂花、水獭媳妇等女性隐秘的原欲，描摹小琤姑、六秀嫂等女性的悲惨命运，刻画了大珍姑等觉醒的女性形象，表现出现代性别意识与性别观念。以女性主义视角重新解读碧野的现代长篇小说创作，能够发现碧野在小说中表现出平等、包容的现代性别观。揭示碧野小说被忽视的特质，呈现碧野小说的多元与复杂面向，也能推进学界当前的碧野研究，打开局限的研究空间，促进碧野小说研究资源和方法的更新。

第十四章 谷斯范现代长篇小说文体范式研究

——以《新水浒》《新桃花扇》为例

引 言

谷斯范,1916年3月4日生,浙江上虞人。谷斯范的文学生涯有两部长篇作品,均撰写于20世纪40年代,分别是1940年5月文化供应社初版的《新水浒》,这是中国第一部以章回体形式描写抗战的长篇小说,"利用旧形式的长篇小说,似乎还不多见:谷斯范先生的'新水浒'第一部'太湖游击队',因此是值得我们注意的"[①];1948年5月新纪元出版社初版的《新桃花扇》,是一部长篇历史小说。对于两部作品的创作,谷斯范均采用了古典章回的文体形式,这种文体形式实际是为文体内核(内容)所服务的。谷斯范对黑暗的社会世相——政治的腐败、人性的丑恶充满了愤懑与不满,对民众的疾苦和悲惨的命运充满了同情与怜悯,因此,他的思想情感急需一种文体与之相适应。面对孤岛时期和国民党统治时期高压集权的恐怖统治政策,他只能以民族形式——古典章回的文体形式来迂回、曲折地呈现自己的思想主旨。文体形式与文体内核又决定了这两部作品的语言范式必

---

① 茅盾:《关于"新水浒"——一部利用旧形式的长篇小说》,《中国文化》1940年第1卷第4期。

定具有以白话为主、文言为辅的文白杂糅特质。谷斯范的现代长篇小说中渗透着作者个人强烈的人文关怀精神，以及现代学人强烈的社会责任感、历史使命感。但谷斯范的"新"系列长篇小说——《新水浒》《新桃花扇》，在以往的文学史中却罕有提及，不似张恨水、谭正璧等人的历史小说或通俗小说创作，历来是学界研究的重点。谷斯范的现代长篇小说撰写并没有得到学界充分的重视，使他成为文学史上的被遗忘者。

一　古典章回的文体形式

20世纪40年代，是历史剧、历史小说创作的高峰期，这一时期创作历史剧的代表作家为郭沫若，从1941年11月到1943年3月，共创作了六部大型历史剧——《棠棣之花》《屈原》《虎符》《高渐离》《南冠草》《孔雀胆》。阿英的《海国英雄》《洪宣娇》《李闯王》，于伶的《大明英烈传》，也是个中翘楚。写作历史小说的代表作家则为谭正璧、张恨水，尤以谭正璧为最，谭正璧于20世纪40年代撰写了如恒河沙数的历史小说，"20世纪40年代后半期还有别的一些作家也写作历史小说，但无论作品数量还是在艺术质量上，他们都逊色于谭正璧"[1]。张恨水在这一时期的历史小说主要有《水浒新传》。受此风潮的影响，谷斯范在20世纪40年代也创作了长篇历史小说《新桃花扇》，以及仿历史小说的通俗创作——《新水浒》。

无论是谭正璧、张恨水的写作，还是谷斯范的《新水浒》《新桃花扇》，均采用了古典章回的文体形式，表现出了典型的民族形式、具有鲜明的民族气派。

谷斯范的《新水浒》《新桃花扇》均为分章叙事、分回标目，"每

---

[1] 陈青生：《年轮——四十年代后半期的上海文学（摘录）》，见谭篪《谭正璧传》，北京出版社2016年版，第295页。

第十四章 谷斯范现代长篇小说文体范式研究

一大章节均设置回目，章回小说的回目非常重要地起着概括本回内容，提示读者的作用"[1]。文化供应社 1940 年 5 月版的《新水浒》全书共为 28 回，分别为"庆元旦军民同乐""忿国仇掷杯誓师""黄杰深夜走太湖""阿乔乱世交鸿运""郑团长怒杀敌探""石将军计困寇军""郑团长升山突围""徐营长自刎殉国""胡林偷渡封锁线""孤军夜奔罗家庄""罗三爷仗义留客""郑团长题诗赠别""赵章甫乘乱取双桥""徐明健弃家奔平津""活阎罗怒打六师爷""张太太痛骂小寡妇""徐明健梦会故友""郑团长误走双林""店主仗义赠宝刀""老僧扁舟送英雄""张得胜双桥？旧友""六师爷升山打游击""赵章甫计陷黄杰""潘耀斌醉打胡林""宋梦云攻打青山关""六师爷购货嘉兴市""六师爷驱逐出境""宋梦云病逝江南"。湖南人民出版社 1985 年1 月版的《新水浒》为谷斯范于 1982 年 9 月重新写作的，新版《新水浒》改动较大，全书由 28 回改为 24 回，分别为"庆元旦军民集会""忿国仇掷杯誓师""张达诚逃离太平桥""六师爷乘乱代镇长""夜袭升山遭失利""六师爷宴客鸿庆楼""东洞庭远道来客""黄杰奉命访太湖""红枪会演出'捉放曹'""六师爷混水捞肥鱼""攻升山中计被围""孤军夜奔罗家庄""罗丰热肠待上宾""闯虎穴仗义救友""赵章甫霸占太平桥""救亡风云满古城""善钻营六师爷受宠""'不入虎穴，焉得虎子？'""胡林太湖访黄杰""潘耀斌率兵围李村""赵章甫大摆'鸿门宴'""黄杰巧计歼强敌""六师爷驱逐出境""二烈士为国捐躯"。

新纪元出版社 1948 年 5 月版的《新桃花扇》全书分为"引子"和"正文"。正文共 38 回——"群公子笑骂阮大铖""长吟阁柳敬亭说声""杨龙友劝娶李香君""国子监阮大铖受辱""黄太冲归途遇暴客""郑妥娘感旧悲风尘""明大义香君退妆奁""桃叶河房群宴香君""石巢园演出燕子笺""献女乐远途购娇娃""桃叶渡口香君送别""偏安江南福王监国""夺肥缺群小起内讧""排异己大铖献毒策""诚意伯力

---

[1] 王冠中：《中国古代常用文体规范读本 小说》，吉林人民出版社 2004 年版，第 100 页。

荐阮大铖""田漕抚逼娶李香君""福王登极可法辞朝""三桂乞师清兵入关""黄御史请斩马士英""左懋弟北行使满清""阮大铖计陷周仲驭""吴次尾席上论忠奸""刘宗周荒寺遇刺客""马士英恃势购香君""杨龙友巧夺桃花扇""苏昆生北行访朝宗""客地逢舟朝宗南归""假太子案触发战机""马相府密商剿左兵""左良玉飞檄讨马阮""图挽大局龙友受辱""周镳遇害田仰返京""满清兵渡淮围扬州""扬州十日惨绝人寰""泄众忿火烧石巢园""金陵城破弘光遭俘""李香君遁迹栖霞山""痛国殇荒庵哭忠魂"。上海文化出版社1957年8月版的《新桃花扇》改动较大，将引子去掉，虽然为38回，但回目名称全改为通俗章节名，分别为"在蔡益所书房里""柳敬亭说书""罢职知县做红娘""'打烂这狗贼胡子！'""周仲驭和钱牧斋""香君和她的手帕姊妹""拆穿了圈套""'好好先生'夹在壁缝里""石巢园的一伙人""拥立福王""总督府的两个幕僚""阮胡子献毒策""不眠的一夜""逆案难翻""拒嫁""史阁部被撵离京""杨龙友奔走忙""半推半就地答应了下来""北方传来噩耗""刘宗周老头""黄御史请斩马士英""新圈套""清流星散""荒寺遇刺客""媚香楼的风波""巧画桃花扇""'防备西兵更加要紧！'""寄扇""朝宗南归""内战爆发了""兵部衙门里的密议""清兵长驱直入""阮大铖拒救扬州""秦淮河上的笙歌""没打开盖的闷葫芦""火烧石巢园""荒庵里的聚会""焚扇"。这样的改动，是出于普及的需要。

谷斯范的《新水浒》和《新桃花扇》，均是以回目概括本回内容，每回内容（故事）相对独立，前后勾连，首尾呼应，由此使全书形成一个统一的整体。文化供应社1940年5月版的《新水浒》和新纪元出版社1948年5月版的《新桃花扇》的回目明显更倾向于古典章回小说的回目设置，"遣词造句颇费功夫，所用两个句子不仅要字数相等，富有韵律感，而且前后文字还要像律诗一样讲究对偶"[①]。1949年之后

---

① 王冠中：《中国古代常用文体规范读本 小说》，吉林人民出版社2004年版，第100页。

改写的《新水浒》和《新桃花扇》每一回的回目则打破了对仗工整、讲究韵律的传统习惯，而是以更为通俗随意、简洁明了的形式建构。

　　章回小说的另一大特质即"有诗为证"，"章回小说几乎全用诗、词开篇，其诗、词有的是作者自己创作，或采用现成的名人之作。有的是初成书就有，有的是流传时被后人加入的……利用诗、词开篇，或点明全书的题旨，或咏怀作者对人生的感悟"①。以谭正璧1940年代长篇历史小说的代表作《梅花梦》为例，每一章均以一首七言绝句开篇，如第一章的"锦绣江南信可哀/六朝金粉尽成灰/何如我有生花笔/写出神仙眷属来"②，又如第二十六章的"风流俊逸是何郎/容态难忘旧日狂/傅粉只今成往事，落英满地梦犹香。"③。

　　而谷斯范在创作《新水浒》和《新桃花扇》之时，一方面摆脱了"有诗为证"的窠臼；另一方面则继承和发扬了"有诗为证"的古典章回小说的文体特质。在《新水浒》中，每一回均无诗或词开篇，而是直接开宗明义、开门见山地进行叙述。在叙述过程之中，也会穿插一些"诗词"，如第十一回，罗三爷面对国破家亡的现状，吟诵了陆游的《夜闻秋声感怀》"，"西风一夜号庭树，起揽戎衣泪沾襟，/残角声摧关月坠，断鸿影隔塞云深。/数篇零落从军作，一寸凄凉报国心！/莫倚壮图思富贵，英豪何限死山林。"④ 第十二回，郑团长想到宋梦云来到军队已经三年，起了韶光易逝的感慨，遂写诗感慨，"可恨光阴如水流，又是残冬风雪夜；/劝君努力须及时，等闲莫白少年头。"⑤ 第二十回，黄杰得到华中战局危殆的消息后，心中郁闷，想起了崔颢的诗句，"日暮关乡何处是？/烟波江上使人愁！"⑥ 第二十五回，罗三爷想起自己家破人亡后，背诵了陆游的《书愤》，"白发萧萧

---

① 王冠中：《中国古代常用文体规范读本　小说》，吉林人民出版社2004年版，第100页。
② 谭正璧：《梅花梦》，广益书局1946年版，第1页。
③ 谭正璧：《梅花梦》，广益书局1946年版，第124页。
④ 谷斯范：《新水浒》，文化供应社1940年版，第79页。
⑤ 谷斯范：《新水浒》，文化供应社1940年版，第86页。
⑥ 谷斯范：《新水浒》，文化供应社1940年版，第147页。

卧泽中，只凭天地鉴孤忠；/厄穷苏武餐毡久，忧愤张巡嚼齿空。/细雨春芜上林苑，颓垣夜月洛阳宫；/壮心未与年俱老，死去犹能作鬼雄！"① 除了传统意义上的诗或词，则是以歌曲为主，如第二回中，士兵们在困境中所唱的《铁血歌》，"只有铁，只有血，只有铁血可以救中国！/还我河山誓把倭奴灭，醒我国魂誓把奇耻雪！"② 第十四回，徐明健在父母坟墓前想念双亲和爱人时，悲哀颓然所唱的《万里寻兄曲》，"从军伍，少小离家乡；/念双亲，清泪空凄凉！/家成灰，亲墓生青草；/我的妹，流落他乡！"③ 第二十三回，六师爷在王小寡妇家中饮酒作乐时所唱的《桃花宫》，"寡皇酒醉桃花宫，瞠瞠瞠！/韩素梅生来好容貌，瞠瞠瞠！"④ 第二十五回，苏光庭因抗日游击队发展壮大而欣喜不已时所唱的《王佐断臂》，"听谯楼，打初更，玉兔东上！/为国家，秉忠心，昼夜奔忙。/想当年，在洞庭，逍遥放荡！"⑤ 上述穿插于文本之中的诗词或歌曲并不再是必不可少的。

《新桃花扇》与《新水浒》类似，仅在引子之中，以七言绝句开篇，"白骨青灰长艾萧，/桃花扇底送南朝！/不因重做兴亡梦，/儿女浓情何处消！"⑥ 每一回均无诗或词开篇。但作为一部典型的历史小说，且出场人物均是学富五车、饱读诗书的文人雅士、高官贵胄以及才气俱佳的秦淮名妓，因此，不同于《新水浒》中少量出现的"诗词"，《新桃花扇》的每回中，会穿插着大量的诗词。譬如第一回中，朝宗面对山河破碎的现状，吟诵起曹操的《短歌行》，"人生几何，/对酒当歌！/譬如朝露，/去日苦多！"⑦ 苏老头初到蔡益所的中堂，朗吟起钱牧斋写的刘禹锡的《西塞山怀古》，"王濬楼船下益州，/金陵

---

① 谷斯范：《新水浒》，文化供应社1940年版，第184页。
② 谷斯范：《新水浒》，文化供应社1940年版，第20页。
③ 谷斯范：《新水浒》，文化供应社1940年版，第100页。
④ 谷斯范：《新水浒》，文化供应社1940年版，第164页。
⑤ 谷斯范：《新水浒》，文化供应社1940年版，第184页。
⑥ 谷斯范：《新桃花扇》，新纪元出版社1948年版，第1页。
⑦ 谷斯范：《新桃花扇》，新纪元出版社1948年版，第5页。

王气黯然收;/千寻铁锁沉江底,/一片降幡出石头!/人世几回伤往事,/山形依旧枕寒流;/从今四海为家日,/故垒萧萧芦荻秋!"① 每一回有一首甚至多首诗词嵌入文本之中。

章回小说由讲史话本孕育而生,因此讲史话本中的一些表现方式会被章回小说因袭,"如在讲述故事时必用'且说'、'话说'、'正是'……但小说话本中没有'且听下回分解'的套语,但在章回小说中都是每回结尾必有的"②。张恨水《水浒新传》的某些章回中会有"且说""俗话道"等表述。谭正璧的历史小说《苏武牧羊》《忠王殉国》《木兰从军》《绝代佳人》《梁红玉》,每一节(章/回)的末尾均以"欲知后事如何,且看下节分解"的形式结尾。与张恨水、谭正璧的创作不同,谷斯范的《新水浒》《新桃花扇》完全去除了古典章回小说中某些常见的表述方式,完全不见"且说""话说""正是""且听下回分解"等套语。

谷斯范的《新水浒》《新桃花扇》在文体形式具有典型的古典章回小说的特质,"这一本书的出版,至少是向文艺界提出一个关于民族形式的实例"③。在发扬民族形式的同时,谷斯范对章回小说体裁形式的选择,实则是迫于某些时代因素。此外,也是为其文体内核所服务,"形式是内容的形式"④,古典章回的外壳包裹的是现实观照的文体内核。

二 现实观照的文体内核

在文体形式上,谷斯范的《新水浒》《新桃花扇》虽然承继了古典章回小说的某些体裁形式,但在文体内核——思想内容上,却以严

---

① 谷斯范:《新桃花扇》,新纪元出版社1948年版,第5页。
② 王冠中:《中国古代常用文体规范读本 小说》,吉林人民出版社2004年版,第101—102页。
③ 胡愈之:《新水浒·序》,文化供应社1940年版,第4页。
④ 童庆炳:《童庆炳文集·第四卷》,北京师范大学出版社2016年版,第90页。

肃深刻的笔调,与抗战的时代洪流紧密相连,"这是在上海沦陷后,才在'译报'连续登载的。原来的名称是'太湖游击队',故事的背景也是在山明水秀的江浙,并不是在产生绿林大汉的山东。发表时为了照顾到孤岛的环境,才改用'新水浒'这书名。和战时许多的新事物一样,名称和内容本来不一定要一致"①。也是对黑暗时代的以古喻今、借古讽今,艺术化地再现了历史,使遥远缥缈的历史变成有血有肉、触手可及的现实生活,与社会时代紧密结合,"写这部作品的日子,正是蒋介石集团统治下最黑暗的时代,政治腐败,特务横行,那批祸国殃民的官僚、卖国贼,本质上与三百年前南明社会的腐败统治集团,极有相似之处……写作时为了'借古讽今',故意添加了一些东西,明讽暗讥"②。

首先是对丑恶人性的暴露,"历史小说的写作,第一是人性的发掘"③。两部作品中均有一个浓墨重彩的典型反面人物——《新水浒》中的六师爷和《新桃花扇》中的阮大铖。"倒是在反派人物方面,作者赋与了比较复杂的性格;最明显的例子,是那位'六师爷'"④。他们不仅有着丑恶的人性,还有着病态的国民性。他们的恶和病态极具代表性,是千百年来中国封建思想糟粕的集合与缩影。

不同于双桥镇上的权贵士绅,六师爷(马兆麟)原本出身民众阶层,只因做了镇长的亲信,在镇公所谋得一份差事,便以师爷自称,甚至以双桥镇的二把手自居。他麻木愚昧,对国破家亡、民不聊生的现状毫不在意,对共属同一阶层的民众也毫无同情怜悯之心。与他同样麻木愚昧的以阿七、阿七嫂为代表的民众,误认为驻扎在镇上的部队召开民众大会是要抽壮丁,便去贿赂在他们看来属于权力阶层的六师爷,试图摆脱被抽壮丁的命运。当郑许国团长宣布不会抽壮丁,并

---

① 胡愈之:《新水浒·序》,文化供应社 1940 年版,第 2 页。
② 谷斯范:《新桃花扇·后记》,上海文化出版社 1957 年版,第 322—323 页。
③ 许杰:《新桃花扇·序》,新纪元出版社 1948 年版,第 1 页。
④ 茅盾:《关于"新水浒"——一部利用旧形式的长篇小说》,《中国文化》1940 年第 1 卷第 4 期。

探查何人散布谣言扰乱民心时，收了阿七贿赂的六师爷竟然倒打一耙，出卖指认阿七。张镇长得知日寇要进攻双桥镇的消息后，带着家人细软连夜逃离，六师爷便趁乱作了代镇长。之前面对以郑团长、张镇长以及佩有枪支的士兵为代表的强者时，他甚至甘心叫"爸爸"，而当他获得权力之后，马上摆起比张镇长还要阔气的派头，使起还要狠辣的手段，"老金已被派定职司，出门时跟来跟去当'跟班'，在家时给六师爷烧茶煮饭；稍不随意，便要摆出主人架子，请他'吃生活'，甚至连叫声六师爷都要'吃生活'"[①]。六师爷变得更加嗜血麻木，渴望攫取更大的权力。在郑团长败走双桥镇后，立即投靠汉奸赵章甫，以谋求更大的职位和权力，乐于做侵略者的走狗，对民众更是肆意压榨欺侮，恶事做尽。在六师爷身上，淋漓尽致地呈现出丑恶的人性，尤其是愚昧无知、麻木冷漠、奴性十足的病态国民性。

阮大铖则是统治阶层中权奸的代表，在天启朝时投靠魏忠贤，拜其作干父，认熹宗乳母客氏作干母，陷害忠良、排除异己。熹宗在位时，大肆贪污受贿。朱由检即位后，阮大铖被罢免官职，便蛰伏于南京，伺机而动。他在南京建造了奢侈华丽的石巢园，用以宴请拉拢南京的权贵，利用熹宗在位时敛下的万贯家财四处贿赂讨好南京的官员。后来终得马士英赏识，做了他的心腹，与马士英一道拥立福王监国，福王登基后，他由此重新进入国家的核心权力层。他记恨曾经的政敌，尤其是与他发生过冲突的"复社"人士，重获权力后利用一切机会对其进行打压迫害。作为一个政客，他对国家人民漠然视之，一心只为谋得权力、巩固势力。正是他的自私狭隘、麻木冷血、残忍偏执、厚颜无耻，导致了侯朝宗和李香君的爱情悲剧，更是加速了南明的覆灭。面对清军的进攻，阮大铖竟想利用清军的势力来消灭异己。扬州被围后，他冠冕堂皇地拒绝发兵支援，"扬州局势并没有如大家想象中的严重！史可法天天告急，吵着请发救兵，这是他的调虎离山计！他扮

---

① 谷斯范：《新水浒》，文化供应社 1940 年版，第 38—39 页。

的苦肉计！他知道左良玉已在铜陵惨败，快被全数歼灭，才危言耸听，故意渲染江北局势的严重，哄我们调兵北上，使左逆残余能虎口留生，保全一份实力"①，由此导致了扬州惨案的发生。他的人性丑恶扭曲到了极致。

其次，是对腐败政治的批判，主要呈现在《新桃花扇》之中，"你看那政治的内幕，那对内的压迫、对外的昏庸和屈服，那些政治舞台上的权奸"②。

当北京传来崇祯自缢的消息后，南京的诸官员不是哀悼逝者也并未担忧国运，而是私下感到一阵窃喜，这源自陪都南京正式成为首都，留守南京的官员们必然会平步青云、仕途顺畅。于是众人开始谋划拥立璐王或福王为新主，以巩固自身势力，"太子是他们朱家的子孙，福王也是他们朱家的子孙，谁会真心来争这些，大家争拥立的功，抢几顶纱帽戴才是真的"③。马士英、阮大铖拥立福王监国、登基后，独揽朝纲。对内实行恐怖高压的集权统治，禁止民众议论国事，派遣锦衣卫抓捕异己，纵容官兵行凶，兵匪时常冒充清兵公然抢劫民众、强抢民女，同时加收苛捐杂税、压榨百姓，弄得物价飞涨、民不聊生、饿殍遍野。对满清则卑躬屈膝、认贼作父、卖国求荣，"历史上向外国借兵平乱故事多着，每次酬谢些金帛女子，就敷衍过去；再不然，名义上委屈些，向他们上表自己称儿子，包你平安无事……北方几省早已是流寇的天下，满清去向流寇'收复失地'，我们乐得'坐山观虎斗'，等待他们两败俱伤的有利时机！如满清果然实力坚强，像南北朝那样，还可过几百年太平日子"④。当清军即将攻入南京时，弘光帝犹疑不决，听信马士英、阮大铖谗言，决定主和，割地赔款。当清军包围扬州时，阮大铖献毒计借清军之手消灭左良玉三十万大军，同

---

① 谷斯范：《新桃花扇》，新纪元出版社1948年版，第295页。
② 许杰：《新桃花扇·序》，新纪元出版社1948年版，第3页。
③ 谷斯范：《新桃花扇》，新纪元出版社1948年版，第124页。
④ 谷斯范：《新桃花扇》，新纪元出版社1948年版，第175页。

第十四章 谷斯范现代长篇小说文体范式研究

时暗下命令,示意四镇不可受史可法调遣,以此消灭两大政敌。以马士英、阮大铖为代表的南明统治阶层,大肆卖官鬻爵、贪污受贿,面对国破家亡的危局,依然终日夜夜笙歌、花天酒地、寻花问柳、纸醉金迷,最终导致南明灭亡。而他们早在城破前,就已经带着搜刮贪污而来的无数财宝逃之夭夭。

再次,是真实描写了世相的悲惨和民众的苦难,"他们的命运,也不该老在惨杀压迫暗无天日的世界过日子"①。在《桃花扇》中,孔尚任是以侯朝宗和李香君的爱情悲剧为主线,在此基础上再渗透进一些对政治、对人性的描写。而在《新桃花扇》中,谷斯范则是以侯朝宗和李香君的爱情悲剧为切入,来实现自我对现实的观照。因此作品力图呈现的并非爱情,而是世相——民众的苦难和民间的疾苦。

面对内忧外患的局势,政府不顾民众利益,只知一味增加苛捐杂税,致使民众生活在水深火热之中,"国家增了几次钱粮,又征'辽饷'、'练饷',老百姓被搜刮得只好吃树皮草根"②。南京城内拥入了各地的难民,有一家人从湖广逃难而来,在无为州时这家人的媳妇被一军官看中,便谎称他家儿子通匪,绑出去直接砍杀,只剩老人与孙女流落南京,为了果腹只能把孩子卖给库司坊。南京城内物价飞涨、民不聊生,与之相对的是,秦淮河畔却依旧灯红酒绿、夜夜笙歌。马士英、阮大铖拒绝史可法的发兵请求,致使扬州失守。统治阶层为了一己私利和政治斗争,罔顾百姓的生命,扬州沦陷后,清帅多铎下令屠戮城中八十多万军民。多铎攻陷扬州后,继续进攻南京,统治阶层竟抛弃民众独自逃难。《新桃花扇》中种种黑暗、混乱、悲惨的世相,极具跨越世代的特质,谷斯范的根本目的在于借古讽今、以古喻今,民众的悲苦命运并未因时代的变迁而改变,"派捐派款,绑票勒索,我们老百姓被打入十八层地狱"③。尤其在兵荒马乱的战争年代,普通

---

① 许杰:《新桃花扇·序》,新纪元出版社 1948 年版,第 1 页。
② 谷斯范:《新桃花扇》,新纪元出版社 1948 年版,第 34 页。
③ 谷斯范:《新水浒》,湖南人民出版社 1985 年版,第 87 页。

民众的命运更是如浮萍般风雨飘摇、凄惨无助,"村庄被烧得乌焦一片,沿途全是尸首;他的爷娘和九十一岁的老祖母,还有个远房叔婆,全被杀得精光"①。谷斯范在《新水浒》和《新桃花扇》中,揭示了千百年来,中国民众那无法摆脱的悲惨命运。两部作品均以战乱为背景,展现了战争对弱势民众的无情损害,面对凶恶、残暴的侵略者,面对冷血、残酷的统治阶层,民众始终处于被侮辱、被损害的地位。

由于特殊的时代原因,"发表时为了顾到孤岛的环境"②,谷斯范决定以章回的形式和历史的题材去观照现实。因此,无论是古典章回的文体形式,还是历史题材的撰写,均是为作者观照现实的思想情感所服务的,"作者选取的历史题材,总是因为所处时代发生的事件与历史事件有某种相似"③,这就决定了通俗小说《新水浒》和历史小说《新桃花扇》的文体内核是现实观照——暴露丑恶人性、批判腐败政治、描写悲惨世相,从而呈现出谷斯范强烈的社会责任感和历史使命感。

三 杂糅共生的语言范式

文学的第一要素是语言,"文学就是用语言来创造形象、典型和性格,用语言来反映现实事件、自然景象和思维过程……文学的第一个要素是语言。语言是文学的主要工具,它和各种事实、生活现象一起,构成了文学的材料。"④ 对于文体来说,更是同语言有着密切的关系,"文体学是用语言学方法研究文体风格的学问"⑤,作为文体学重要一支的文学文体学就是研究语言在文学中的运用情况,"它以语言学的方法为工具,对诗歌、小说、戏剧等文学语篇进行描述和解释"⑥。英

---

① 谷斯范:《新水浒》,文化供应社1940年版,第44页。
② 胡愈之:《新水浒·序》,文化供应社1940年版,第2页。
③ 黎澍:《新桃花扇·序》,上海文化出版社1957年版,第1页。
④ [苏]高尔基:《论文学》,孟昌等译,人民文学出版社1978年版,第332页。
⑤ 刘世生、朱瑞青:《文体学概论》,北京大学出版社2006年版,第1页。
⑥ 刘世生、朱瑞青:《文体学概论》,北京大学出版社2006年版,第1页。

国学者雷蒙德·查普曼也提及文体研究不能脱离语言,要以语言为突破口,"文学与其他文体不同,不会也不可能排除语言的任何方面"[①]。因此,语言范式是谷斯范《新水浒》和《新桃花扇》文体范式研究的另一个重要切入点。

谷斯范的《新水浒》和《新桃花扇》最为突出的语言范式特征即杂糅共生。一方面,虽然《新桃花扇》改编自孔尚任的《桃花扇》,是典型的历史题材的创作,并且,《新水浒》和《新桃花扇》又具有古典章回小说的文体外形,但是,两部作品的文体内核和思想主旨决定了其语言应为白话而非文言。《新水浒》《新桃花扇》均是要传达现代人的思想和情绪,担负着向大众传播启蒙思想的社会功用。另一方面,古典章回小说的一大特质即"有诗为证",因此,两部作品中自然又会有数目或多或少的以文言谱就的古诗注入。此外,为了表现思想主题的厚重与角色人物的历史深度感,这就要求历史题材作品《新桃花扇》中人物角色的语言并不能全部采用白话,适当加入一些文言反而有利于与角色的身份背景相匹配,从而更好地展开剧情、彰显主题。因此,谷斯范现代长篇小说语言范式的特质为以白话为主、文言为辅的文白杂糅。

在《新水浒》的第十一回,罗三爷吟诵过陆游的《夜闻秋声感怀》。在第十二回,郑团长自己写作诗歌。在第二十回,黄杰想起过崔颢的诗句。在第二十五回,罗三爷背诵过陆游的《书愤》。上述诗词均为文言谱就,而谱就作品的语言则为典型的白话。作品中,以郑团长、黄杰、罗三爷等为代表的角色,其身份背景均为受过良好的传统教育或现代教育,因此,他们能够吟诗作对,其语言表述方式更为优雅。而以六师爷、赵章甫等为代表的角色,其身份背景则是不学无术的无赖流氓,因此,他们的语言表述十分粗鄙,更不会吟诵任何诗

---

① [英]雷蒙德·查普曼:《语言学与文学——文学文体学导论》,王士跃、于晶译,春风文艺出版社 1988 年版,第 23 页。

词。这就自然实现了文白杂糅、通俗与高雅并置。"在通俗化这点上，作者是做到了。用语，句法，结构，都是中国式的，没有欧化的气味……一面他力避欧化，一面他也力避中国旧章回小说中惯用的滥调套语……这些文言文的字汇，尚非滥调……现在'新水浒'对于文言文的字汇，也是极力避免了的……字汇固可采用大众口头，句法则有待自制……作者使他的人物都用了夹有地方语的普通话"①。

在《新桃花扇》的第一回，朝宗吟诵过曹操的《短歌行》，苏老头初到蔡益所的中堂，朗吟过刘禹锡的《西塞山怀古》。在第二回，有人仿写了刘禹锡的《堤上行》。在第三回，《板桥杂记》的作者余怀写过一首赞美香君的诗歌，香君送别朝宗时为其吟唱过诗歌。第四回，香君唱过《牡丹亭》。第五回，黄太冲和钱牧斋吟诵过王叔明的诗歌。第六回，作品呈现了妥娘的组诗和一首词，钱牧斋为她写的诗，妥娘还吟诵过自己写的一首诗歌。在第九回，郦飞云吟诵过诗歌，还唱过两首词。在第十一回，周仲驭朗吟过王阳明的散曲"南双调·步步娇"。在第十二回，朝宗吟唱过方密之的诗作。在第十二回，钱牧斋送杨龙友王叔明的横条，上题王叔明的诗作。在第十四回，马士英家藏有倪云林的真迹诗作《二月三日玄文馆听雨》。在第十六回，香君吟唱过妥娘所作的词《浪淘沙》。在第十七回，柳如是寄给钱牧斋诗作，被其反复品鉴吟诵，钱牧斋翻看"咏怀堂诗初稿"时，看到诗作"送吴伯纯还皖上"，高声朗诵。在第二十四回，杨龙友看到朝宗所赠香君折扇上所题的五绝诗作。在第三十回，郦飞云吟唱过多首词曲。在第三十三回，赛月吟唱过多首词曲。在第三十八回，柳敬亭朗诵过夏允彝就义前所作的绝名词，朝宗为香君朗诵过他新作的诗歌。

上述穿插于文本之内的诗词均以文言谱就，除了诗词外，作品中出现的公文、书信等也均以文言谱就。黄澍请斩马士英的奏章，"湖

---

① 茅盾：《关于"新水浒"——一部利用旧形式的长篇小说》，《中国文化》1940年第1卷第4期。

广巡案御史奉旨监宁南侯军臣黄澍奏一本……奸督马士英有十可斩之罪,仅详列,以求圣断,以质公论事:痛自乱贼猖狂,宗社失守,幸皇上应运中兴,大张挞伐……"①。又如左懋弟出使满清前的奏本,"臣此行生死未卜,请以辞阕效一言:愿陛下以先帝仇耻为心,瞻高皇之弓剑,则思列圣之陵寝何在……"②。田仰离开南京后,派人押送两万两白银给马士英,并附上亲笔信件,"晚托老相国鸿福,一路舟行平安,于本月十八日傍晚抵扬州,次日即往东平伯官邸,贺其加爵大庆,东平伯对老相国照拂之意,感激殊深,云草莽之身,荷此厚恩,不知将何以为报耳……"③。马士英和阮大铖倒行逆施,引起公愤,各地清君侧的檄文传入南京,"除诰命赠荫之余无朝政,自私怨旧仇而外无功能……而乃冰山发焰,鳄水兴波,群小充斥朝端,贤良窜逐于崖谷……"④。建安王府镇国中尉朱统类邀请杨龙友出席宴会的帖子,"良辰美景,一去不再,秉烛夜游,古称达士;前线捷报频传,我等更宜及时行乐,谨订今晚酉时正,泊舟长吟阁埠头,恭候大驾光临"⑤。

在第三十四回"扬州十日惨绝人寰"中,谷斯范对扬州惨案具体经过的写作方式,并非以全知全能的第三视角进行摹写,也并非借作品中某个角色之口进行叙述。作者谷斯范亲自进入文本之内,直接与读者展开对话,"明遗民王秀楚着'扬州十日记',是一部亲身经历的作品,且用白话摘录几段在下面,以见惨状一般"⑥,由此呈现了扬州惨案的详细经过。《扬州十日记》是明末王秀楚所写的关于清兵在扬州屠城的一部约八千字的史书,因此,原著必然是以文言谱就。而谷斯范将此文本呈现给读者时,并不是摘录原文,而是将文言的原文变为白话再展现给读者。原文中穿插的诗词、公文、书信以文言的方式

---

① 谷斯范:《新桃花扇》,新纪元出版社1948年版,第185页。
② 谷斯范:《新桃花扇》,新纪元出版社1948年版,第194页。
③ 谷斯范:《新桃花扇》,新纪元出版社1948年版,第178页。
④ 谷斯范:《新桃花扇》,新纪元出版社1948年版,第275页。
⑤ 谷斯范:《新桃花扇》,新纪元出版社1948年版,第299页。
⑥ 谷斯范:《新桃花扇》,新纪元出版社1948年版,第305页。

写作，这是与作品的文体形式和题材背景相契合。而《扬州十日记》以白话的形式呈现，则是由现实观照的文体内核所决定。谷斯范创作《新水浒》《新桃花扇》的根本目的是对普罗大众传播启蒙思想，以清兵屠城来隐喻现实中的南京惨案，令民众警醒，这是作者的主旨所在。因此，在《新桃花扇》中，更加明晰地呈现出文白杂糅的语言范式。

谷斯范现代长篇小说文白杂糅的语言范式一方面是由其文体形式和历史题材决定的；另一方面，则是服务于他的现实观照的文体内核。尤其对于《新桃花扇》这样一部"旧瓶装新酒"的作品，用白话叙述能使读者更好地理解作品的主旨、作者的情感。用文言来朗诵吟唱诗、词等，更能展现其所蕴含的历史意蕴。在创造过程中，文言和白话的交汇使用十分自然，没有半点突兀，文白杂糅的语言范式使作品迸发出强烈的艺术张力和艺术感染力。

结　语

在20世纪40年代，以谭正璧、谷斯范为代表的小说撰写，采用了古典章回的文体形式，在题材上偏爱历史新编，实则是要"借古人的骸骨来，另行吹嘘些生命进去"[①]。新的生命便是现代人的思想情感——现实观照的文体内核，作品中以文白杂糅的语言范式来实现"夫子自道"，"我虽然不曾自比过歌德，但我委实自比过屈原。就在那一年所做的《湘累》，实际上就是'夫子自道'，那里面屈原所说的话，完全是自己的实感。"[②]即借历史人物、作品角色之口说出自己心中的所想与所感，抒发自己的情绪、表达自己的见解，借古讽今、借古喻今，描写当下的社会世相，矛头直指统治阶层，使读者可以直接联想到某个独裁者、某个统治集团的丑恶嘴脸与卑劣手段，从而痛斥

[①] 郭沫若：《〈孤竹君之二子〉幕前序话》，《创造季刊》1923年第1卷第4期。
[②] 郭沫若：《创造十年》，见《郭沫若全集·文学编·第十二卷》，人民文学出版社1992年版，第79页。

现实社会的黑暗与统治阶层的无耻。但长期以来，谷斯范的文学创作特别是现代长篇小说撰写一直被学界忽视。谷斯范的文学创作，特别是现代长篇小说写作，为中国现代文学、浙江文学尤其是中国现代长篇小说的发展作出了重要贡献，他的文学创作特别是小说写作实属一座有待开掘的文学富矿。通过对谷斯范长篇现代小说创作的阐释与回溯，不仅能够钩沉还原其完整的文学创作风貌，重审其文学史地位，对于中国现代文学来说，谷斯范的"重新发现"，亦是一种有益的补充。

第十五章 新旧冲突·人生抉择·悲剧构建

——田涛中长篇小说论

引　言

田涛，原名田德裕，1916年3月生于河北省望都县北合村。处女作《利息》1934年发表在《国闻周报》上。1936年在《文学》月刊发表了《荒》，受到文坛关注，小说被收入《二十人所选短篇佳作集》。抗日战争爆发后，积极参加抗日工作，并创作了一系列作品。他的中长篇小说创作主要集中于20世纪40年代，有《金黄色的小米》（又名《沃土》）[1]、《地层》（又名《焰》）[2]、《边外》（又名《灾难》）[3]、《流亡图》、《子午线》，以及《潮》第一部和第二部。虽然田涛将《边外》《流亡图》称为中篇小说，但从篇幅上看，《边外》与长篇小说无异。尽管田涛的创作在当时也曾产生过一定的影响，但并没有得到研究者的重视。杨义在《中国现代小说史》中将田涛视为京派作家，剖

---

[1] 田涛在《沃土·前记》中指出：《金黄色的小米》创作完成后本想命名为《沃土》，由于碧野已有《肥沃的土地》问世，因此，将其改名为《金黄色的小米》，由上海建国书店出版。后来，该书又改由文化生活出版社印行，遂毅然更名为《沃土》。

[2] 《地层》系东方书社1944年7月初版，1946年6月又以《焰》之名在大道出版社北平分社再版。

[3] 1956年由上海新文艺出版社出版的中篇小说《灾难》，原名《边外》，修改后以《灾难》之名重新出版发行。

析了《荒》《离》《沃土》等作品中的"悲凉"感；周锦在《中国新文学史》①中分析了《潮》《沃土》《流亡图》等小说，关注了女性人物形象；陈思广在论文《冀中平原的现实主义歌者与苦吟人——田涛新论（1934—1949）》以"乡土"和"抗战"为主题梳理了田涛的作品，并用苦吟概括其审美风格。不过，整体来看研究十分匮乏。田涛的中长篇创作与现实人生、时代浪潮紧密相连，揭示新旧农民的代际冲突，关注青年的人生抉择、透视底层民众的人生悲剧，表现出深厚的人文蕴涵与家国忧思。

一　新旧农民的代际冲突

从茅盾《春蚕》《秋收》中老式农民老通宝和觉醒的青年农民多多头的冲突，到叶紫《丰收》《火》中云普叔和立秋、少普的对立，再到李辉英《丰年》中孙三爷同孙庆祥的对立，新旧农民的代际冲突始终是现代作家反复书写的重要母题。农民之间的代际冲突，背后反映的是文化的冲突。子一代年轻农民受到革命的启蒙，在革命中成长，成为觉醒者，与固守乡土传统的父一代农民产生了不可调和的冲突。

田涛的中长篇小说承继了新旧农民代际冲突的创作主题，《子午线》中的东庄老头子是中国旧式农民的典型代表——顽固麻木、无知愚昧。武汉沦陷后，周边村落的农民同城市中的市民一道，沦为了难民，离开了自己世代相守的家园。在逃难的路上，东庄老头子不理解为何要有战争，不知道何时才能停战，他认为老百姓做一个顺民，就可以安稳度日、安稳种田，"为什么要战争呵！阿弥陀佛，反正我们百姓们是西方东倒，东风西顺，怎么我们也欺惹得受饿受渴，自己家里的房子地也不能安安顺顺的耕种过日子？阿弥陀佛，快停战吧……

---

① 周锦：《中国新文学史》，逸群图书有限公司1983年版，第11页。

不管东洋兵胜了也好,不管西洋兵败了也好,只要能够返回到自己家里去……"①。当得知同村的胡香子不再逃难而是要投军抗日时,东庄老头子十分不解与担忧,劝告他参军打仗会掉脑袋,做顺民就会平安无事,"他仍旧不愿意年青人们去当兵,当了兵的人脑袋是挺容易掉的,不用打,归顺了日本那不是就平安无事了"②。与之形成鲜明对比的是觉醒的青年农民——东庄老头子的儿子东大宝和东大宝的好友胡香子,东大宝在抗日战争爆发后就离开家乡参军报国,胡香子则在逃难的路上毅然决定不再逃亡,而是要参军抗敌。他们是觉醒的新一代农民,不再像父辈那样愚昧麻木、逆来顺受、胆怯求稳。

在表现新旧农民冲突的同时,田涛还注重呈现冲突的多样性、不确定性和复杂性。在《金黄色的小米》(《沃土》)中,同样设置了新旧农民的典型冲突,仝云庆的妻子是老式农民代表,而她的二女儿春絮则是正在觉醒的青年农民。仝云庆的妻子是一个愚昧无知、逆来顺受的农妇,面对各种天灾人祸,她将其归结为宿命,"什么事都是命定的"③。在面对虫(蝗)灾时,不但阻止丈夫和子女外出捕杀驱赶蝗虫,还扬言要烧香请走蝗虫,"什么事都是命里注定的,这飞蝗下天来闹,不用说是我们前一辈遭害过它们,如今它们下来报复的。若是我们再给它们报复,把它们捕灭了,这一生就又记下私仇,以后还是要受它们的遭害的。依我说,还是烧把香火请它们上天去,免得今后再找麻烦"④。不同于愚昧无知、逆来顺受的母亲,以及姐姐娃仙、冬霞和堂妹成湘,春絮已经有了朦胧的反抗意识。面对仝云庆指派的农活,娃仙、冬霞、成湘从来不敢休息,都是卖力完成,成湘甚至累到吐血。而春絮在疲累时总要先休息再做活,为此,屡次与愚孝的娃仙发生争执。面对母亲终日絮叨的宿命论,春絮则充满了质疑与不忿,

---

① 田涛:《子午线》,大路出版公司1940年版,第25页。
② 田涛:《子午线》,大路出版公司1940年版,第27页。
③ 田涛:《沃土》,文化生活出版社1947年版,第17页。
④ 田涛:《沃土》,文化生活出版社1947年版,第124页。

第十五章 新旧冲突·人生抉择·悲剧构建

"我们种田的百姓们太苦了,咱们财主崔大爷家,你看那一家人顿顿吃的是白面大米,一年到头穿的没离过绸缎,可是他们一家人手儿没摸过锄,肩头没挑过担,世界上也有这么不公平的事?"① 她甚至与一个逃兵一见钟情、私定终身,毅然离开父母和家庭,与之完婚。

但是,面对强大顽固的封建势力,孤军作战的春絮实则是渺小和无助的,在小说最后,她没有像东大宝、胡香子以及多多头、立秋、少普、孙庆祥、王中藩、李万发、钱桂芳那样,实现真正的觉醒与反抗,反而被封建势力吞噬,被封建思想同化。当丈夫被抓走后,她失去了生活的依靠和来源,饥饿驱使她回到了家庭中。父母为了买牛,准备将她卖掉换钱,面对父母像货物一样的出卖,此时的春絮已经变成了像母亲和姐姐那样逆来顺受的农村妇女,不敢反抗、默默应许。在《地层》(《焰》)中,顽固愚昧的老式农民代表是赵三爹,面对即将到来的侵略者,他的看法和《子午线》中的东庄老头子不谋而合——做个顺民安心种地,"日本人过来就顺日本,安安分分做老百姓,外边的事少管……地就是咱们的命……现在中国给日本打,就是日本人过来了,他也总要老百姓种田耕地呀"②。此时赵三爹的大儿子银存,在驻村青年学生的启蒙下,有了一些朦胧的反抗意识和家国意识,同时对于王万余组织的游击队,也是跃跃欲试想要参加。但是,当真正面对凶残嗜血、强大狂暴的侵略者时,银存人性的弱点——胆小怕事,以及阶级的局限性——独处苟安,令他像最终反抗失败的春絮那样,躲在了鬼迷沟中寄望和新娶的妻子苟活于世。反而是原本愚昧麻木、奴性十足的赵三爹在老伴惨死、房屋田地付之一炬后,变成了一个彻底的抗日者、觉醒者。他和幸存的青年农民们一道加入了游击队,还强令两个儿子银存、金存也要加入,在作战时,他身先士卒、勇敢无畏,还痛斥胆怯畏战的银存。在《地层》(《焰》)中,新旧农

---

① 田涛:《沃土》,文化生活出版社1947年版,第184页。
② 田涛:《地层》,东方书社1944年版,第12页。

民的对立实则出现了两次，第一次是作品伊始，顽固愚昧的老式农民和尚待觉醒的青年农民的冲突；第二次则是作品最后，蜕变的老式农民和觉醒失败、依然蒙昧的青年农民的冲突。

田涛中长篇小说中的新旧农民对立，在承继前人的基础上，跳出了原有的固定模式，呈现出了新的思考，提出了新的问题，展现了代际冲突的多元面向，体现出时代转型与社会变动之下国人精神嬗变的轨迹，揭示出革命冲击下出乡土文化的解体以及新生农民的觉醒，尽管这一过程异常艰难，然而一旦觉醒便内蕴着强大的变革力量。

二 青年一代的人生抉择

作为一个革命作家，田涛始终以积极介入的姿态参与革命与文学，因此他的作品有着强烈的现实关怀，而青年问题也是他重点关注的方向。其长篇小说中的青年一代主要分为三类，觉醒的启蒙者和反抗者、在蒙昧和觉醒间的徘徊者、蒙昧与堕落者。通过塑造不同类型的青年形象，力图呈现青年一代在时代浪潮中的人生抉择。

觉醒的启蒙者和反抗者主要有《潮》中的梅亚辉、《子午线》中的东大宝和胡香子。梅亚辉是觉醒的启蒙者的代表，是典型的知识青年。战前在北平读书，抗日战争爆发后，同好友以及北平的青年学生们一同撤离，准备奔赴各地为抗战贡献自己的一份力量。当胡珈航、胡山鹰、穆焚陷于爱恋旋涡难以自拔，当王翔云思恋家乡、家人暗自神伤，当夏淑明还在为随身携带的大量精致衣服鞋袜的安置问题担心忧虑时，他人处于精神困境和现实困境时，她总是陪伴左右、鼓励安慰，她成了众人的精神图腾和人生导师。在烟台，梅亚辉和几个骨干学生成立了北平流亡学生自治会。在郑州，她又和当地青年学生一同组织了战地服务团。在沦陷区，她带领青年学生加入游击队。她是一个坚强刚毅、果敢决断的新时代女性，但她并不是一个没有七情六欲的战士，她也是一个有血有肉、渴望爱情的青年。梅亚辉到太原找到

第十五章 新旧冲突·人生抉择·悲剧构建

男友粟刚后,发现男友早已瞒着自己结了婚,将自己狠心抛弃。受了情伤的梅亚辉也会食不知味、暗自神伤,但她很快从情伤中恢复,继续投身革命事业。她还抛开世俗的眼光,大胆追求比自己小很多的范朴。因此,当她被敌人射杀后,众人无不悲伤落泪,这伤感除了源自爱情、友谊外,更多的是失去了一位好的导师和启蒙者后的惋惜,"她死了,就如失去一位老师似的,我们的生活如果没了她,就等于失了指导者"①。觉醒的反抗者的代表则是《子午线》中的东大宝和胡香子,抗日战争爆发后,东大宝就舍弃了家中的老父,以及年轻的妻子和刚出生的孩子,离开家乡当兵抗日。胡香子在东大宝的感染下,尤其是逃难途中的苦痛经历令他觉醒,毅然投军抗日。无论是知识青年梅亚辉,还是农村青年东大宝和胡香子,他们作为觉醒的启蒙者和反抗者,置家庭、安危于不顾,选择投身前线,搏击时代的浪潮。

在蒙昧和觉醒间的徘徊者主要有《地层》(《焰》)中的银存、金存兄弟和史连科,《金黄色的小米》(《沃土》)中的春絮,《潮》中的胡珈航、胡山鹰、穆焚,《流亡图》中的聂士儒。银存、金存和史连科在抗日战争爆发前,就有了朦胧的反抗意识,在王万余和金明的鼓动下有了加入游击队抗日的念头,但当真的面对侵略者时,银存、金存却惧怕敌人的凶残,作战时畏首畏尾,史连科则落入了敌人的圈套,沉迷间谍金寡妇的美貌,迷失了自我。他们的反抗都不像赵三爹那样纯粹彻底。春絮是一个泼辣胆大、敢说敢做的农村少女,她同样具有了朦胧的反抗意识,并付诸行动,但孤军奋战的她终究抵不过强大的封建势力,最终还是沦为了一个蒙昧者,父母将她出卖的时候,已没有任何反抗,只是乖乖听命,"如今她已变成一个性情极温顺的人了"②。相爱的胡珈航和胡山鹰意外发现彼此是同父异母的兄妹后,胡珈航难以承受这种命运的打击,最后疯掉死去。在胡珈航离世后,

---

① 田涛:《潮》第二部,建国书店1944年版,第82页。
② 田涛:《沃土》,文化生活出版社1947年版,第268页。

胡山鹰本想将身心全部投入到抗战中去，而穆焚同样有着此种理想。二人却在相识后，互生情愫，再次进入了感情的旋涡。为了和爱人长相厮守，穆焚决定带胡山鹰去大后方，组织一个小家庭，远离战乱尘嚣。屡屡受到伤害的胡山鹰也把穆焚当作自己避风的港湾，追随爱人来到大后方。但当穆焚发现胡山鹰所生之子是董子逊的孩子时，狠心抛弃了胡山鹰，不知所踪。胡珈航、胡山鹰、穆焚原本都是意志较为坚定的时代青年，他们不怕吃苦、不怕牺牲，却在爱情的旋涡中难以自拔，成了蒙昧的落后者。尤其是意志坚定的胡山鹰，在经历了一系列变故后，不愿再参加任何实际工作，而是经常思考人生、命运等形而上的问题，放弃了最初的理想，变得茫然而无措、消极而颓废。聂士儒也是一个知识青年，但她最初参加抗日工作，只是为了追随爱人张贺轩，经过一系列事件之后，最终成熟起来，勇敢奔赴前线、独自投身抗日事业。她的成长轨迹与银存、金存、史连科、春絮、胡珈航、胡山鹰、穆焚相比，恰恰相反，她的人生实现了彻底的蜕变，摆脱了蒙昧，成长为觉醒者。

而蒙昧与堕落者则以《流亡图》中的潘琪、《潮》中的董子逊、《地层》(《焰》)中的金寡妇为代表。蒙昧者的代表是潘琪，潘琪是一个喜欢夸大胡吹的无耻之人，家中已有妻小，还觊觎年轻貌美的聂士儒，在流亡的路上对其屡献殷勤。张贺轩和聂士儒在洛阳参加抗日演剧队后，他也跟随而来，不是为了抗日而是为了爱情。因无法适应抗日演剧队艰苦的生活环境，潘琪又主动离开，在当地报馆谋了个编辑之职。聂士儒在离开抗日演剧队到前线参加游击队前，给潘琪写了一封信，在信中，聂士儒诚恳地希望潘琪能够摆脱小资产阶级式的生活态度和生活方式，加入游击队，真正为抗战做一些有意义的实际工作。但潘琪看完信后，只是痛心女神的出走、担忧女神的安危，却从来没有想过要奔赴火线，"只感到茫然"[①]。潘琪作为一个知识分

---

① 田涛：《流亡图》，晨光出版公司1948年版，第141页。

子，本应比一些农民更易觉醒，甚至承担起启蒙者的角色，却始终处于茫然——蒙昧的人生状态之中，在他的世界中，没有家国天下，只有儿女情长、安稳享乐。堕落者的代表则是董子逊和金寡妇。董子逊在加入游击队前，是一个大学生，凭借其知识青年的身份，在加入游击队后，平步青云，当上了司令参谋，他像丘东平《茅山下》中的郭元龙那样，虽身处革命阵营，却无耻地利用手中权力为个人谋利。董子逊数次奸污美丽内向的胡山鹰，令其陷入苦痛的精神困境和现实困境，他是导致胡山鹰英年早逝的罪魁祸首。金寡妇则和程造之《地下》中的庞翠荷，韩北屏《雀和螳螂》中的张小姐、宋小姐一样，是日军的间谍。她们作为青年一代，本应走在时代的前沿，却无耻地投靠敌人，做了汉奸。她们阴险毒辣、诡计多端，利用自己的美色骗取《地层》（《焰》）中的史连科、《地下》中的朱雪齐、《雀和螳螂》中的刘戒非的信任，套取情报、伺机破坏，使《地层》（《焰》）和《地下》中的游击队，以及《雀和螳螂》中的南京驻军损失惨重。

田涛在其中长篇小说中详细呈现了青年一代，在黑暗的社会环境、在激烈的时代浪潮中不同的人生抉择，为一代青年心灵史留下了宝贵的时代见证。田涛尤为注重描摹在蒙昧和觉醒间的徘徊者的人生之路，通过对其形象的细致刻画、对其人生之路的详尽描摹，力图揭示社会生活和人性所具有的复杂性，渗透着田涛对人生、命运等形而上问题的哲理深思。

三 人生悲剧的深度构建

在黑格尔的论述中，悲剧的生成主要包括自然悲剧、社会悲剧等类型。自然悲剧是人与外在自然的矛盾，"物理的或自然的情况所产生的冲突"[①]，物理自然主要指疾病与灾害，它们破坏了原本和谐的生

---

① ［德］黑格尔：《美学》第一卷，朱光潜译，商务印书馆1979年版，第262页。

活，造成了对立与冲突。社会悲剧是人与社会环境的矛盾，"由于习俗和法律的影响变成了一种不可克服的界限，好像它已是一种习惯成自然的不公平的事，因此成为冲突的原因。奴隶地位，农奴地位，等级的差别，在许多国家里犹太人的处境，以及在某种意义上贵族出身与市民出身的矛盾都属于这一种"[1]。田涛的中长篇小说，充斥着底层人民生存的挣扎与灵魂的苦吟，他们无力抵抗天灾人祸的侵蚀，在灾难面前不堪一击，是被侮辱与被损害的人群，毫无生存的尊严。田涛饱蘸同情之笔墨，抒发对以农民为代表的社会底层民众的深切同情。

　　田涛笔下的自然悲剧——天灾，包括旱灾、水灾、虫（蝗）灾、瘟疫，以此切入，描写中国农民在面对天灾时的人生悲剧。《金黄色的小米》（《沃土》）中仝云庆一家，在一年的耕作中，经历了旱灾、水灾、虫（蝗）灾，这一系列的天灾让原本就贫困的家庭雪上加霜，粮食颗粒无收还要给田主崔大爷交租。面对天灾和自身的病痛，仝云庆的妻子总是愚昧地以宿命论安慰自己和家人。为了全家的活路，也为了小儿子盛地能够娶妻，仝云庆和妻子先是狠心将大女儿姹仙嫁给了一个年纪可以当她父亲的财主做小妾。姹仙虽极不情愿，但为了家人只能默默接受。又要将侄女成湘送给崔大爷做小妾，成湘得知后，陷入了一种疯癫的精神状态，在某夜上吊自尽。家中的耕牛死后，为了维持生计，仝云庆和妻子无奈又将三女儿春絮出卖，换来的钱买了一头新的耕牛。《边外》中凤金爷所在的村落及周边地区经历了旱灾和瘟疫，尸横遍野、赤地千里，"太阳烈害呀，村里人都病倒了，只要一吐一泻，人跌一个滚就死的"[2]。为了生存，原本要将女儿许配给凤金爷二儿子金锁的青翠父母临时变卦，将女儿嫁给了外村的一个老财主做小妾。凤金爷和儿子金锁则同其他幸存的乡民老甜瓜等人外出逃荒。

---

[1]　[德]黑格尔：《美学》第一卷，朱光潜译，商务印书馆1979年版，第265页。
[2]　田涛：《边外》，怀正文化社1947年版，第61页。

第十五章　新旧冲突·人生抉择·悲剧构建

比起天灾，更可怕的是社会悲剧（人祸）——阶级压迫、兵匪作乱、异族侵略等。当遭遇天灾时，为了生存，仝云庆及妻子同青翠父母一样，都将女儿出卖给了剥削阶级。《潮》中的胡山鹰被游击队中的权力阶层董子逊欺侮奸污，在生完孩子后因被穆焚抛弃无力支付医院的费用，提早出院。不懂当地风俗的她带着未足月的女儿回到租住地，房东得知后破口大骂，斥责她破坏了风水，逼迫她外出买鸡杀掉再磕头还愿。本就体弱的她，在经历了这一切后发了高烧，也没有奶水喂给刚出生的婴孩，最终，婴儿夭折，胡山鹰病逝。仝云庆的村子附近爆发了战争，整个村子的耕地都被破坏了，战争结束后，胜利的×军又在村中大肆劫掠，不仅抢走了仝云庆的全部家财，冬湘还惨遭兵匪轮奸，投井自尽。《边外》伊始，就描写兵匪作乱，为了怕被兵匪玷污，青翠父母让女儿到凤金爷家躲藏。凤金爷和老甜瓜两家人逃荒来到县城的派粥点，派粥时，饥饿的难民们挤作一团，派粥的管事和巡警便对难民们破口大骂，用棍棒敲打。正直倔强的老甜瓜看不惯作威作福、欺压良善的管事和巡警，便与之据理力争，巡警便将其抓走，关到监狱里，最后竟以乱党之名将其杀害。逃难回乡后，众人恢复生产获得了丰收，凤金爷发现刘财主家的女眷来到他家田地偷拿收获的粮食，金锁得知后气不过，作为报复便在夜间去刘财主家的棉花地偷拿棉花，被守夜的发现。刘财主就派出打手溜进凤金爷家打砸报复，重伤凤金爷。凤金爷经过一段时间的休养后去县城告状，刘财主在县城里的势力也极大，凤金爷告状不成反被投进监狱，受尽折磨。等放回家后，凤金爷已变得痴痴颠颠，最后含恨离世。

面对日军侵略，底层百姓的命运更是悲惨无比。田涛含着巨大的悲愤，记录下惨绝人寰的战争给人民带来的不可治愈的创伤，财产被掠夺、女性被奸污、生命被摧残。《子午线》描写了武汉沦陷前，武汉三镇以及周边乡村的市民、乡民紧急撤退。在逃难的路上，每个人都经历着心灵和肉体的双重折磨。难民们忍饥挨渴，东庄老头子的儿媳妇已经几日没有进食，也没有一点奶水喂给尚在襁褓的婴儿，婴孩不幸夭折后，东庄老头子和儿媳妇只能含泪将尸体丢在山谷。一个妇人身体不适晕倒，她的丈夫只能从一处布满鸽子屎、破布、腐草以及各种垃圾的死水塘中捧出一些混着泥土的臭水喂给她喝。《地层》(《焰》)中赵三爹的老伴赵三妈被日军炮弹炸得血肉横飞，家中所有财产都被抢走，整个村子也被付之一炬。正是敌人的凶残和嗜血使赵三爹最终觉醒和蜕变，走上了抗日之路。在《地层》(《焰》)中，田涛详尽描写了日军所犯下的触目惊心的暴行，"这里乡村中的妇女，银钱，粮食，——一切都仿佛已属于他们的私有物，可以随时进来奸掠，抢劫，烧杀……从那破烂的界头或釜水沙套里，随时都可以看见一两具被剥光裸体的女尸，更可随地看见那被剥掉腿的驴牛，在地下挣扎，发出悲惨的鸣吟，慢慢的流血痛死"[①]。

田涛以悲情的笔触，摹写农民多灾多难的生活遭际，自然悲剧和社会悲剧给他们的生命投下了浓黑的阴影，让他们没有喘息的空间。小说深入底层，全方位地呈现中国农民苦难和悲惨命运，发人深省，极具现实意义。

结　语

田涛的中长篇小说始终与社会现实、时代浪潮紧密相连，他有着深厚的人道关怀，关心人间疾苦、关注现实人生、关心人民命运。不管是对新旧农民的冲突的刻画，还是青年人生抉择的图绘，抑或是人生悲剧的深描，都能让人感受到田涛的悲悯情怀。重新检视田涛的小说，时代感和现实性扑面而来，被尘封的文本下面，掩藏着一颗苦吟的心。他的小说，因深厚的情感与忍不住的关怀，记录了思想的挣扎、人民的呻吟与苦痛，至今仍有其文学价值与历史价值。

---

① 田涛：《地层》，东方书社1944年版，第33页。

第十六章 个人心灵史诗的浪漫哲理书写

——《无名书初稿》创作论

引　言

　　无名氏，以诗人的浪漫、哲人的深刻，"他的语言充满着哲理，文字堆砌着激情"①，以卷帙浩繁的鸿篇巨制——《无名书初稿》为代表，书写印蒂那富有哲理又浪漫四溢的心灵史诗。有的评论家称其创作为"诗体小说"②，抑或"抒情诗体"③，无论何种，均是以诗化的艺术手段，服务于深邃的心灵剖析与深刻的哲理深思。这在20世纪40年代的中国是十分罕见的，"当四十年代中国绝大多数作家仍然热衷于现实主义的创作方法时，无名氏就已经对小说进行了全面的变革"④。这种变革不仅是淡化小说的情节、破除小说与其他文体形式的界限，更是在深刻的理性思考之后，深入自我的精神世界，剖析并绘制了一部宏大的个人心灵史诗。在无名氏的史诗书写中，杂糅着神秘、激情、忧郁、理性、超然，渗透着宇宙、历史、宗教、哲学、命运、人生。因而在20世

---

　　① 汪应果、赵江滨：《无名氏传奇·序》，上海文艺出版社1998年版，第15页。
　　② 汪应果、赵江滨：《无名氏传奇·序》，上海文艺出版社1998年版，第14页。
　　③ 司马长风：《"无名书稿"独创性》，见卜少夫、区展才主编《现代心灵的探索：无名氏作品研究》，黎明文化事业股份有限公司1989年版，第1页。
　　④ 汪应果、赵江滨：《无名氏传奇·序》，上海文艺出版社1998年版，第14页。

纪40年代战争文学成为主潮、现实主义盛行的特殊历史时期，无名氏的《无名书初稿》（前三卷）、《塔里的女人》、《北极风情画》、《一百万年以前》等长篇小说创作，绽放出了匠心独具的异色光芒。

无名氏，原籍江苏扬州。祖父卜庭柱，原为山东滕县人，中年后落籍江苏扬州。1917年1月1日，无名氏出生于南京下关，原名卜宝南，后改名卜乃夫。小名卜宁，也曾为无名氏一段时间所用之笔名。家中本兄弟六人，卜乃夫排行第四，大哥、三哥与五弟先后夭折。二哥卜宝源、六弟卜宝椿，后分别改名为卜少夫、卜幼夫。无名氏父亲去世后，其被送到扬州外婆家，入黄珏桥小学读书，十岁时返南京，就读于下关龙江桥小学，后又转读南京国立东南大学实验小学（国立中央大学实验小学前身）。后先后入读南京私立安徽中学、南京私立青年会中学、南京私立乐育中学，又转考南京三民中学。1934年，无名氏在仅有两个月即可得到中学文凭之际，因联考制度的强制推行愤而退学。这段真实的人生经历也被他写入小说之中，"一个在这师范和它附小前后读过十二年的学生，临毕业前一月，突然失踪……这个失踪者叫印蒂……他走了，悄悄走了，事先未向任何一个师长和同学打招呼，事后也未留下任何一封解释信"[1]。并借莎卡罗的提问"我始终不明白：当时你为什么忽然要走"[2]，以及印蒂的回答"这原因，主要内容是爱情，形式却是三本马克思传，以及学校那座囚牢……在我们当时的年龄，爱情会烧到不合理的社会制度，包括那座学校监狱，更何况我当时坚决反对不近情理的联考制度"[3]，进一步揭示其退学之缘由及作品的"自叙传"特色——书写个人之史诗。

无名氏的小说创作主要集中于20世纪40年代，1942年出版了第一部短篇小说集《露西亚之恋》，收《古城篇》《海边的故事》《日耳

---

[1] 无名氏：《无名书初稿·第一卷·野兽·野兽·野兽》，时代生活出版社1946年版，第15—16页。
[2] 无名氏：《金色的蛇夜》（下册），上海文艺出版社2001年版，第30页。
[3] 无名氏：《金色的蛇夜》（下册），上海文艺出版社2001年版，第30页。

第十六章 个人心灵史诗的浪漫哲理书写

曼的忧郁》《鞭尸》《露西亚之恋》《骑士的哀怨》六篇。1943年11月至1944年1月,在《华北新闻》上以"无名氏"之名连载长篇小说《北极艳遇》,"无名氏"正式成为卜乃夫之笔名,享誉文坛。该书随后由《华北新闻》报社以《北极风情画》之名出版单行本。1947年,于上海重新出版该书。1944年相继创作完成了长篇小说《一百万年以前》与《塔里的女人》。1948年2月、4月、10月,以及1949年5月,上海的真善美图书出版公司以《无名丛刊》第一种、第二种、第三种、第七种之名,重新再版了《北极风情画》《一百万年以前》《塔里的女人》三部长篇小说以及长篇小说断片《龙窟》。1946年,无名氏完成了《无名书初稿》第一卷《野兽·野兽·野兽》,由时代生活出版社出版发行。1947年,完成《无名书初稿》第二卷《海艳》的上册,由时代生活出版社出版发行。1948年,完成《无名书初稿》第二卷《海艳》的下册,由时代生活出版社出版发行。1949年,完成《无名书初稿》第三卷《金色的蛇夜》的上册,由时代生活出版社出版发行。需要指出的是,《无名书初稿》原计划共分为七卷,分别为第一卷《野兽·野兽·野兽》、第二卷《海艳》、第三卷《金色的蛇夜》、第四卷《荒漠里的人》、第五卷《死的严层》、第六卷《开花在星云以外》、第七卷《创世纪大菩提》。其中,第四卷《荒漠里的人》与无名氏于1942年在贵阳《中央日报》副刊连载的小说《荒漠里的人》名称完全一样,但内容却完全不同,"著者前在贵阳某报曾以另一笔名发表长篇小说'荒漠里的人',本书第四卷'荒漠里的人'内容与所发表者完全不同"[①]。此外,《无名书初稿》第四卷《荒漠里的人》因毁于战火,导致原本计划七卷本的《无名书初稿》最终问世六卷。

一 流变的个人心灵史诗

无名氏的鸿篇巨制《无名书初稿》虽是小说,却由内而外、由表

[①] 无名氏:《无名书初稿·第一卷·野兽·野兽·野兽》,时代生活出版社1946年版。

及里地呈现出心灵史诗的特质。从内容上看，无名氏是以巨大的社会变革、重大的历史事件、宏大的长篇叙事来映衬和揭示个人心灵世界的变化发展，个人心灵世界的变化发展与社会历史息息相关，但社会历史的发展始终服务于个人心灵的流变。从文体形式上看，在体裁形式方面，无名氏将分段排列的散文诗体，或分行排列的自由诗体，"新诗采用了西文诗分行写的办法"①，同小说相混杂。尤其是每一章第一节为典型的诗体形式——以散文诗体为主，自由诗体为辅。缘何每一章第一节分段排列的文字不为散文而为散文诗，则源于《无名书初稿》的体裁内核——精美凝练、激情澎湃、意蕴深厚的诗性表述方式，以及暗示性意象的诗性建构，"意象，是诗歌艺术最重要的组成部分之一……或者说在一首诗歌中起组织作用的主要因素有两个：声律和意象"②。无名氏以诗性体裁内核进行文本建构的小说写作思维，使《无名书初稿》与其说是一部小说，倒不如说是一首诗——散文诗与自由诗的杂合，"'无名氏初稿'则是情节疏淡，以人物的思想，感受为主，抒情诗体的文学作品……'无名书初稿'可以说是诗化的小说，或诗小说"③。无论是文本内容还是文体形式，均是为无名氏的创作主旨——探秘与展现个人心灵史诗的流变所服务。

　　贯穿《无名书初稿》的动作为"找"，"我整个灵魂目前只有一个要求：'必须去找，找，找！走遍地角天涯去找！——找一个东西！'这个'东西'是什么？我不知道。正因为不知道，我才必须去找。我只盲目的感觉：这是生命中最可宝贵的一个'东西'，甚至比生命还要重要的'东西'"④。"找"既是贯通小说的人物动作，又是个人心灵史诗的象征性意象。印蒂的一生都在"找"——找寻人类的存在价

---

① 闻一多：《诗的格律》，《晨报副刊·诗镌》1926年5月13日第7号。
② 陈植锷：《诗歌意象论》，中国社会科学出版社1990年版，第13页。
③ 司马长风：《"无名书"独创性》，见卜少夫、区展才主编《现代心灵的探索：无名氏作品研究》，黎明文化事业股份有限公司1989年版，第1—2页。
④ 无名氏：《无名书初稿·第一卷·野兽·野兽·野兽》，时代生活出版社1946年版，第21页。

值，探寻生命的终极奥义。在《无名书初稿》第一卷《野兽·野兽·野兽》中，印蒂临近毕业前突然退学，因为他发现"文凭为学生第二生命"①的人生理念并不是他所要"找"的对象，遂投身革命的洪流，先北上接受马克思主义的洗礼，又南下投入北伐战争。但在无名氏的笔下，外部的时代大潮和社会巨变只是历史发展到某个阶段的普通符号和简单标记，始终是为描绘与呈现内部的个人心理世界所服务。无名氏试图揭示个人心灵在不同人生阶段的状态与变化，印蒂初投身革命之时，找寻到的生命意义为"改造"，"改造这个人类！改造这个世界！改造这个国家！改造这个社会！改造！不断的改造！永久的改造！世界需要改造！中国需要改造！时代需要改造！"②因此，他甘心放弃了亲情和舒适安逸的生活，勇敢无畏地投身于"改造"这一革命事业中去，此时他的个人情绪已然充溢、即刻四溅，亟待倾泻。

情绪是人类感情的一种存在方式，是人类的一种心理状态，是一种水月镜花似的东西，需要借助外在的某种渠道才能呈现出来。在文学中，则需要借助节奏，节奏是传达情绪的主要方式，"文学的本质是有节奏的情绪的世界"③。在《无名书初稿》中，无名氏由小说家化身诗人，将自我的感情——印蒂内在的个人情绪转化为具体的外在节奏——行文，"节奏之于诗是它的外形，也是它的生命，我们可以说没有诗是没有节奏的，没有节奏的便不是诗"④。无名氏以大量的排比、重复，大量的比拟、象征，大量的感叹、省略，以诗——散文诗与自由诗杂合的方式，先是谱写了一首热血青年个人情绪迸发的浪漫唱诗。诗化表述中随处可见的象征性意象进一步使作品由"小说"升

---

① 无名氏：《无名书初稿·第一卷·野兽·野兽·野兽》，时代生活出版社1946年版，第16页。
② 无名氏：《无名书初稿·第一卷·野兽·野兽·野兽》，时代生活出版社1946年版，第35页。
③ 郭沫若：《文学的本质》，见《郭沫若全集·文学编·第十五卷·文艺论集》，人民文学出版社1990年版，第352页。
④ 郭沫若：《论节奏》，见《郭沫若全集·文学编·第十五卷·文艺论集》，人民文学出版社1990年版，第353页。

华为"诗","一切社会活动只是假面跳舞会,人所看见的是面具,人所摸到的是面具,人所获得的是面具,人所要求的,也是面具……人类千万年进化的结果,先是由原始动物进化成人,再由人进化成面具人,这面具人相当于尼米的超人,是文化黄金时代的最高表现。这是一个伟大的面具时代!"① 象征性意象"面具"与反讽技法"伟大的",暗示了虚伪、禁锢、专制的黑暗现实,面对这个"面具时代",热血青年印蒂唯有高呼"我不能忍受这一切,我只有逃走"②,拼力反抗。无名氏在创作过程中,根据印蒂内在情绪的起伏与迸发,以外在的具体节奏呈现在读者面前。

印蒂开始参与北伐,投身激烈残酷的战场后,这种内在的情绪与力量逐渐达到顶峰,一首首情绪外向型的激情唱诗由此生成。"爆炸了:'轰——哐——花''轰——哐——花''轰——哐——花''呱呱呱呱呱呱呱呱呱……'爆炸声一峰联着一峰,一座结着一座,一山骈着一山,一海连着一海,峰峰座座,山山海海,粗嘎而雕悍,妖娆而巫蛊,海龙卷大风暴似地崩吼着,气旋雷雨似地大啸着,疯喊着,雷震着。在一潮又一潮的大爆炸声,燧火更强恶了,火颜更耀烂了,火形更熏赫了。红铜色火柱子,巨人似的蟒舞着,马来亚疯热病者似地狂驰着,膘怒而燀烁,猖獗而粗秾。它舞着,驰着,驰着舞着,仿佛在怒吼:'烧死大城!烧死黑暗!烧死爆炸声!烧死人类敌人!烧死它!烧死它!烧死它!…'在火光与爆炸声中,分不清是燃烧的火在爆炸,还是爆炸在燃烧。烧着炸着,炸着烧着。大城像一座蛋蜂的窠巢,声音颜色,千千万万,凸凸凹凹,高高低低,红红紫紫,大大小小,长长短短,圆圆方方:尖锐的哨笛声,救火车声,警车声,枪声,呼喊声,马蹄声,奔跑声,人声,捕捉凶手声,建筑倒坍声,哭

---

① 无名氏:《无名书初稿·第一卷·野兽·野兽·野兽》,时代生活出版社1946年版,第32页。
② 无名氏:《无名书初稿·第一卷·野兽·野兽·野兽》,时代生活出版社1946年版,第32页。

泣声，求救声，爆炸声！爆炸声！爆炸声！爆炸声！爆炸声！爆炸声！爆炸声！爆炸声！……混乱是一把无穷大的老虎铁钳子，把整个大城钳碎了，钳碎了！钳碎了！钳碎了！钳碎了！钳碎了！钳碎了！钳碎了！……"①无名氏通过破折号、省略号、停顿、拟声词、长短句，以及大量的复沓、排比、对称、反复、并列等手法，使行文参差错落、跌宕起伏，内在的情绪通过外在的诗之节奏、诗之表述，诗意地呈现出来，使作品由"小说"升华为"诗"。

北伐结束后，革命阵营分裂，印蒂被捕，虽渴望自由，但信仰却依然坚定。面对敌人的拷打、利诱、父亲的劝说，仍然不向反革命势力妥协、投降。最后在父亲的积极斡旋下，也得益于印蒂未暴露身份，得以从狱中脱身。出狱后他仍渴望继续战斗，去寻找曾经的战友。与他一同被捕入狱的项若虚，不但破坏狱中的绝食活动，还厚颜无耻地写下"自白书"以换取自由，出狱后更是将自己伪装成英勇无畏的英雄人物，将自己的卑劣行径强加在印蒂身上，污蔑印蒂是投降分子。不明就里的战友们误信谗言，以左狮为代表的亲密战友的冷酷对待，尤其是组织命他悔过的通知，令印蒂内心感到失望直至绝望。曾经的坚定信念与战斗意志被误解背叛完全击碎，"十年来的信仰，已经崩溃了"②，革命激情消散无踪。此时，印蒂的个人心灵变得颓废与混沌、黑暗与痛苦，"他像一团碎裂的星球，被炸裂成无数碎片，流转在无极混沌中，无限黑暗中，无边无尽的永恒大海涛浪中。这一刹那又一刹那间，在一种大崩裂似的阵痛里，现实那只汽球在他心里爆炸了。这一簇簇血腥屑片，给予他最后的惨厉剧痛，一种空前绝后的大痛楚。这以后，渐渐的，在大黑暗与大混沌中，他迷茫感到一线永恒的超脱光闪。可是，这光闪极微弱，只扑朔迷离的烟几烟，不久，他

---

① 无名氏：《无名书初稿·第一卷·野兽·野兽·野兽》，时代生活出版社1946年版，第148页。

② 无名氏：《无名书初稿·第一卷·野兽·野兽·野兽》，时代生活出版社1946年版，第437页。

又被沉重的打落到痛苦幻海里。这个世界当真是一片黑，一片无开始无终结的黑。不，整个宇宙，从第一刹那起，就是一片黑，到最后一刹那也是一片黑。地球只是无穷黑流中的一块黑色浮景。世界不可能发光。人间不可能照明。人类也不可能放亮"[1]。绝望中的他久病不起，是父母的悉心照料令其逐渐恢复，当得知父亲以性命担保救他出狱的内情后，他的内心从黑暗与混沌中挣脱出来。印蒂踏上了新的人生旅程，继续投入到人生的战斗中去，这次的战斗不再是革命，不再是拯救人类，而是"找"，重新找寻生命的意义与存在的价值，拯救自我。

在《无名书初稿》的第二卷《海艳》中，印蒂先是远赴南洋，南洋的阳光、海水以及热带的气氛，使他的精神世界进入了一个全新的领域，"极度人间的阴暗，被南洋的阳光照亮了。极度凝定的郁闷，被南洋海水冲掉了"[2]。但没想到远在南洋，依旧没有摆脱政治的影响，有人告发印蒂曾参加过革命，由此被当局驱逐。回国前，他找到了一个新的人生目标，"找一个山明水秀的风景区，好好过一点诗意的生活……不仅要写诗，也要生活在诗里"[3]。印蒂投身革命后，无论是在北方接受马克思主义洗礼，还是在南方参加北伐，其经历似苦行僧般，刻意磨炼自己的心灵，压抑自己的欲望，将个人的激情和力量全部奉献给了人类的解放事业，从而消解了个人的诉求——亲情、爱情。而此时的印蒂实现了由集体到个人、由压抑到欢愉、由寡淡到诗意、由苦行到享乐的个人心灵蜕变。在回国的船上，印蒂遇见了一个喜爱看海的神秘女子，在每晚的相处交流中，被其深深吸引，"他像一团云彩，轻轻蠕飘四周一切动态都静止了。所有生命线条和形象都单一化了：化成一片橄榄体。一切色彩都泯没了，只溶成一片不透明

---

[1] 无名氏：《无名书初稿·第一卷·野兽·野兽·野兽》，时代生活出版社1946年版，第449—450页。
[2] 无名氏：《无名书初稿·第二卷·海艳·上册》，时代生活出版社1947年版，第534页。
[3] 无名氏：《无名书初稿·第二卷·海艳·上册》，时代生活出版社1947年版，第535页。

第十六章 个人心灵史诗的浪漫哲理书写

的却极温柔的青,他就走在这青里。他自己就是一片较深沉的青,一团较深沉的雾。他无思想无意志的飘着。他的感情烟一样的美丽而轻松。似乎并不是他在活动,而是他的感情在动。不是他在走,在呼吸,而是他的感情在走,在呼吸。他轻烟样的飘来荡去,一种并不深沉却很神秘的美浸透了他"①。此时印蒂的个人心灵之诗已然摆脱了革命浪漫激情,个人感受占据了主导地位,逐渐转向内敛与深邃、缥缈与柔情,哲理意味更加浓厚。

寂静的深夜—温柔的月光—壮丽的大海—若即若离的无名美丽白衣女子,彻底激发出了印蒂对女性、对爱情的渴望。他与女子热吻,下船时还想找寻她,恨自己未能获知她的信息。后来随母亲到杭州看望姨妈,与表弟瞿槐秋谈论人生,表弟表示喜欢独处,所以疏远女人。印蒂对表弟的观点极为反对,"在生命里面,假如还有什么动人的颜色,唯一动人的颜色是女人的颜色"②。《海艳》中的印蒂始终遵循着自己的内心诉求,除了对女性、对爱情极度渴望外,或探究他人秘密以满足自己的探秘之心,"不把别人灵魂四周的衣服剥光,他总不舒服"③,听出唐镜青愉快乐曲中的阴霾后,联系他殷实的家境和横溢的才华,印蒂想要探究是什么令他会有这一丝沉郁;或追求纯粹的快乐,泛舟西湖时,印蒂要求唐镜青演奏愉快的乐曲,不顾形象躺在船中,只为以最舒适的姿势来享受这愉快。

啊,今天!我从没有这样愉快过,充实过。我躺在金色阳光里,抽一枝烟,蓝色的烟漩涡打着圈圈,梦样包围我……

人间本有欢乐,只因为痛苦的影子太沉重了,这才压倒它。人对欢乐要求太苛,经常像男人挑剔女友,发现她脸上一颗疤粒,就一脚踢翻她全部优美。欢乐是人性的,不是神性的,它绝不是

---

① 无名氏:《无名书初稿·第二卷·海艳·上册》,时代生活出版社1947年版,第546页。
② 无名氏:《无名书初稿·第二卷·海艳·上册》,时代生活出版社1947年版,第684页。
③ 无名氏:《无名书初稿·第二卷·海艳·上册》,时代生活出版社1947年版,第667页。

永久的持续，只是刹那与刹那的飞跃……

在生命里追求一种意义吗？那只有欢乐。特别是美的欢乐。哲学的欢乐极浅薄。宗教的欢乐不自然。政治的欢乐太卑俗。英雄的欢乐很虚妄。只有美的欢乐最深，最真，最崇高，也最自然。在一刹那的惊奇和撼动里，我们的感官澈底沉浸了……

我是一个失足落海者，美是我所能抓住的最后一根绳子，一块木片。我非抓住它不可……

琴师敲键盘，试验各簧声音。我敲击自己，试验"自我"所发出的各种声音。①

印蒂以一首纯粹、空灵、优雅的散文诗向世人宣告，从 1920 年代进入 1930 年代之后，"我"已由一个舍弃自我、舍弃情欲、积极入世的革命者，转变为一个隔绝社会、纵情享乐、超然出世的诗人。印蒂的个人心灵发生了极大的转变，从动到静、从快到慢、从入世到出世、从现实到浪漫、从苦行到享乐、从集体到个人、从追求全人类的解放到探索个体生命的价值，"过去那一大段生活太缺少个性，更缺少大自然色彩，他现在必须弥补这两个"②。在命运的安排下，他再次遇到了那个日思夜想的神秘白衣女子，意外的是，她竟然是印蒂十余年未曾谋面的表妹瞿萦。但瞿萦对印蒂极为冷酷，不愿再提船上的那段旧事。她的神秘、冷漠、美丽，深深吸引了印蒂，她的冷酷无情却使印蒂的个人心灵陷入了深深的痛苦之中，遂离开杭州准备再一次远行。瞿萦最终追至他面前，放下伪装，二人敞开心扉，疯狂地结合在一起，印蒂（瞿萦）的个人心灵再次充满激情，情绪亟待爆发，彼此的抒情独白——诗，是情绪的彻底释放，二人的抒情诗如火山般喷发，前一节全部是印蒂的告白，后一节则统统是瞿萦的倾诉。这次的激情与革

---

① 无名氏：《无名书初稿·第二卷·海艳·上册》，时代生活出版社 1947 年版，第 703—704 页。

② 无名氏：《无名书初稿·第二卷·海艳·上册》，时代生活出版社 1947 年版，第 708 页。

命无关，而是一种人类最原始的情欲，个人心灵真正进入到了"唯自我"的境界。

印蒂和瞿萦陷入爱情之中，终日如胶似漆，情意绵绵，化成一首甜蜜的自由诗，"'萦！'／'蒂！'／'迷吗？'‘嗯。'／'晕吗？'‘嗯。'／'沉吗？'／'嗯。'／'想什么？'／'你！'／'再给我一个。'"①他们在一起游玩、交流、思考、旅行，不分彼此，融为一体，纵情地享受人生、诗化人生，"欣赏了酒的各种声音后，终点才是一个——醉。／他们称每一餐为'海宴。'这个'海宴，'他们常常如下的设计着：／有一餐，他们专吃水果，各色各样的水果。／有一餐，他们专门吃糖果，各式各样的朱古力糖。／有一餐，他们专门喝饮料：咖啡，可可，红茶，绿茶，牛奶，羊奶，果子露，可口可乐。／有一餐，他们专门吃冰，各式各样的冰：菠萝刨冰，赤豆刨冰，橘子刨冰，香蕉刨冰，……。／有一餐，他们专门在火上烤肉吃。／有一餐，他们专门喝各式各样的酒。这多半是在晚上。喝醉了，他们躺在沙滩上吹海风，让风吹醒酒意，月光照明酒意。"②二人恣意地沉浸在肉欲的欢愉之中，远离尘世与现实，恍如幻境，徜徉在自我的精神世界之内。激情过后，印蒂揭开了瞿萦的神秘面纱，征服了这个"高高在上的迷力"③。印蒂的内心却悄然发生了一些异变，"这片'高高在上'的没有了，一切平平凡凡，正常得几乎庸俗了"④，他的内心再次变得疲倦和迷茫。一次在湖滨饭店，印蒂意外偶遇了郑天遐、左狮、项若虚、贾强山等之前的战友同志，随即与郑天遐、左狮进行了针锋相对的交流。这次会面加重了他的痛苦和迷茫，看似已探寻到的欢乐——与瞿萦的爱情，尤其是二人即将发生的婚姻，实际上并不是自己真正所要"找"的那个东西，婚姻更是令他感到恐怖。印蒂的个人心灵再次发生了蜕变，这次蜕变的

---

① 无名氏：《无名书初稿·第二卷·海艳·下册》，时代生活出版社1948年版，第906页。
② 无名氏：《无名书初稿·第二卷·海艳·下册》，时代生活出版社1948年版，第1010页。
③ 无名氏：《无名书初稿·第二卷·海艳·下册》，时代生活出版社1948年版，第1100页。
④ 无名氏：《无名书初稿·第二卷·海艳·下册》，时代生活出版社1948年版，第1100—1101页。

导火线是"一九三一年九月十九日的号外"以及庄隐、韩慕韩远赴东北参加一支义勇军的邀约。印蒂在沉思中对自我进行了拷问，重新审视自我此时的诉求和欲望，找寻自我此时的人生目标与存在意义。"绝没有欢乐。假如有，那只是愚蠢官能的机械式的愚蠢重复……世界上没有一种药能治一切的病……人类当精神患病时，他却想用一种药来治一切病痛……这种药叫做'固执'……这是一个怎样活火山的时代？但我却在想这些冰窖里的哲理。我厌弃我身上的冰块了。我将暂时放下冰冷的解剖刀，走出实验室，投到那熊熊火山喷口硫黄溶岩里……我必须决定些什么，要不，我再无法拯救自己。我已经活到这样一天，每天一睁开眼，第一个问题就是：'今天我如何活下去？'这是可怕的"[1]。散文诗般的内心独白揭示出了自己那永不安分的奇妙灵魂以及永远都在探索的心灵。

　　因此，他残忍而又决绝地抛弃了曾经深爱的瞿萦，也改变了自己曾经设立的找寻一个女人、找寻一段爱情的某一阶段的生命意义。即使没有外部历史社会的变革——"九一八"事变作为导火线，印蒂依然会远离瞿萦，去寻找新的生命价值、存在意义，由此抑制、解救自己那复杂、矛盾、苦痛、不羁的灵魂。加入东北义勇军即是为了这个目的，"把正义的伤口和鲜血看作精神最高的巢与饮料"[2]。当加入的那支东北义勇军溃败后，这个时期的理想也就随之破灭。外部社会又爆发了"一·二八"事变，但已与印蒂无关，革命、抗战已无法满足他的个人心灵诉求，转而又继续寻找新的目标，因为对时代已然失望，"这个时代所能安慰人的，就是失望"[3]。印蒂同以前的一众朋友做起了走私生意，开始了放纵的生命之旅，华尔兹、酒、鸦片、女人，这些20世纪20年代印蒂痛恨、排斥与鄙视的东西，在这结束了"一·

---

[1] 无名氏：《无名书初稿·第二卷·海艳·下册》，时代生活出版社1948年版，第1199—1203页。

[2] 无名氏：《金色的蛇夜》（上册），上海文艺出版社2001年版，第24页。

[3] 无名氏：《金色的蛇夜》（上册），上海文艺出版社2001年版，第43页。

二八"事变的20世纪30年代,却成了他的日常生活与正常诉求。印蒂在舞会上偶遇了曾经在狱中劝他投降的女特务常绿(林美丽),他决定与她"合奏一只插曲"①,这"插曲"——官能享乐,是他目前生活的主要情调也是现阶段他内心所找寻到的价值与意义,"这种介乎妓女与圣女之间的女人,比一切女人更风情、更玄魅。而在他目前生活里,女人是和氮气氧气一样不可缺的"②。官能的放纵享乐已成为印蒂个人心灵的唯一"需要","他们地平线上,唯一活着的,只是'需要'"③,"道义""信用""法律""良知""忏悔"从他的精神世界中被全部摒弃。他和一众朋友及舞女们放浪形骸、荡舟狂舞,过着最疯狂、最原始、最无耻的生活。"地狱之花"莎卡罗又成为了他个人心灵寻找的新对象,依然是出自征服与肉欲,此时的肉欲甚至占了上风,他的心灵也似乎被黑暗笼罩。

在《无名书初稿》中,无名氏将外在的社会发展与时代变革,与自我丰沛的思想情感、丰富的人生体验相熔铸,把那饱满的诗情与哲理深思转化成抑扬顿挫、跌宕起伏的外在节奏——一部印蒂个人心灵流变的史诗,由此揭示和反映现代人自由开放的情绪,特别是敏感多思的心灵世界,"《无名书》则属于人类情感(过程)的写实……与人类诗感觉的写实,以及中国时代精神(过程)生命精神(过程)的写实"④。《无名书初稿》亦是一部心理分析小说,在创作过程中,无名氏化身心理学家,精准地呈现印蒂个人心灵的变化,并揭示变化的根源与外部世界无关,而在于现代人那复杂的心灵世界,对个人心灵世界的探秘,是他的终极目标,全面书写和展现主人公印蒂在20世纪上半叶个人心灵的变化与发展,书写一部完整的个人心灵流变史诗。

---

① 无名氏:《金色的蛇夜》(上册),上海文艺出版社2001年版,第85页。
② 无名氏:《金色的蛇夜》(上册),上海文艺出版社2001年版,第85页。
③ 无名氏:《金色的蛇夜》(上册),上海文艺出版社2001年版,第97页。
④ 陈思和:《金色的蛇夜·代序》,见《金色的蛇夜》(上册),上海文艺出版社2001年版,第3页。

二 矛盾的个人心灵状态

无名氏在小说创作过程中，十分注重呈现主人公矛盾的心灵状态，这是心理分析小说的典型特质，"无名氏的创作是极其复杂的，他不是那种单色的作家，他的作品包含着丰富的哲学思想……也必然包含着深刻的矛盾"[①]。除了注重展现主人公印蒂矛盾的心灵状态，无名氏在《无名书初稿》的第一卷《野兽·野兽·野兽》的写作中，还着重描写了印修静与印蒂父子二人思想的碰撞，父子二人的心灵交锋为典型的理性情感与感性情绪的对立。印蒂矛盾的个人心灵状态、父子间感性心灵状态与理性心灵状态的对立，使《无名书初稿》极富艺术张力。艺术张力是英美新批评派提出的重要理论之一，英美新批评派的学者艾伦·退特在《论诗的张力》一文中将物理学中的"张力"理论引申到文学、诗学之中，指出艺术张力生成于两个方面：一是与物理学本源有关，两个反方向相互作用力的碰撞——在对立中生成艺术张力；二是感性与理性的对立统一能够激发出艺术张力。尤其是感性与理性的融合，是英美新批评派学者的主要探究成果，"即在诗中所能发现的全部外展和内包的有机整体"[②]。《无名书初稿》的艺术张力一方面源自无名氏将相互排斥、相互对立的心灵状态进行并置；另一方面则源于感性情绪与理性情感的融合，恰如艾略特所强调的，文学创作不仅要看进内心（感觉—感性—激情），"这还看得不够深……必须看进大脑皮层、神经系统，还有消化道"[③]（思维—理性—哲理）。

无名氏在文章伊始，就深入印蒂的内心世界，描写他从北方磨砺回乡后，面对乱世、面对过往、面对前路，内心的百感交集，挖掘刻

[①] 汪应果、赵江滨：《无名氏传奇·序》，上海文艺出版社 1998 年版，第 3 页。
[②] [美] 艾伦·退特：《论诗的张力》，姚奔译，周六公校，见赵毅衡编选《"新批评"文集》，中国社会科学出版社 1988 年版，第 117 页。
[③] [英] T. S. 艾略特：《玄学派诗人》，裘小龙译，见赵毅衡编选《"新批评"文集》，中国社会科学出版社 1988 年版，第 45 页。

画他矛盾的个人心灵状态,"在大黑暗中看见大火光,在大欢笑中听见大哭泣,在大豪华筵席上看见大死亡,在大绮丽歌舞中看见大地狱,他遭魔似地如醉如狂"[①]。"大黑暗"与"大火光"、"大欢笑"与"大哭泣"、"大豪华"与"大死亡"、"大绮丽"与"大地狱",这一对对组合充满了对立冲突。无名氏将印蒂的心灵世界全数剖开,向读者呈现那矛盾的灵魂,既展现出印蒂强大的意志力、坚定的信仰、对前途的信心,又揭示了他对未来的不确定性,面对种种不确定性,内心始终处于一种搏斗的矛盾状态,"心灵的撒旦的搏斗"[②]。无名氏无时无刻不在解剖和描写主人公印蒂那矛盾的个人心灵状态,"而凡有太阳的地方,黑夜或许是免不了的。我说'或许',而不说'必然';因为,对于这类事件的分析,我目前只能站在'或许'阶段;从'或许'到'必然',这当中还有一段长路要走。或许,根本就不能达到'必然'也难说"[③]。"太阳"与"黑夜"、"或许"与"必然",又是典型的矛盾组合,细腻地揭示出印蒂激昂的感性情绪——革命激情中,那隐藏着的理性情感——辩证思维。对"或许"与"必然"的关系,印蒂作出了深刻的辩证思考。只不过此时在他的个人心灵中,感性情绪——对革命的坚定信念和狂热感情,已然占据了上风,超越了一切,自然将个人的理性情感隐藏起来。这也是印蒂在临近毕业前的一个月,弃父母和文凭于不顾,离开学校,离开温暖的小康之家,远赴北方接受革命洗礼的根源所在。印蒂知道,当时的他已然探寻到了生命的价值和人生的意义,并愿意为之努力奋斗,他将自我的理性情感进行了隐藏与压制,只留下浪漫激情的一面,为革命高歌呐喊。

如果说《无名书初稿》带有些许自叙传的色彩,印蒂身上映射着

---

① 无名氏:《无名书初稿·第一卷·野兽·野兽·野兽》,时代生活出版社1946年版,第27页。

② 无名氏:《无名书初稿·第一卷·野兽·野兽·野兽》,时代生活出版社1946年版,第27页。

③ 无名氏:《无名书初稿·第一卷·野兽·野兽·野兽》,时代生活出版社1946年版,第33页。

无名氏的某些身影，而对于印蒂的父亲印修静这个角色来说，却与现实中自幼丧父的卜乃夫的身世相去甚远。印修静在《无名书初稿》的第一卷《野兽·野兽·野兽》中，是一个极其重要的角色，象征着无名氏个人心灵的理性一面，而印蒂则是无名氏个人心灵的感性一面。印修静与印蒂在交流中，二人的思想发生了激烈的碰撞，迸发出强烈的火花。印蒂将自我充溢的感性情绪转化为对父亲的激情诉说，"我只是环境拉线下的一个十足木偶。从今天起，那沉睡在黑暗心灵中的'我'，却第一次睁开眼睛，从漫长的噩梦中醒过来。这个'我'第一次决定开始做它躯壳的主人，而把原先所有各式各样的主人赶走。——一点也不错，在这以前，我有许多主人。这以后，这许多主人只凝成一个主人：'我'！"① 比喻、夸张、感叹、反复，构成了印蒂向父亲的浪漫激情诉说，是印蒂——无名氏感性情绪的爆发与倾泻，印蒂此时的个人心灵始终处于情绪倾泻的状态，"我四周却是北极冰山，以及那北极慢慢黑夜。我的心需要自由，但所得的却是捆绑和绳索……一切社会活动只是假面跳舞会，人所看见的是面具，人所摸到的是面具，人所获得的是面具，人所要求的，也是面具……人类千万年进化的结果，先是由原始动物进化成人，再由人进化成面具人，这面具人相当于尼米的超人，是文化黄金时代的最高表现。这是一个伟大的面具时代……改造这个人类！改造这个世界！改造这个国家！改造这个社会！改造！不断的改造！永久的改造！世界需要改造！中国需要改造！时代需要改造！"②

在印蒂的个人心灵中，自我的生命价值与人生意义就是"找"，"我整个灵魂目前只有一个要求：'必须去找，找，找！走遍地角天涯去找！——找一个东西！'这个'东西'是什么？我不知道。正因为

---

① 无名氏：《无名书初稿·第一卷·野兽·野兽·野兽》，时代生活出版社1946年版，第30页。

② 无名氏：《无名书初稿·第一卷·野兽·野兽·野兽》，时代生活出版社1946年版，第32—35页。

不知道，我才必须去找。我只盲目的感觉：这是生命中最可宝贵的一个'东西'，甚至比生命还要重要的'东西'"①。印蒂的个人心灵中不仅有着勇于探索、勇于寻找的人生目标，更是将这种人生目标转化为实际的行动，"行动是思想的唯一见证者，至少社会思想和人生哲学思想如此。不管一个人的思想怎样高明，假如没有行动映证，这种思想只是架空的……没有行为的思想只能算半个真理。实际上，行为比思想更能有力的刻划一个人，代表一个人。生命本身就是一连串的动，一连串的行为……最成熟的大智慧不仅包括思想，更包括实践思想的行动意志与行动毅力。从思想到行动，这才是个全人。自然，思想本身也是一种行动，但却是较浮浅的行动。神经所构成的行动，总没有手足和胸膛所构成的深沉有力"②。由此来看，无名氏将《无名书初稿》的主人公命名为印蒂深意十足，"这个名字本身就有着'印证自己根蒂'的哲理含意"③。而将印蒂的父亲命名为印修静，亦是深意十足，他恰恰是印蒂的反面，印蒂好"动"，而父亲却人如其名的好"静"，如修行的僧侣、道士那样，善于静思，超凡脱世，"他的脸型显得飘潇而充谦。他身材瘦长，动作沉静，仪态温逊。由于他的脸，身形，态度，假如他穿上一件黑色长袍，即使不再加其他装扮，人也很容易联想起一个古代云游道士。他的生活，其实也和道士差不多……他唯一的兴趣，就是搜集标本"④。父子的思想、追求、性格、理念、做派又是一对典型的矛盾组合，父与子的对立统一，似乎向读者暗示了无名氏本人个人心灵的矛盾状态。

面对印蒂奔涌激荡的感性情绪，父亲印修静则以冷静深沉的理性

---

① 无名氏：《无名书初稿·第一卷·野兽·野兽·野兽》，时代生活出版社1946年版，第21页。
② 无名氏：《无名书初稿·第一卷·野兽·野兽·野兽》，时代生活出版社1946年版，第268页。
③ 汪应果、赵江滨：《无名氏传奇·序》，上海文艺出版社1998年版，第9页。
④ 无名氏：《无名书初稿·第一卷·野兽·野兽·野兽》，时代生活出版社1946年版，第39—40页。

情感进行回应,"人的思想意识,正和这瘠螽的眼睛一样。瘠螽的眼睛,随外来的光线明暗而变化人的思想意识,也随外在的内在的光线明暗而变化。外在的是客观的物象情调,内在的是主观情调。你现在满脑子满心所装的:正是五年前你所厌恶的一些机械的'反应'。你反应且适应这个时代情调和你自己的年龄情调。正像瘠螽的眼睛一样,你的思想颜色按期会规律的变迁,你现在的思想,用不着我驳辩,将来它会自动变色的"①。父亲一针见血地指出人类思想意识的变化性和不确定性,尤其是印蒂思想意识——个人心灵的变化性和不确定性。在《无名书初稿》中,印蒂不断确立、更改、寻找自我的生命价值和人生意义,恰恰印证了印修静理性客观的思索和剖析。二人思想的交锋,也恰如一个人的矛盾心灵状态——感性情绪与理性情感的对峙。随着印蒂的成长,他越来越认同父亲的思想,个人心灵中的感性情绪逐渐减弱,理性情感逐步增长。印蒂的个人心灵成长史如同一个缩影,折射出大时代背景下千千万万个青年知识分子,甚至是无名氏本人的精神世界。在《无名书初稿》中,无名氏以印蒂与印修静的思想碰撞——感性情绪与理性情感的对立统一,建构了一种现代知识分子的矛盾心灵状态模式。借助这个矛盾模式,一方面剖析了现代人复杂的心灵世界,探索了现代人的生命价值与人生意义,从而谱写印蒂个人的心灵史诗;另一方面,则使作品充满了辩证式的哲理思维,迸发出强烈的艺术张力与艺术感染力。

无名氏谱写印蒂个人心灵史诗的一大特质即为矛盾。北伐结束,革命阵营发生分裂,印蒂被捕。外部的社会变革与形势变化依然是为内部的心理剖析服务,无名氏深入印蒂的内心世界,以外在的诗之节奏、诗之表述,一方面诗化地展现印蒂在面对敌人的糖衣炮弹和严刑拷打时的坚定信念与强大意志,"鞭打吧!鞭打吧!鞭打我的头!鞭

---

① 无名氏:《无名书初稿·第一卷·野兽·野兽·野兽》,时代生活出版社1946年版,第45页。

第十六章 个人心灵史诗的浪漫哲理书写

打我的脸！鞭打我的眼！鞭打我的嘴！鞭死我吧！鞭死我吧！你们可以把我鞭成碎片，你们不能把真理鞭成碎片！真理是鞭不死的！光明是鞭不死的！仇恨是鞭不死的！革命是鞭不死的！鞭死的是你们那群发臭发霉的灵魂！是你们那群又脏又烂的心！鞭我吧！打我吧！屠杀吧！谋害吧！历史是无从谋害的！正义是无从谋害的！良心是无从谋害的！"① 另一方面，也开始揭示身处监狱中的印蒂的心理变化，"然而，在无声的声音中，一个有声的声音在印蒂心中响了：/我为什么要满身血淋淋的，躺在痛创里？我为什么要受苦？我为什么要死？/世界是静静的，人类是静静的，历史是静静的，森林是静静的，——但我却要死。/蓝天是美丽的，河流是美丽的，少女是美丽的，爱情是美丽的，——但我却要死。/孩子们在草地上跳绳，母猫在太阳光里舐小猫，蝴蝶在花间里飞，水手在海上唱 PALOMA，——但我却要死。/豪华大筵席上正在上第十四道菜，高贵客厅里正在打桥牌戏，夜沙龙里文士们正在喝咖啡，嚼朱古力，谈伊利沙伯时代文学，——但我却要死。/在伦敦，高帽绅士们正吸着黑板烟，挥着黑手杖，牵着英格兰潘因特种狼犬，在海德公园悠闲散步。在巴黎，大歌剧院里正飘出'蝴蝶夫人'。在纽约，人们正疯狂的沉醉在黑人爵士舞里。在东京，银座的灯火正辉煌如白昼。——但我却要死。/武家坡的西皮流水板正响在大舞台上，轮盘赌正轰闹在大赌场里，Draga 的小夜曲正飘在少女窗前，参加夜舞会的贵妇正在明镜前扣着发针，银幕上正显出嘉宝和吉尔勃的热吻镜头，教堂里大风琴正奏出和平的圣母颂。——但我却要死。/我为什么要死？我为什么要死？我为什么要死？我为什么要受苦？要受苦？要受苦？"② 无名氏以分行排列的自由诗，刻画了此时印蒂怀疑、恐惧、孤独、痛苦的心灵，这是人类面对现实异变的真实心

---

① 无名氏：《无名书初稿·第一卷·野兽·野兽·野兽》，时代生活出版社1946年版，第333页。

② 无名氏：《无名书初稿·第一卷·野兽·野兽·野兽》，时代生活出版社1946年版，第342—343页。

理写照。

无名氏真实细致地呈现了"无名氏"被捕后矛盾的个人心灵状态——牺牲与怀疑、奉献与痛苦、无畏与恐惧、坚定与孤独。除了被捕后个人矛盾心灵状态的呈现外，无名氏还着重刻画描绘了印蒂参加革命与脱离革命两个不同时期，个人欲望的禁抑与放纵的矛盾状态。北上接受革命的洗礼后，印蒂就将心灵中的个人欲望压抑消解，过起了苦行僧般的生活，以此磨砺自我，"我只赚最低生活所需的钱。我拿我的生命一小部去兑换这点实物，而拿大部分去兑换一些远较抽象的东西……大部分时间消磨在图书馆里，我把它当做我唯一的灵魂的巢。有的新书，图书馆没有，我便租了看。有几次，在一个小书店里，我从早上七点钟坐到晚上八点钟，没有吃一点东西；出门时，伙计们眼睛瞪得比核桃还大。在北平住了五年，我没有逛过西山，没有玩过颐和园，万寿山，没有到过三大殿，什刹海，天坛，万牲园，我整个人严肃得像块岩石"①。在狱中，面对性感美丽的林美丽的色诱，印蒂坚守底线，痛斥了她的无耻。当印蒂在轮船上与神秘的美丽白衣女子（表妹瞿萦）聊天时，也明确表态，"我从没有接近过女人"②。印蒂的个人心灵此前一直处于禁欲的状态，他的全部精力与生命都投入到了个人信仰与革命事业中去了。当被战友误会、怀疑、背叛之后，印蒂原先的信念坍塌，遇到瞿萦后，他开始重新确立生命的价值、人生的意义——爱情与享乐。此时他的个人欲望开始悄然崛起，但还没进入放纵的阶段，个人的心灵状态依然处于普通人正常诉求的阶段。

当爱情的新鲜感丧失，尤其是即将到来的婚姻的恐惧感和外部社会的刺激——"九一八"事变的爆发，印蒂又开始重新寻找新的生命价值和人生意义，加入庄隐、韩慕韩组织的某支东北义勇军，接受血与火的淬炼，当战斗失败后，印蒂已然对抗战、革命失去了热爱。抗

---

① 无名氏：《无名书初稿·第一卷·野兽·野兽·野兽》，时代生活出版社1946年版，第34页。

② 无名氏：《无名书初稿·第二卷·海艳·上册》，时代生活出版社1947年版，第571页。

战、革命、爱情已经不在印蒂的生命价值之列,他陷入了精神困境之中,只能以个人欲望的放纵来支撑自己脆弱的灵魂,"夜总会、舞会、孔雀筵、香槟酒、华尔滋、轮盘赌、捧坤角、争舞女、钻门子、演醉八仙、印度鸦片、艳丽肉体、黄金、股票、撒谎、架空、世纪末、财富的追逐,以及属于这个淫城黑暗核心的各种奇异刺激,——全像流线型霓虹灯样轮转于他生活的黑夜……庄严的堕落,比之小丑式的虚幻上升,要深刻而豪华得多。在他目前生活中,只横摆着两件事:想尽千方万法把钱口袋塞满,再把它们一袋袋投到官能的无底洞中。白天,他大部分精力消耗于商业琐务,夜晚,则全部使用在各式官能幻景上……这中间,没有那个最倒霉的字眼:'爱情',也没有粉饰这个无聊社会的彩色金箔:'道义','信用','法律','良知',或'忏悔'。他们地平线上,唯一活着的,只是'需要'。需要可以把他们从两条被窝筒内拉凑到一条被窝筒内,也可以把他们从一张床上踢向南北极……这是印蒂生活状态和精神状态,也大体是他那一圈圈里的人的生活和精神状态"[①]。无名氏将印蒂放纵的生活状态,特别是精神状态暴露于世,此时的他已经全然抛弃了以往的理念信仰,印蒂的生命价值只剩官能享乐,过着原始野兽般的生活。个人欲望的禁抑与放纵的两种心灵状态,形成了巨大、强烈的反差与对峙,令人深思。这种极端矛盾的个人心灵状态,凸显出了以《无名书初稿》为代表的无名氏小说创作的思想深度和深邃的生命哲学,同时,也激发出了作品强烈的艺术张力。

  无名氏在《无名书初稿》的创作中,一方面借印修静、印蒂父子,来映射个人感性情绪与理性情感的对立统一;另一方面,则对主人公印蒂矛盾的个人心灵状态进行了全面深刻的剖析与绘制。这种有意识的制造矛盾,是现代作家对恬静与和谐的传统审美观念的拒绝与排斥,从而赋予文学创作全新的内涵,这种内涵就是去主动寻求、制

[①] 无名氏:《金色的蛇夜》(上册),上海文艺出版社2001年版,第97—98页。

造、描写矛盾，在感性与理性的交融中去激发作品的艺术张力。在无名氏的笔下，矛盾已经渗透进了个人心灵世界的各个角落，无名氏以此来深刻反思人性、人生等种种复杂的哲学问题。

三 形而上的个人心灵感悟

"形而上"语出《周易·系辞上》，"是故形而上者谓之道，形而下者谓之器"①。"形而上者"指无形体、无形迹的抽象存在——"道"——思想意识、理论方法、制度等；"形而下者"则指有形体、有形迹的具体存在——"器"——动物、植物、器械等。"形而上"即为一种抽象深奥的哲学问题，人类自古以来就有思索形而上的热情，追索宇宙的来源、生命的奥秘、人类的起源、生存的意义等，这种传统也被无名氏所承继，"无名氏就是这样一个追求形而上的作家"②。在无名氏的小说中，无名氏常常化身为哲学家、思想家，思索各式各样的形而上的哲学问题。尤其是在多卷本的《无名书初稿》中，主人公印蒂极好思索诸如宇宙、自然、生命、人性、社会、历史、政治、信仰、传统、宗教等各式形而上的哲学问题，"《无名书稿》体现了作家形而上的思考，其中思想的火花、睿智的对话、富有哲理的警句几乎俯拾即是"③。无名氏深入主人公印蒂的内心世界，将印蒂的深刻思考——形而上的个人心灵感悟，深入、细致、全面地挖掘与呈现出来。这既是无名氏小说创作的一大特质，体现出其小说深刻的思想性。另外，亦揭示出中国新文学创作的优良传统，以鲁迅为代表的"五四"学人，他们的身份是双重的——文学家与思想家。他们在进行文学创作的同时，思考着各种形而上的哲学问题，或者说他们的文学创作是

---

① 《周易·系辞上》，见杨天才、张善文译注《周易》，中华书局2011年版，第600页。
② 汪应果：《关注形而上 解读形而上（序）》，见赵江滨《从边缘到超越——现代文学史"零余者"无名氏学术肖像》，学林出版社2005年版，第3页。
③ 汪应果、赵江滨：《无名氏传奇·序》，上海文艺出版社1998年版，第14页。

第十六章 个人心灵史诗的浪漫哲理书写

为他们形而上的思考所服务的——探索、找寻国人乃至全人类的终极出路。

印蒂形而上的个人心灵感受满盈于《无名书初稿》之中，第一卷《野兽·野兽·野兽》尤为充溢。在楔子中，无名氏——印蒂，首先思考了人类的起源问题，"人的母亲的母亲的母亲是谁呢？那伟大的永不熄灭的火焰是怎么被孕育的呢？人的母亲的母亲的母亲是——虚无。那伟大的太阳是被虚无所孕育出来的"[①]。人类的起源为"虚无"，它无始无终，无极无限，人就是从虚无里面爬出来的，虚无—火—冰—阿米巴演—蜥蜴—杯形龙—三觭龙—巨齿羊—象—猴—最伟大的人。当梳理出一条完整的人类进化链条后，继而又进一步思考探究"虚无"的起源，"虚无的母亲呢……假如虚无只是无有，而非无无，换言之，就是有无。有无的虚无是虚有，而不是绝对真空的虚无。假如这个虚无本非绝对真空，那么，这个无也只是有的一种类型，在这种有和无之外，可能没有它们的母体，也可能有母体"[②]。又从时空范畴、无时间性、无空间性、观念、想象、实体等多个方面思考探究"虚无"母体的形式与存在。无名氏在开篇对"人的起源""虚无的起源""虚无的母体"三个形而上的问题进行深刻思考，由此为无名氏的创作定调——《无名书初稿》既是小说，更是多卷本的哲学大书。印蒂不仅善于"思"更长于"悟"，在思考完三大问题后，顺势抛出了自我的心灵感悟：人—时间—历史，"就在这样苍茫的无边幻海上，偶然出现一条桥的形象——时间……用一种符号记录下来，称之谓'历史'……一种叫做'人'的动物，站在时间浮桥上看朦胧海景"[③]。一方面配合个人流变的心灵史诗书写；另一方面，则揭开了个

[①] 无名氏：《无名书初稿·第一卷·野兽·野兽·野兽》，时代生活出版社1946年版，第11页。

[②] 无名氏：《无名书初稿·第一卷·野兽·野兽·野兽》，时代生活出版社1946年版，第12页。

[③] 无名氏：《无名书初稿·第一卷·野兽·野兽·野兽》，时代生活出版社1946年版，第14—15页。

人心灵史与社会变革史——《无名书初稿》的序幕。

在《无名书初稿》中，除了主人公印蒂外，还有一个十分重要的人物形象印修静——印蒂之父，《无名书初稿》中那些"睿智的对话"和"思想的火花"主要迸发于印蒂与印修静之间的父子对话中。无名氏在思索完人类起源这一重大问题后，继而借印氏父子二人的谈话，思索和探究生命的意义。印蒂在北方接受完革命洗礼准备赴广州起事前，回到家中看望久未谋面的父母，此时的他，正是革命热情、激情最浓烈之时，感性情绪占据了个人情感的主导地位。因此，印蒂认为生命的意义——"探究生命、找寻生命"[①]，在于"信仰"——"改造"，"这信仰是：生命只是一种改造。改造这个人类！改造这个世界！改造这个国家！改造这个社会！改造！不断的改造！永久的改造！世界需要改造！中国需要改造！时代需要改造！"[②] 反观印修静，生物学专业出身，在岁月的累积中，看透了人情世故、世事变迁，有着丰富的人生经历与社会经验，故而理性情感主导着他的个人感情。他认为生命的意义在于，深沉地观察大自然，了解人类在自然、在宇宙中的地位和发展，去探寻永恒的真理和智慧，"人过去是生物，现在是生物，将来也是生物。是生物，就是自然的一部分。人只有在精密观察自然时，才能了解人在自然宇宙中的地位和发展……一切总要变，但不断变的结果，有一天就会捕捉到一种不变的事物。你现在所抓住的，只是浮动的，变化的，表象的，你还不能突入那较深沉较不变较永恒的存在里。假如你能常常深沉的观察大自然，就能拥抱那永恒的真理和智慧"[③]。

印修静对生命意义的思考和感悟，超越了当下社会、跨越了历史巨轮、跳出了世俗纷争，是在整个宇宙及大自然的宏大体系中，考察

---

① 无名氏：《无名书初稿·第一卷·野兽·野兽·野兽》，时代生活出版社1946年版，第35页。
② 无名氏：《无名书初稿·第一卷·野兽·野兽·野兽》，时代生活出版社1946年版，第35页。
③ 无名氏：《无名书初稿·第一卷·野兽·野兽·野兽》，时代生活出版社1946年版，第44—45页。

和思索生命的价值,"在大自然的永恒运转中,你这个'时代需要'算得什么东西呢……大自然估量生命是以十万年百万年为单位,不是以一年十年为单位……把所有人类历史上的革命火焰加起来,放在大自然的永恒神秘黑暗里,也抵不上一只萤火光那样亮,而迟早,这萤火光也得给黑暗所卷没。我们的所有努力,挣扎,只不过为了或迟或早投到那永恒黑暗的毁灭里而已"[1]。与印蒂的"动"相比,印修静恰如其名的以"静"来处事,这种"静"即为一种超俗、一种跨越、一种跳出。他的个人心灵感悟也印证了印蒂之后的个人命运,印蒂在革命阵营分裂后被捕入狱,在狱中既抵挡住了阴谋利诱,又忍受住了严刑拷打,还参与了绝食斗争。他付出的一切,最终换来的却是战友的怀疑、质问与抛弃,这一打击使他的人生信仰和生命价值瞬间崩塌,如印修静所说,终"给黑暗所卷没"。严重的精神危机促使印蒂那不安定的灵魂重新思考和探寻新的生命价值,他逐渐认可父亲印修静对生命价值的思考与感悟。这也使后来父子二人的谈话不再像文章伊始那样,充满着碰撞、对峙与冲突,二人的心灵逐渐走向了相知、默契与融合。经过社会的变革、现实的冲击、阅历的提升之后,印蒂开始读懂父亲深邃的思想,个人的心灵世界也随之发生蜕变,这也是他在退出革命阵营之后,语言行动、处事态度发生巨大转变的根源所在。有关生命意义的讨论,是贯穿《无名书初稿》的个人心灵拷问,也是无名氏——印蒂所一直不停找寻的,"我整个灵魂目前只有一个要求:'必须去找,找,找!走遍地角天涯去找!——找一个东西!'这个'东西'是什么?我不知道。正因为不知道,我才必须去找。我只盲目的感觉:这是生命中最可宝贵的一个'东西',甚至比生命还要重要的'东西'"[2]。

---

[1] 无名氏:《无名书初稿·第一卷·野兽·野兽·野兽》,时代生活出版社1946年版,第47—48页。

[2] 无名氏:《无名书初稿·第一卷·野兽·野兽·野兽》,时代生活出版社1946年版,第21页。

除了与父亲印修静的交流，印蒂与杜古泉、唐镜青等人的交谈，同样碰撞出了玄奥思想的火花，幽婉而又深邃，发人深省。他们同印蒂一道，呈现了现实中无名氏形而上的个人心灵感受。譬如在《海艳》上册开篇中，印修静的老友杜古泉对生命价值的思考——"死"和"过去"的意义，"死的色彩，才分外叫人感到诱惑……回忆的事物，常常要比活站在面前的有魔力……人类无法抓住渺茫的将来，所能捉到的现在也很短促，不过几十年，但人类却可以抓得住几十万万年的过去……真理正是如此。人类的真正财产只是'过去'。所有真理中最真的，是历史，一个真正爱生活的人，也应该爱'过去'"①。杜古泉形而上的个人心灵感悟的核心是"过去"——"历史"，这也是他醉心于考古的根源。他认为"现在"与"将来"是缥缈与虚无，只有"过去"和"历史"才是真实可靠的，能够令人感到一种坚硬、一种醇香、一种沉重。因此，对于"过去""现在""未来"三者，杜古泉坚定地选择了"过去"，"我感觉我们所做所说，无一不为装饰后代历史博物馆。我们的活泼新鲜形态，只不过掩藏了一层古物。我们的活蹦活跳不会超过七八十年，但扮演古物一角，却可以延长到三十万年，五十万年"②。在他的玄思中，生命价值即为"过去"——"历史"，因为只有"过去"——"历史"才能蜕变为永恒，这种"过去"——"历史"会永存于世界、永存于自然、永存于宇宙，永不消逝。杜古泉的玄思与印修静有着异曲同工之妙，这也是二人能够成为朋友的缘由所在。而此时印蒂的思想也开始发生蜕变，与杜古泉的思想交流自然变得顺畅，而不似年轻时那样，处处针锋相对。他似乎也从杜古泉与印修静形而上的个人心灵感受中汲取了某种认知、某种力量，使自我的认知得到了拓展，使自我的心灵得到了升华。

在《海艳》中，唐镜青是印蒂新结识的朋友，他的个人心灵异常

---

① 无名氏：《无名书初稿·第二卷·海艳·上册》，时代生活出版社1947年版，第606—609页。

② 无名氏：《无名书初稿·第二卷·海艳·上册》，时代生活出版社1947年版，第608页。

第十六章 个人心灵史诗的浪漫哲理书写

活跃与敏感,他对生命价值的深刻思考同样给予了印蒂全新的认知与感悟。印蒂到杭州后结交了一批志同道合的新朋友,大家经常聚在一起谈天说地。在一次与唐镜青、瞿槐秋、郑天漫(郑天遐的弟弟)等人讨论艰难的时局形势时,唐镜青语出惊人地指出日本并不可怕、亡国并不可怕、没有溜鲫鱼丸子吃也并不可怕,可怕的是另一种东西——"实在","人类抓不到真'实在',没有真正的'实在'观念,最可怕"①。当他将自我的个人心灵感受抛给大家后,众人纷纷指出他的思想有点"玄"。因此,唐镜青进一步解释了何为"实在","希腊会亡。罗马会亡。中国会亡。日本也会亡。英国美国也会亡。但有一个东西永不会亡:'实在!'……只要人能捉住真实在,知道真实在,即使全地球亡了,毁了,他也不觉可怕。我们现在所以觉得一切很可怕,主要原因是:我们精神上先有一片可怕的空虚。日本人飞机大炮未来毁坏我们的生活观念以前,我们的生活源泉:对实在的真正观念,先就已溃灭了。我们全部感觉和智慧都在绝对无政府状态,这是最可怕的"②。针对唐镜青形而上的思想,在座的知识分子分成了两派,郑天漫指出他的玄思并不能解决实际问题,瞿槐秋则认同他的思想。两派的分歧真实地反映出当时社会上的两种观点,理论救国论与器物救国论,这也是自晚清以来人们一直讨论的问题。在唐镜青心中,抽象的理论——"实在",是一种看不见摸不着的信仰与理想,这种信仰与理想不是某个人、某个国家的,而是全人类、全世界的,当全世界拥有了这种共同的信仰与理想,人类文明就会延续发展下去。

唐镜青明确指出人类并没有找到"实在",从而陷入了一种困境之中,"人类今天所有问题,其中最大的,或许是实在问题。旧的实在观念早就被毁了。新的还没有出来。一部分人在彷徨,苦闷。一部

---

① 无名氏:《无名书初稿·第二卷·海艳·下册》,时代生活出版社1948年版,第1063页。
② 无名氏:《无名书初稿·第二卷·海艳·下册》,时代生活出版社1948年版,第1064页。

分人不能忍受彷徨，又躲到旧观念中，因此反而加深了老问题。"① 他与印修静、杜古泉对生命价值的玄思类似，均是跳出了小自我、小社会、小国家、小时局的狭隘范畴，思考的是大人类、大自然、大宇宙、大时代的宏大格局。但与印修静、杜古泉相比，唐镜青的个人心灵感悟是无比悲观的，"生命总是在这种又暗淡又寂寞的河流上航行"②。这种世纪末的悲观主义感受，被印蒂批判，"我抗议你这套世纪末的苍白观念！我绝不以为生命是暗淡的，寂寞的。宇宙间到处是光是亮，你为什么不去找？去抓？去抢？"③ 此时的印蒂刚刚探寻到了新的生命意义——爱情，得到了自己日思夜想的女神瞿萦的爱与肉体，此刻他的内心世界充满了阳光与欢乐，他实现了自我的生命价值。但原有生命价值的实现也意味着新的生命价值的生成，印蒂的内心世界随即开始变得孤独与迷茫、暗淡与寂寞，从而渴望去寻找新的生命价值和人生意义，如此循环往复。此时的他也变得同唐镜青那样，充满了悲观与无奈。这种悲观与无奈——世纪末的悲观主义也是无名氏在《无名书初稿》中极力想要传递与呈现的，在《金色的蛇夜》上册伊始，无名氏就以画家兰素子的一幅《末日》／《彭贝的毁灭》为开篇，"在生命里面，哪里没有可怕的呢？假如这个宇宙有创造主，他本身便是最可怕的"④，兰素子的学生马尔提甚至将其称为"我们的时代"⑤，更加印证了这种末世情绪的弥漫。因此，在末世情绪的感染下，以印蒂为代表的青年一代们疯狂了，在《金色的蛇夜》中，他们彻底沦为了"野兽"，释放出最原始的兽性，放纵最原始的兽欲，将"我们的时代"变为了"肉欲的时代""疯狂的时代""毁灭的时代"。

　　对于"思"与"行"的辩证关系，特别是"行"的重要性，无名

---

① 无名氏：《无名书初稿·第二卷·海艳·下册》，时代生活出版社1948年版，第1065页。
② 无名氏：《无名书初稿·第二卷·海艳·下册》，时代生活出版社1948年版，第1066页。
③ 无名氏：《无名书初稿·第二卷·海艳·下册》，时代生活出版社1948年版，第1066—1067页。
④ 无名氏：《金色的蛇夜》（上册），上海文艺出版社2001年版，第4页。
⑤ 无名氏：《金色的蛇夜》（上册），上海文艺出版社2001年版，第4页。

氏——印蒂，同样进行了形而上的深刻思考。印蒂不仅勤于"思"，还敏于"行"，"行动是思想的唯一见证者，至少社会思想和人生哲学思想如此。不管一个人的思想怎样高明，假如没有行动映证，这种思想只是架空的……没有行为的思想只能算半个真理。实际上，行为比思想更能有力的刻划一个人，代表一个人。生命本身就是一连串的动，一连串的行为……最成熟的大智慧不仅包括思想，更包括实践思想的行动意志与行动毅力。从思想到行动，这才是个全人。自然，思想本身也是一种行动，但却是较浮浅的行动。神经所构成的行动，总没有手足和胸膛所构成的深沉有力"[①]。印蒂的实践和行为，均是经过形而上的个人心灵感悟后所发动的，实现了"思"与"行"的统一。因此，印蒂是"思"的智者，更是"行"的巨人。印蒂内在的个人心灵流变，均配以相应的外在行为，果断而又决绝：思考生命价值（思）——临近毕业放弃文凭，抛弃慈父贤母与小康家庭，投身革命，牺牲自我的一切欲望，忍受一切苦难与折磨（行）；思考生命价值（思）——脱身革命阵营，追求爱情与愉悦（行）；思考生命价值（思）——冷酷抛弃曾经的挚爱瞿萦，投身东北某义勇军，再次感受血与火的淬炼（行）；思考生命价值（思）——做起走私生意，只为赚取金钱享受生活，尤其是获得官能的享乐，追求最纯粹的快感与肉欲（行）。

结　　语

　　无名氏将以印蒂为代表的各色知识分子的心灵世界，进行了全面的挖掘、剖析与呈现，进而化身哲学家，在《无名书初稿》中，对"人类的起源""人类与宇宙、自然、历史的关系""生命的意义与价

[①] 无名氏：《无名书初稿·第一卷·野兽·野兽·野兽》，时代生活出版社1946年版，第268页。

值""人类的欲望""思与行的辩证关系"等种种抽象深刻的哲学问题进行了形而上的思考与探索,从而使印蒂的个人心灵盘桓于宇宙的运动之下,翱翔于历史的演变之中,徜徉在生命的流转之内,跳跃于自然的进化之中。由此,无名氏为卷帙浩繁的《无名书初稿》插上了诗与哲理的双翅,使《无名书初稿》成了浪漫史诗、心灵史诗、哲理史诗杂糅的典范。

后　记

  2019年3月，我有幸进入南京大学中国新文学研究中心博士后科研流动站，跟随恩师张光芒先生学习。在山东师范大学文学院就读博士研究生期间，以及在青岛大学国际教育学院工作之后，我的研究方向是中国现代诗剧。进站之后，恩师让我进一步拓展自己的研究思路和研究方向，同时，恩师又让我参与了《江苏新文学史》的撰写工作，我有幸和陈进武师兄、邓瑗师姐、袁文卓师兄、张宇师妹一同负责《江苏新文学史》小说编的编撰。恩师鼓励我先研究一些中国新文学史上被遮蔽、被忽视的江苏籍作家，我便购买了诸多史料，认真阅读思考，每写完一小篇文章，便将其交给恩师，恩师仔细阅读后就在文学院三楼的办公室与我讲解并纠正我写作中的问题，每次讲解完后，玉轮下的文学院楼内总是只剩我和恩师二人。在恩师的悉心指导下，我的写作越发顺利，对江苏新文学史中的小说创作也越发感兴趣。利用写作《江苏新文学史》的闲暇，我忙里偷闲，完成了《江苏现代小说十三家论》和《江苏现代小说家新论》的撰写，并在中国文联出版社出版发行。在对江苏现代作家的小说写作有了较为深入的研究之后，在恩师的提点下，我又将目光投向了中国现代长篇小说创作，选取的学人主要是中国现代文学史上罕见其名或是寥寥几笔带过的非主流作家，抑或是对以往创作的新论。恩师在百忙之中抽出大量时间指导了三部书的写作，感谢恩师能够给我一次宝贵的学习机会，使我在学业上有机会再攀高峰，感谢恩师在站期间竭尽心力的教诲与指导，让我进步成长。也感谢内子和家母在本书写作期间对家庭的照料，以及师友同事们的帮助，让我免去后顾之忧，可以专心写作。在完成《中国现代长篇小说创作论·第一辑》后，我和张宇师妹将继续开启第二辑的写作工作，力争早日令其问世。